HINGABE AN DEN SCHEICH

DIE SCHEICHS VON HAVILAH
BUCH VIER

DIANA FRASER

Hingabe an den Scheich
von Diana Fraser

Der Playboy-Scheich Xander möchte eine Vorzeigefrau und Elaheh, eine temperamentvolle Scheicha, hat keinerlei Interesse an einer Ehe.

Die Scheichs von Havilah
Das geheime Baby des Scheichs
Gekauft vom Scheich
Die verbotene Liebhaberin des Scheichs
Hingabe an den Scheich
Entführt in den Harem des Scheichs

PROLOG

Shakira, die Königin von Al Jazeera, rückte die Kissen in ihrem Rücken zurecht und ließ sich vorsichtig auf den Stuhl sinken, die Hände auf ihrem schwangeren Bauch. Sie seufzte entnervt und blickte jeden der drei ursprünglichen Könige von Havilah an - Amir, Zavian und Roshan, ihren Mann.

Es war ein langes Treffen gewesen, jetzt, da die Gruppe aus sechs statt aus drei Mitgliedern bestand. Und es waren die beiden neuen Mitglieder, die Probleme machten.

„Es wird immer schlimmer", sagte Shakira, während sie Elaheh, die Königin von Tawazun, beobachtete, wie sie mit einem hochmütigen Rascheln ihrer traditionellen Gewänder den Raum verließ. „So kann es nicht weitergehen."

Der Grund für Elahehs abrupten Abgang - Xander, der neu ernannte König von Sharq Havilah - schien keineswegs beunruhigt. Er stand außer Hörweite auf der

Terrasse, die Hände in den Hosentaschen, sein übliches Stirnrunzeln umrahmte sein gut aussehendes Gesicht.

Auch Roshan wirkte besorgt, als er seinen Kaffee austrank und die leere Tasse von sich schob. „Sie müssen lernen zusammenzuarbeiten."

„Ich stimme Shakira zu", sagte Zavian. „So kann es nicht weitergehen. Ihre Feindseligkeit könnte alles untergraben, wofür wir arbeiten, den Frieden, für den wir so hart gekämpft haben."

„Sie scheinen es nicht auszuhalten, im selben Raum zu sein", sagte Amir. „Sie sind unmöglich."

„Sie müssen lernen, zusammenzuarbeiten", wiederholte Roshan nachdenklich, die gefalteten Hände gegen die Lippen gepresst, während er seinen Bruder beobachtete, der sich mit einem der erröteten Dienstmädchen unterhielt. „Mein Bruder ist es nicht gewohnt, nachgiebig zu sein."

„Und Elaheh auch nicht", murmelte Shakira.

Zavian klopfte leicht auf den Tisch. „Dann sollten sie zusammen an dem Infrastrukturprojekt von Havilah Tawazun arbeiten. Nur sie beide. Es ist ein Thema, das beiden am Herzen liegt ..."

„Wenn sie ein Herz haben", murmelte Amir.

„Und sie werden lernen müssen, zusammenzuarbeiten, damit das Projekt ein Erfolg wird." Zavian wandte sich an Roshan.

„Was meinst du, Roshan? Wird dein Bruder mit Elaheh zusammenarbeiten können?"

Roshan biss sich auf die Lippe und Shakira konnte sehen, dass er hin und her gerissen war. Er liebte seinen Bruder, machte sich aber Sorgen wegen Xanders kontrollierender Art und seiner scheinbaren Unfähigkeit,

Kompromisse einzugehen. Außerdem fühlte er sich schuldig, weil er abgedankt hatte, um sie zu heiraten, und Xander als König des Landes, das er so sehr liebte, zurückgelassen hatte. „Das wird er müssen. Ich werde mit ihm reden."

Shakira drückte Roshan die Hand und schenkte ihm ein warmes, aufmunterndes Lächeln. „Und ich werde mit Elaheh reden", sagte sie. Sie drehte sich zu Zavian und Amir um. „Überlasst das uns, wir werden ihnen klarmachen, dass sie zusammenarbeiten müssen, um unser aller Willen."

Zavian und Amir tauschten einen erleichterten Blick aus.

„Danke", sagte Amir. „Es gibt keine Alternative. Sie müssen zusammenarbeiten, sonst ist alles in Gefahr." Er seufzte. „Sie sind beide gute Menschen ... jeder für sich. Nur wenn sie zusammen sind, gibt es ein Problem." Er zuckte mit den Schultern.

„Das Problem ist, dass sie gegensätzlich sind", fügte Zavian hinzu.

Während die drei Männer zu Xander gingen, blieb Shakira sitzen, die Hand auf ihrem geschwollenen Bauch. Sie hörte, wie Königin Elahehs Hubschrauber abhob. Ihr Herz sank.

Das Treffen war fast eine Katastrophe gewesen. Jedes Mal, wenn Xander gesprochen hatte, hatte Elaheh offensichtlich die Fassung verloren und eine scharfe Antwort gegeben, die Xander ignoriert hatte. Es war, als würde man eine Reality-TV-Show sehen - mit all der Gefahr und Spannung, aber ohne den Humor. Es schauderte ihr bis ins Mark. Sie hatte in ihrem Leben genug Konflikte und Zwietracht erlebt, um zu wissen, was sie anrichten konnten. Sie hoffte nur, dass Zavians Plan funktionieren würde, auch wenn er den Kern des Problems falsch verstanden hatte.

„Das Problem ist", murmelte Shakira zu sich selbst, „Xander und Elaheh sind keine Gegensätze - sie sind sich zu ähnlich."

KAPITEL 1

Eine Woche später...

„Diese Frau wird immer unmöglicher, wenn überhaupt!", schimpfte Xander zurück zu der Gruppe, die er und sein Bruder Roshan in der Halle der Wüstenjagdhütte zurückgelassen hatten, in der sich die Könige von Havilah immer trafen. „Können wir nichts gegen sie unternehmen?"

Roshan setzte sich und legte die Füße auf den Couchtisch. Er verschränkte die Arme hinter dem Kopf und sah aus wie der König des Landes, über das er nicht mehr herrschte.

„Was schlägst du vor?", fragte er spöttisch. „Sie absetzen und aus ihrem eigenen Land verbannen? Komm schon, Xander. Wir müssen mit ihr zusammenarbeiten. Sie ist zu wichtig."

Xander konnte seinen Blick nicht von der zierlichen Frau abwenden, die immer noch über Amir, Zavian und

Shakira den Hof hielt. „Und sie weiß das und nutzt es voll aus."

Roshan folgte Xanders Blick. „Shakira kommt gut mit ihr aus. Sie sagt, sie sei wirklich intelligent." Er zuckte mit den Schultern. „Ich glaube nicht, dass sie absichtlich provoziert. Sie ist einfach eine Frau, die weiß, was sie will."

„Und zweifellos will sie einen Ehemann. Ich bedauere den armen Mann, den sie heiratet."

„Anscheinend zeigt sie keinerlei Neigung zu heiraten. Ganz im Gegenteil sogar. Eigentlich schade. Sie wäre eine großartige Partie für dich."

Xander war so empört, dass er zunächst nicht sprechen konnte. Roshan warf ihm einen zweiten Blick zu und nahm dann gelassen noch einen Schluck Kaffee.

„Perfekt", fügte Roshan mit einem Lächeln hinzu.

„Du genießt das, oder?"

Roshans Grinsen wurde breiter. „Vielleicht. Es ist mal eine Abwechslung, dass nicht ich Gegenstand von Heiratsgerüchten und Spekulationen bin."

„Na, du kannst aufhören, über mich und Elaheh zu spekulieren. Sie hat ziemlich deutlich gemacht, dass sie mich nicht ausstehen kann."

Roshan legte den Kopf schief und spitzte die Lippen. „Da bin ich mir nicht so sicher. Manchmal denke ich, die Art, wie sie dich ansieht und dich zur Zielscheibe ihrer spitzen Bemerkungen macht, verrät ein ungewöhnliches Interesse."

Xander warf genervt sein Handy hin und blickte über Roshans Schulter zu der besagten Frau. „Du spinnst", murmelte er, während sein Blick an Elahehs aufrechter Haltung hängen blieb, ihrem kerzengerade Rücken und ihrem dicken dunklen Haar, das streng zu einer aufwendigen Frisur hochgesteckt war. Einen Moment lang fragte er sich, wie lang es wohl wäre, wenn es aus seinen engen Bindungen gelöst würde – falls es jemals gelöst wurde. Er konnte sich Königin Elaheh nicht anders als perfekt frisiert vorstellen. Er lächelte in sich hinein; wahrscheinlich ging sie sogar mit dieser Frisur schlafen. Aber es hatte einen gewissen Glanz und eine Fülle, die vermuten ließen, dass es lang war. Es reichte vermutlich bis zu ihrem Po. Seine Augen verweilten dort, wo dieser Po sein musste, verborgen unter einer Flut weißer Gewänder. Dann drehte sie sich zu ihm um und ihre Blicke trafen sich. Für einen Moment verhakten und verwickelten sich ihre Blicke, und da war ein Aufflackern von etwas, das er nicht benennen konnte. Unter normalen Umständen hätte er gewusst, wie er es nennen sollte – Anziehung. Aber dies waren definitiv keine normalen Umstände, und sie war definitiv keine gewöhnliche Frau. Dies war eine Frau, die ihn hasste, erinnerte er sich. Eine Frau, die nicht mit ihm sprechen konnte, ohne ihn entweder zu beleidigen oder zu kritisieren. Eine Frau, die er genauso hasste.

Er runzelte die Stirn, und sie sah weg. Xander wandte sich wieder Roshan zu. „Ich wiederhole, Elaheh hat kein Interesse an mir, und ich habe kein Interesse an ihr."

„Aber du wirst heiraten, oder?"

„Natürlich. Ich kenne meine Pflicht. Ich werde heiraten und Erben zeugen, wie es erwartet wird."

Roshan nickte. „Gut. Shakira hat mich gebeten, dich zu fragen, ob du jemanden im Sinn hast."

Sein Blick wanderte zu Elaheh und, verärgert über seine Schwäche, starrte er ihren Rücken an. „Ja, tatsächlich, und sie ist ganz anders als Elaheh."

Roshan hob eine Augenbraue. „Tatsächlich? Wer?"

Xander fuhr mit dem Finger um seinen Kragen, als wäre er plötzlich zu eng. „Eine Freundin von mir aus der Uni. Sie ist Expertin für historische Architektur. Sie wäre sehr passend."

„Sehr passend? Das klingt nicht nach einer Verbindung, die im Himmel geschlossen wurde."

Xander funkelte seinen Bruder an. „Wir können nicht alle so verliebt sein wie du und Shakira. Das ist einmalig."

Roshan schüttelte den Kopf. „Nein, ist es nicht. Schau dir Amir und Ruby an, schau dir Zavian und Gabrielle an. Zwei weitere Paare, die verrückt nacheinander sind."

Nun war es an Xander zu grunzen. „Ich mache nicht verrückt. Ich will nicht verrückt." Er räusperte sich. „Ashley ist eine Akademikerin – mehr an ihrer feministischen Forschung interessiert als daran, verrückt verliebt zu sein."

„Klingt nach einer Spaßkanone", murmelte Roshan und verdrehte die Augen.

„Da fängst du schon wieder an! ‚Spaßkanone', ‚verrückt' – das sind Dinge, die ich in meinem Leben nicht haben will."

Die Stille dehnte sich aus und wurde dicker, und Xander wusste, was sein Bruder dachte.

„Das warst du früher, Xander, als du jung warst. Bevor –"

Xander streckte die Hand aus, die Handfläche flach gegen die Worte seines Bruders, entschlossen, ihren Fluss zu stoppen. Er weigerte sich, mehr zu hören. „Geh da nicht hin, Roshan."

Roshan presste die Lippen zusammen und nickte

langsam. „Okay, vorerst. Aber irgendwann musst du es, wenn du jemals vorwärts kommen willst."

Xander wandte seinen Blick von Roshan ab, weg von Elaheh, zum Fenster, das auf die leere Wüste hinausging – eine ständige Erinnerung an alles, woran er sich nicht erinnern wollte. Vorwärts kommen? Xander fühlte sich, als wäre er rückwärts gegangen. Zurück an diesen Ort, in sein Land, den einzigen Ort auf der Welt, dem er anscheinend nicht ausweichen konnte, und der voller harter Erinnerungen war, die er entschlossen war zu unterdrücken. Er gab ein mehrdeutiges Grunzen von sich, das Roshan als Zustimmung auffasste.

„Okay. Diese Ashley ist also eine Möglichkeit. Warum beschreibst du mir nicht deine ideale Frau und Shakira und ich werden sehen, ob wir nicht bei ein paar Vorstellungen helfen können."

„Ich bin zufrieden mit Ashley."

„Weiß sie es schon?"

Xander schüttelte einmal den Kopf. „Aber sie wird es erfahren. Sie kommt in ein paar Monaten zu Besuch."

„Okay. Ich hoffe, das läuft gut für dich. Aber lass uns in der Zwischenzeit sehen, ob wir nicht etwas Konkurrenz für Ashley auftreiben können. Beschreib deine perfekte Frau." Roshan lehnte sich erwartungsvoll zurück.

Xander blinzelte, während er weiterhin zum fernen Horizont starrte und sein Kopf plötzlich mit Elahehs Gesicht erfüllt war. Wie auch immer sie aussah, sagte er sich entschieden, er wollte das Gegenteil.

Xander erinnerte sich plötzlich daran, wie Elahehs Mund auf Höhe seiner Brust war, als sie zu ihm aufsah. Ihr Atem an seinem Hals war wie der sengende Simoom-

Wüstenwind gewesen, der alles, was er trifft, auf sein Wesentliches reduziert. Er räusperte sich.

„Meine Frau wird groß sein", sagte Xander und ging zügig zum Schreibtisch, den er benutzte. Er nahm einen Bericht auf, sah ihn an, ohne ihn zu lesen, und legte ihn dann entschlossen auf einen Stapel ausgehender Korrespondenz. Aber der Papierkram schaffte es nicht, die Vision von Elahehs Augen zu vertreiben, die hell gegen ihre dunkle Haut leuchteten. Er blickte zu Roshan auf, der ihn aufmerksam beobachtete. „Und blass. Auf jeden Fall blass."

„Blass?", Roshan hob eine Augenbraue. „Also keine einheimische Frau?"

Xander schüttelte den Kopf und sah wieder auf die Unterlagen. „Nein."

„Noch etwas anderes?"

Xander warf das Papier hin, steckte die Hände in die Taschen und blickte in die Ferne. Elahehs wunderschöne Lippen fanden selten zu ihrer natürlichen Form. Sie waren ständig in Bewegung, kommunizierten immer ihre Gedanken. „Ruhig. Nicht viel zu sagen für sich selbst, aber wenn sie spricht..." Er lächelte bei dem Gedanken an Elahehs Stimme. Er hatte immer das Gefühl, dass es vielleicht das einzig Wahre an ihr war, das sie nicht verstellen konnte. Sie sprach wahrhaftiger als die Worte, die sie äußerte, und ihre sanften Töne schafften es immer, all seine Einwände gegen sie zu umgehen und das Ziel zu treffen, das er vor allen anderen verbarg. „Ihre Stimme wird sanft, musikalisch und verführerisch sein." Also vielleicht würde seine ideale Frau doch nicht das genaue Gegenteil sein. Okay, das konnte er durchgehen lassen, aber bei allem anderen musste er hart bleiben. Seine zukünftige Frau musste in jeder anderen Hinsicht das Gegenteil von Elaheh sein.

„Das ist eine interessante Liste. Noch etwas?"

Xander wandte sich seinem älteren Bruder zu. „Kurvig, große Brüste." Er drehte sich weg. „Ich mag große Brüste." Er hielt einen Moment inne, als er sich Elahehs kleine Brüste vorstellte. „Und" - er machte eine nachlässige Handbewegung - „du weißt schon, unkompliziert. Ich will niemanden, der anstrengend ist." Er nahm ein Buch und blätterte darin, um etwas zu tun.

„Du bist sehr bestimmt in deinen Ansichten. Ich vermute, du beschreibst diese Ashley-Person."

Und zu seiner Überraschung wurde Xander klar, dass er das tat. Er verengte seinen Blick auf seine Unterlagen und verglich die beiden Frauen in seinem geistigen Auge. Die eine, Elaheh, konnte er nicht ausstehen. So viel war offensichtlich. Mit der anderen, Ashley, kam er gut aus. Sie war schön und alles, was er gerade beschrieben hatte. Seine Stirn runzelte sich. Warum entfachte sie dann nicht seine Leidenschaften wie Elaheh es tat?

Er schlug das Buch zu. Und genau so wollte er es haben. Wenn es keine Leidenschaft gab, gab es keinen Schmerz. Eine einfache Gleichung, und eine, an der er unbedingt festhalten wollte.

„Bemüh dich nicht, eine Frau für mich zu suchen, Roshan. Das regele ich selbst."

Roshan seufzte. „Ashley."

„Ja. Dr. Ashley Maitland und ich werden ein beeindruckendes Team bilden. Wir sind Freunde. Das ist ein guter Anfang."

„Vielleicht", sagte Roshan.

Xander konnte den Zweifel, der in diesem einen Wort mitschwang, nicht ignorieren.

„Da gibt es kein Vielleicht."

Roshan verzog das Gesicht. „Ich glaube nicht, dass die Frau deiner Träume in so spezifischen Begriffen beschrieben werden kann. Du klingst so sicher, was du willst."

„Bin ich auch. Weil ich genau weiß, was ich nicht will. Oder besser gesagt, wen ich nicht heiraten will und mit wem ich nichts zu tun haben will."

„Ah", erwiderte Roshan, und sein Gesicht hellte sich plötzlich auf. „Ich verstehe."

Xander grunzte. „Gut. Und ich auch. Wenn ich Elaheh ansehe, wenn ich höre, wie sie mich anmeckert, weiß ich genau, dass sie absolut nichts, rein gar nichts mit der Person gemein hat, die ich heiraten möchte." Er setzte sich auf einen Stuhl, fühlte sich plötzlich geschlagen, und blickte Roshan niedergeschlagen an. Er fluchte übertrieben heftig unter seinem Atem. „Elaheh ist eine Frau, die einen Mann in den Wahnsinn treiben kann! Wenn ich noch mehr Zeit mit ihr verbringen muss, wird es zu viel sein. Wenn ich mir ihre herrischen Ideen anhören muss, werde ich durchdrehen. Kurz gesagt, Bruder, halte mich so weit wie möglich von ihr fern. Denn wenn du das nicht tust, kann ich für die Konsequenzen nicht garantieren."

„Oh je", stöhnte Roshan, ging ein paar Schritte weg und zog sein Handy heraus. „Hör zu, ich muss los. Aber ich melde mich."

„Das kommt plötzlich. Ich dachte, du bleibst zum Abendessen."

Roshan lächelte flüchtig. „Änderung der Pläne."

Xander runzelte die Stirn, als sich in seinem Hinterkopf ein unwillkommener Verdacht bildete. Etwas, das er gesagt hatte, hatte Roshans Stimmung und seine Pläne verändert. Er ging das vorherige Gespräch im Geiste durch. Er konnte an einem bestimmten Satz nicht vorbeikommen. Er stöhnte. „Du hast doch nicht etwa, oder?"

Roshan lächelte, zu strahlend, seine Hand am Türgriff. „Habe ich was nicht?"

Xander neigte den Kopf zur Seite und verengte die Augen, sein Blick verließ Roshan nie. „Du weißt schon", sagte er mit seiner bedrohlichsten Stimme. „Du hast doch nichts zwischen mir und Elaheh arrangiert, oder?"

Er hob die Stimme am Ende des Satzes nicht. Es war eine Feststellung, keine Frage.

„Na, lustig, dass du das sagst."

Xander fand das überhaupt nicht lustig. Er blieb stumm und beobachtete seinen Bruder aufmerksam.

„Tatsächlich habe ich neulich mit Amir und Zavian gesprochen, und wir sind uns alle einig. Der beste Weg, um das Infrastruktur- und Kommunikationsprojekt zwischen Sharq Havilah und Tawazun voranzubringen, ist ein persönliches Gespräch zwischen den beiden Herrschern." Roshan gestikulierte hilflos. „Auf diese Weise gibt es weniger Hin und Her, und es kann schneller vorangehen." Er umklammerte den Türgriff, ließ los und packte ihn dann wieder. Er wirkte regelrecht nervös, was Xander nervös machte. Roshan sah nie nervös aus. „Es werden nur ihr beide sein. So wird es einfacher sein."

Xander warf die nächstbeste Akte nach Roshan, aber sie landete mit einem dumpfen Aufprall an der geschlossenen Tür. Alles, was er hören konnte, war das Lachen seines Bruders, als er wegging. „Definitiv einfacher!", rief Roshan durch die geschlossene Tür.

„Vielleicht für dich", brüllte Xander, warf sich in einen Sessel und blickte auf die Papiere, die nun im ganzen Zimmer verstreut lagen. „Für dich", fügte er hinzu. „Aber nicht für mich."

ELAHEH STAND am Eingang der alten Wüstenjagdhütte – dem Ort aller Treffen der Könige und Königinnen von Havilah – und spürte ein Sinken in ihrem Magen, als sie die seltsame Notiz zusammenfaltete und in ihre Tasche schob, um sie aus ihren Gedanken zu verbannen.

Es war nicht die erste solche Notiz, aber sie würde dafür sorgen, dass es die letzte war. Nur nicht jetzt. An diesem Morgen hatte sie größere Sorgen als einen Brief, der ihre Sicherheit bedrohte. Sie warf einen Blick auf ihren treuen Wesir Abzari, der an der Seite stand, seine stille, beruhigende Präsenz in dieser seltsamen Welt der Politik und Pose, in der sie sich wiederfand, schätzend. Dann blickte sie geradeaus und sammelte alle ihre Kraftreserven, um ihrem Besucher zu begegnen. Denn es war nicht das übliche Treffen aller Könige und Königinnen, heute würde sie nur einen treffen. Und er war zu spät.

Sie füllte ihre Lungen mit der heißen, trockenen Luft der riesigen Wüste, die sie umgab. Für die anderen, die Stadtbewohner, musste es fremd erscheinen, dachte sie. Aber für sie, geboren und aufgewachsen in den nomadischen Zeltsstädten der Beduinen, war es Heimat. Es war ihre Welt und eine, die sie verstand. Deshalb wollte sie sich hier treffen, anstatt im Stadtstaat Sharq Havilah – mit all seinen modernen Türmen und geschäftigen Straßen – oder in ihrem eigenen Palast in Tawazun. Hier hatte sie nur eine Sache zu bewältigen, eine Person zu kontrollieren: König Xander von Sharq Havilah. Er erwies sich als widerspenstig gegenüber ihren Forderungen. Aber sie würde dafür sorgen, dass er tat, was sie wollte. Am Ende.

Das Summen des sich nähernden Hubschraubers war zunächst wie ein lästiges Insekt, wurde allmählich lauter, bis das Dröhnen seiner Rotorblätter die Luft erfüllte und die Stille mit seinem unwillkommenen Lärm übernahm. Innerlich zuckte Elaheh zusammen; äußerlich verengten sich ihre Augen ein wenig. Wie konnte es sein, dass schon die Annäherung des Mannes ausreichte, um ihr Gleichgewicht zu stören?

Sie richtete ihr Kopftuch, als der Hubschrauber über ihnen schwebte und im riesigen Innenhof landete, Sand und Staub wirbelten um sie herum auf. Sie wich nicht zurück. Es lag nicht in ihrer Natur.

Xander stieg mit gesenktem Kopf aus dem Hubschrauber und schritt zum Eingang des Wüstenpalastes, gefolgt von seinen Beratern. Nachdem er ihr einen verengten Blick zugeworfen hatte, hob sich sein Blick und nahm die Jagdhütte – einst eine Palastfestung – mit ihren alten, geheimnisvollen Gravuren um den Eingang und der kompromisslosen roten Steinfassade, die dazu gedacht war, Eindringlinge abzuwehren, in Augenschein. Elaheh wünschte nur, sie wäre stark genug, um Xander abzuwehren.

Erst als er ihr nahe kam, begegnete er ihrem Blick, der nicht von ihm gewichen war. Meistens musste sie die Leute nur ansehen, um sie zu beherrschen. Ihr Vater hatte bemerkt, dass sie schon als kleines Kind einen durchdringenden Blick hatte, vor dem die Menschen zurückschreckten. Es war ihr Fluch gewesen, da er Menschen abgeschreckt hatte, die sie nicht hatte abschrecken wollen, aber auf lange Sicht hatte es sich auch als ihr Retter und Beschützer erwiesen.

„Xander", sagte sie kurz angebunden, als er vor ihr stand. Es ärgerte sie, dass sie so weit nach oben schauen musste. Er war größer als die anderen Könige. Und sie musste sich wappnen, die Zähne zusammenbeißen, um diesen Augen zu begegnen. Sie hasste das Flattern, das sie spürte, wenn sie in diese verengten, strengen, kontrollierenden schwarzen Augen blickte.

„Elaheh", erwiderte er ebenso knapp.

Sie wartete auf die traditionellen Begrüßungsworte. Als diese ausblieben, drehte sie sich mit einem Schwung ihres Gewandes um und betrat die Halle.

Obwohl sie ihn nicht sehen konnte, spürte sie seine Augen auf sich. Es war wie ein kitzelndes Gefühl, das ihren Rücken entlang lief. Sie konnte fühlen, wie sich die feinen Härchen in ihrem Nacken aufstellten, und sie erschauerte leicht.

Sie blieb im Flur stehen und drehte sich zu ihm um.

„Kalt?", fragte er und sah sich um. „Ich schätze, es ist kühl hier drin, wenn man nicht an Klimaanlagen gewöhnt ist. Und ich glaube, Sie benutzen sie in Ihrem Palast nicht, oder?"

Wut loderte in ihr auf. Erstens hatte er ihr Erschauern bemerkt. Sie wollte nicht, dass er sie aufmerksam genug ansah, um ihr Erschauern zu bemerken. Und zweitens konnte er es nicht lassen, negativ über ihren alten Palast und ihre traditionelle Lebensweise zu sprechen.

„Es ist nicht nötig. Ich schätze", sagte sie und betonte das umgangssprachliche Wort, das sie nie benutzte, Xander aber oft. „Wenn Sie den Großteil Ihres Lebens fern von Ihrer Heimat verbringen, fühlen Sie sich hier nicht zugehörig. Und wenn Sie sich so fühlen, sollten Sie vielleicht gehen." Sie wedelte abweisend mit der Hand. „Vielleicht sollten Sie in das Vereinigte Königreich oder die USA zurückkehren, oder wo auch immer Sie herkommen, und zu Ihren klimatisierten Büros und Ihrem oberflächlichen Lebensstil."

Er neigte seinen Kopf zu ihr, seine Augen funkelten, aber sie weigerte sich zusammenzuzucken. „Oh, Elaheh", sagte er, und sein warmer Atem strich über ihre Wangen und ihren Hals, was eine weitere Runde von Gänsehaut verursachte. „Ich gehöre hierher. Genauso wie Sie. Und ich fürchte, ich gehe nirgendwohin. Ich bin der König von Sharq Havilah, und daran können Sie nichts ändern."

„Umso bedauerlicher", sagte sie zwischen zusammengebissenen Zähnen.

Er zog sich zurück, und diese dunklen Augen enthielten einen Funken Humor. Das hasste sie noch mehr. „Das meinen Sie nicht so. Immerhin, mit wem würden Sie sich dann verbal duellieren?"

Die Wut verwandelte sich in etwas wie Raserei. Sie konnte spüren, wie es in ihr hochkochte, aber bevor sie sich ausdrücken konnte, hatte er sich auf dem Absatz umgedreht, die Hände in den Taschen in seiner üblichen sorglosen, entspannten Art, und ging in Richtung des Besprechungsraums.

Es blieb ihr nichts anderes übrig, als zu folgen. Sie hasste es, jemandem zu folgen, geschweige denn einem Mann, der sie so wütend machen konnte, dass sie die Nachwirkungen ihrer Begegnungen noch lange spürte, nachdem sie getrennte Wege gegangen waren.

Sie nahmen ihre Plätze um den mittelalterlichen Tisch

ein – seine stark polierte Patina schuf zusammen mit dem übergroßen, farbenfrohen Teppich, der den steinernen Boden bedeckte, eine Wärme in der kavernösen Halle. In jüngster Zeit musste der Tisch sechs Könige und Königinnen beherbergen, anstatt der ursprünglichen drei Havilahi-Könige. Aber heute waren nur sie beide da.

Elaheh winkte ihre Zofe weg. Sie wollte mit der Arbeit beginnen. Sie wollte nicht, dass dieses Treffen einen Moment länger dauerte als nötig.

Xander hob eine Augenbraue, als er eine Tasse Kaffee annahm – einen italienischen Espresso, wie Elaheh missbilligend feststellte. „Sie trinken keinen Kaffee?", fragte er.

Sie schüttelte den Kopf. „Ich würde lieber zur Sache kommen. Je früher wir anfangen, desto früher können wir getrennte Wege gehen."

Er lehnte sich in seinem Stuhl zurück und nippte an seinem Kaffee, wobei er sie nicht aus den Augen ließ. Trotz ihrer selbst konnte sie spüren, wie ihr die Hitze ins Gesicht stieg. Sie errötete nie. Irgendwie schaffte sie es, es zu unterdrücken.

„Sie freuen sich wohl nicht darauf, Zeit allein mit mir zu verbringen, oder?"

Wie er es schaffte, dem Wort „allein" eine so schwere Bedeutung zu verleihen, war ihr schleierhaft. Sie legte ihre Hände ruhig zusammen und starrte ihn ein paar Momente schweigend an. Das funktionierte normalerweise. Aber anscheinend nicht bei Xander. Er sah so cool und unbeeindruckt aus, als würde er, so stellte sie sich vor, einen Morgenkaffee mit Freunden am Strand trinken. Nicht dass sie jemals in der Lage gewesen wäre – oder gewollt hätte, erinnerte sie sich – solche Dinge zu tun.

„Nein", sagte sie. „Also schlage ich vor, wir beginnen."

Er zuckte mit den Schultern, als ob es ihm egal wäre.

Seine mangelnde Ernsthaftigkeit trieb ihren Ärger noch eine Stufe höher. Es vertrieb jede Spur von Erröten und das Eis, das normalerweise durch ihre Adern floss, kehrte zurück. „Sie scheinen sich nicht darum zu kümmern, ob unsere Gespräche erfolgreich sind oder nicht."

„Natürlich werden sie erfolgreich sein. Warum sollten sie es nicht? Wir wollen beide dasselbe."

„Und das wäre?" Es war an ihr, spöttisch eine Augenbraue zu heben. „Vielleicht möchten Sie mich daran erinnern."

„Wir wollen beide, was der andere hat."

Warum hatte sie das Gefühl, er spreche von etwas viel Persönlicherem als Infrastrukturprojekten? Sie hinderte ihren Geist daran, eine unerwünschte Wendung zu nehmen.

„Ich verstehe, dass Sie die Stabilität, Macht und Größe meines Landes brauchen, um Ihr kleines, taschengroßes Land zu stärken", erwiderte sie. „Und ich habe zugestimmt, dabei zu helfen. Aber wir brauchen wenig von Ihnen."

„Sie sind absichtlich provokativ." Sie hatte ihn aus der Fassung gebracht. Das wusste sie, als er vorsichtig seine Tasse zurück auf die Untertasse stellte. Seine Haltung hatte sich nicht verändert, aber er hatte seinen Kiefer angespannt. „Sie mögen ein großes, mächtiges Land sein, aber Sharq Havilah hat eine Infrastruktur, von der Sie nur träumen können."

„Pah! Wolkenkratzer, Mobilfunktürme und westliche

Boutiquen." Sie machte ein weiteres abfälliges Geräusch. „Das sind keine Dinge, die mein Land braucht."

„Dann..." Er lehnte sich zu ihr. „Warum sind Sie hier?"

Sie hätte sich selbst treten können. Ihre Feindseligkeit gegenüber diesem ärgerlichen Mann hatte sie in die Ecke getrieben. Er hatte Recht. Sie und ihr Land brauchten die Expertise seines Landes, um Tawazun in die moderne Zeit zu bringen. Sie wollte es nur nicht zugeben.

Sie entschied sich für den einfachen Ausweg und nahm seine Worte beim Nennwert. „Ich bin hier wegen des Vertrags, den ich mit den drei Ländern von Havilah und mit Al Jazeera unterzeichnet habe. Ich bin hier, weil ich gesagt habe, ich würde hier sein."

„Sie sind hier, Elaheh, weil Sie meine Hilfe brauchen. Und deshalb schlage ich vor, dass Sie aufhören, mich zu bekämpfen - was Ihnen übrigens nicht gelingen wird."

Sie starrten sich einige Augenblicke in einer Pattsituation an. Die Luft zwischen ihnen knisterte, aber womit, konnte Elaheh nicht beschreiben. Da war Feindseligkeit, aber auch eine Reihe anderer Gefühle und Emotionen, die sie verwirrt und ratlos zurückließen. Und sie konnte es sich nicht leisten, jetzt eines dieser Dinge zu sein. Sie wollte ihn von sich stoßen, ihm ins Gesicht schlagen, ihn zu Boden ringen, wie sie es früher mit ihren Cousins getan hatte. Dieser Gedanke blieb in ihrem Kopf und verwandelte sich in ein sehr uncousinhaftes Bild. Es war Elaheh, die sich zuerst abwandte und den Laptop aufklappte.

Sie räusperte sich. „Punkt eins auf der Tagesordnung ist Telekommunikation." Sie schaute über den Laptop zu ihm auf. „Ich verstehe, Sie haben einige Expertise auf diesem Gebiet."

„In der Tat. Und Sie brauchen sie, nicht wahr?" Ein Lächeln umspielte seine Lippen, als hätte er die erste Schlacht gewonnen. Vielleicht hatte er das, aber er würde nicht alle gewinnen, dafür würde sie sorgen.

Sie leckte sich über die Lippen, als sie versuchte, die Worte der Kapitulation zu formen – zuzugeben, dass sie ihn brauchte. Sie weigerten sich zu kommen.

„Und dann kommen wir zu Punkt zwei", sagte sie. „Der Zugang Ihres Landes zu meinem, über die Berge."

Sein Lächeln verschwand. Da hatte sie ihn.

„Ich nehme an, das Bedürfnis Ihres Landes nach Zugang zu meinem Land und all seinem unberührten Erbe und kulturellen Reichtum interessiert Sie immer noch?" Sie drückte die Frage aus.

Er nickte einmal kurz und scharf. Gut. Sie waren wieder quitt.

„Dann wollen wir mal anfangen."

Sie war unmöglich. Von allen Frauen, die er je kennengelernt hatte - und er hatte viele kennengelernt -, musste Königin Elaheh von Tawazun die sturste, kälteste, zornigste und unnachgiebigste sein, der er je das Pech gehabt hatte, zu begegnen. Sicher, sie war klug und schön. Aber sie benutzte diese gottgegebenen Gaben als Waffen, und zwar mit schmerzhafter Präzision.

Er war es leid, mit ihr zu kämpfen. Am Ende eines weiteren hart errungenen Geschäfts stand er auf.

„Wohin gehen Sie?", fragte sie scharf. „Wir sind hier noch nicht fertig."

„Sie vielleicht nicht, aber ich schon. Ich brauche eine Pause."

„Die können Sie hier machen."

„Nein, kann ich nicht."

„Warum nicht?", bohrte sie nach. Sie war unerbittlich. Gab sie denn nie auf?

Er drehte sich um, völlig genervt. „Weil ich, Elaheh, eine Pause von Ihnen brauche!"

Das hatte er nicht sagen wollen. Unhöflichkeit war etwas, das er weder bei anderen noch bei sich selbst schätzte.

Sie klappte ihren Laptop zu und funkelte ihn an. „Sie, Xander, sind unhöflich und ungehobelt!"

„Und Sie, Elaheh, sind eine Zumutung, wenn es ums Geschäfte machen geht!"

Die Stille war dick vor Wut. „Eine Zumutung?", sagte sie zwischen zusammengepressten Lippen. Sie erhob sich. „Eine Zumutung?", wiederholte sie, während sie um den Tisch auf ihn zuging. „Wollen Sie wissen, was wirklich eine Zumutung ist? Mit jemandem wie Ihnen zusammenarbeiten zu müssen. Sie haben keine Ahnung, wie es ist, ein Beduine zu sein, keine Ahnung von unserer Kultur, unserem Leben, und doch kehren Sie an Ihren Geburtsort zurück, übernehmen die Krone und tun so, als wären Sie einer von uns. Sie sind keiner von uns, und nichts wird Sie je dazu machen."

Da, sie hatte es gerade getan – ins Schwarze getroffen mit der Spitze ihres Rapiers. Er spürte den scharfen Stich in seinen innersten Schmerz nur entfernt. Er hatte sein ganzes Leben damit verbracht, ihn mit Schicht um Schicht von Taubheit und Gleichgültigkeit zu überdecken, gekrönt von den sichtbaren Schichten aus Arroganz und lässigem Charme. Es täuschte jeden außer seinem Bruder. Und er konnte nicht glauben, dass es Elaheh nicht getäuscht hatte. Was sie getan hatte, hatte sie aus reinem Instinkt getan. Killerinstinkt.

Er verengte seinen Blick und versuchte, die Menge dessen, was sie sehen konnte, zu reduzieren. Sie rückte vor, als würde sie seine Schwäche wittern. Sie war jetzt nah, so nah, dass er die goldenen Sprenkel in ihren dunklen Augen sehen konnte – Augen, die er zunächst für Tigeraugen gehalten hatte. Das war, bevor er wusste, dass es mehr als eine Art gab, in der sie einem Tiger ähnelte, und keine davon war attraktiv. Er biss die Zähne zusammen und versuchte, sein Temperament zu zügeln.

„Hören Sie auf, Elaheh, bevor einer von uns etwas sagt, das wir bereuen werden."

„Ich höre mit gar nichts auf!" Ihre Augen loderten und sie sah tatsächlich unaufhaltsam aus. „Ich bin gezwungen, mit jemandem wie Ihnen zu verhandeln – einem König nur durch Zufall, einem Fremden!"

„Glauben Sie mir, Elaheh, es gibt eine Million Dinge, die ich lieber tun würde, und keines davon wäre mit Ihnen. Sie sind die schlimmste, kälteste, uncharmanteste Frau, die ich je kennengelernt habe! Kein Wunder, dass keiner der anderen Könige Sie heiraten wollte!"

Der furchteinflößende Blick schmolz dahin und für ein paar lange, endlose Sekunden sah er einen Ausdruck von Verletzlichkeit und Schmerz, der sich mit seinem eigenen vermischte und alles noch viel schlimmer machte.

Er streckte die Hand aus und berührte ihren Arm, instinktiv nach Kontakt suchend, um den Schmerz zu lindern, den er ihr zugefügt hatte. „Es tut mir leid, ich habe das nicht so gemeint."

Ihre schönen Augen glitzerten nun wie Gold mit Tränen, die nicht fielen. Sie schüttelte den Kopf. „Sie haben es so gemeint. Sie sind zu ehrlich, um nicht die Wahrheit zu sagen. Das zumindest weiß ich über Sie." Sie zog ihren Arm von ihm weg und betrachtete ihn, als hätte seine Berührung sie verbrannt.

Er streckte erneut die Hand nach ihr aus. Er musste ihren Schmerz wegnehmen, er musste die Kluft überbrücken, die sich wie eine tückische Schlucht zwischen ihnen aufgetan hatte. Aber sie riss ihren Arm weg und rieb ihn. „Fassen Sie mich nicht an. Ich hasse es, berührt zu werden." Das wurde immer schlimmer.

Sie wich vor ihm zurück, als hätte sie Angst vor dem, was er tun könnte. Er hob die Hände. „Elaheh, hören Sie, es tut mir so leid. Ich wollte Sie weder verletzen noch erschrecken. Sie müssen wissen, dass ich nicht der Typ bin, der anderen wehtut."

Sie ging schnell zur Tür.

„Bitte, Elaheh, lassen Sie uns nicht so auseinandergehen. Ich entschuldige mich für meine dummen Kommentare. Ich habe sie nicht so gemeint. Es ist nur, Sie machen mich wahnsinnig."

Sie drehte sich langsam um. „Das ist nicht mein Problem."

Er geriet in Panik bei dem Gedanken, dass sie weggehen und ihre Gespräche ins Stocken geraten würden. „Nein, Sie haben Recht. Aber wir können das durchstehen."

„Natürlich. Dachten Sie, ich würde gehen? Nicht bevor die Geschäfte abgeschlossen sind. Ich, Xander, bin Profi. Ich stelle das Persönliche nicht vor das Geschäftliche. Und das sollten Sie auch nicht tun."

Er sah zu, wie sie mit einem Rascheln ihrer Gewänder den Raum verließ, ihr Duft hing noch in der Luft. Er atmete tief ein. Zuerst hatte er ihn für zu stark gehalten, nicht so subtil wie ein französisches Parfüm, aber der reiche Duft hatte sich irgendwie in sein System eingeschlichen und ein Prickeln unerwünschter Emotion mitgebracht. Welcher Art, hätte er nicht sagen können, da er sie schnell unterdrückte.

Er musste sich ein Beispiel an ihr nehmen und das Persönliche dorthin zurückdrängen, wo es hingehörte. Nirgendwohin.

Elaheh lächelte ihrer Zofe reumütig zu, als sie ihr Zimmer betrat und ließ sofort den spröden Schutzschild, mit dem sie sich umgab, schmelzen, während sie ein kühles Getränk entgegennahm. Sie streifte ihre Gewänder ab und enthüllte das lockere Hemdkleid, das sie darunter trug. Manche Leute trugen Jeans und Shorts unter ihren Gewändern, aber sie bevorzugte ein schickes Kleid, das auf dem traditionellen basierte. Es war weiß, wie all ihre Kleidung. Sie mochte es.

Aber sie nahm keinen Schluck aus ihrem Glas. Sie war zu aufgewühlt. Was Xander gesagt hatte, hatte sie verletzt. Sie spürte das Rascheln in ihrer Tasche und zog den gefalteten Brief hervor. Diesmal las sie ihn richtig und bemerkte die Drohung am Ende. Aber mehr als das beunruhigte sie, wie er sie erreicht hatte. Niemand außer ihrem engen Kreis von inneren Beratern wusste, wo sie sich aufhielt. Sie blickte sich um, sah die Zofe und die anderen, die in der Nähe arbeiteten, und plötzlich misstraute sie jedem. Und zum ersten Mal in ihrem Erwachsenenleben fühlte sie sich verängstigt.

KAPITEL 2

„Also", sagte Xander und glättete die Karte ihrer beiden Länder auf dem Tisch, der zwischen ihnen stand.

„Also", wiederholte Elaheh vorsichtig, während sie Xander ansah, nicht die Karte. Die Karte kannte sie in- und auswendig, Xander dagegen nicht. Sie musste ihn verstehen, wenn sie mit ihm zusammenarbeiten wollte.

Er blickte auf, seine dunklen Augen undurchdringlich und kalt. Sie zuckte unter seinem Blick fast zusammen, wusste aber, dass er es nicht bemerken würde. Sie hatte jahrelang daran gearbeitet, dass niemand erkennen konnte, was in ihrem Kopf oder in ihrem Herzen vorging. Es war ihre einzige Verteidigung gegen die Männerwelt, in der sie lebte.

Er richtete seinen Blick wieder auf die Karte und tippte mit dem Zeigefinger auf eine bestimmte Stelle. Sie konnte nicht umhin zu bemerken, dass seine Fingernägel sauber und poliert waren. Der Mann war makellos. Sie biss die Zähne zusammen. Sie mochte makellos. Es war frei von Komplikationen und Chaos. Normalerweise.

„Die neue Route zwischen unseren Ländern wird natürlich dem alten Beduinenpfad über die Berge folgen."

Sie wandte ihren Blick nicht ab. „Es wird teuer sein und Jahre dauern, bis es fertig ist."

„Mag sein, aber unsere Länder können es sich beide leisten und werden durch die Verbindung reicher werden."

Sie blickte auf und hielt seinem Blick stand. „Ihr Tourismusgeschäft wird offensichtlich von der Anziehungskraft unserer traditionellen Kultur und alten Gebäude profitieren. Dinge, die Ihr modernes Land mit all seinen Glastürmen und Technologie nicht bieten kann." Sie lehnte sich zurück und verschränkte die Arme, zufrieden damit, dass ihr spitzer Kommentar sein Ziel treffen würde, dass er irgendwo hinter Xanders kühlem, poliertem Äußeren zu spüren sein würde.

„Und Ihres", sagte er bestimmt, beugte sich vor und stützte seine Unterarme auf die Oberschenkel, während er sein gerunzeltes Gesicht näher an ihres heranbrachte, „wird Zugang zum Meer und unserem Hafen bekommen, Dinge, die Sie noch nie zuvor hatten."

„Dessen Fehlen uns jahrhundertelang in Sicherheit gewiegt hat", schnappte sie und weigerte sich, sich geschlagen zu geben.

„Sicher, weil sich niemand für ein Land ohne Zugang zum Meer interessierte." Er lehnte sich wieder zurück und musterte sie eindringlich. „Hören Sie, wenn Sie die Moderne meines Landes verachten, haben Sie die Wahl, im finsteren Mittelalter zu bleiben." Er zuckte mit den

Schultern. „Es ist mir wirklich egal. Ihr Land wird viel mehr profitieren als meines."

Ein Anflug von Wut durchzuckte sie angesichts der Ungerechtigkeit dieser Aussage. „Sie lügen, Xander, und es hat keinen Sinn, dass wir zusammenarbeiten, wenn Sie das weiterhin tun." Sie wedelte mit dem Finger vor ihm. „Sie wissen genau, was Sie bekommen werden – einen Prozentsatz all unserer Waren und unseres Öls, die durch Ihren Hafen fließen werden, sowie den Tourismus, den mein Land anziehen wird."

Plötzlich griff er nach vorn, packte ihren wedelnden Finger und hielt ihn fest. „Tun. Sie. Das. Nie. Wieder!"

Sie zog sich überrascht zurück. „Ich werde genau das tun, was ich will."

„Wenn Sie mich wie ein Kind behandeln, werde ich gehen."

„Genau wie ein Kind!"

Sie starrten einander in einer feurigen Pattsituation an, die nur durch das beharrliche Klingeln von Xanders Telefon unterbrochen wurde. Mit einem genervten Grunzen ließ Xander das Telefon vom Tisch in seine Hand gleiten, stand auf und ging weg. „Ja!"

Elaheh holte zitternd Luft, als Xander wegging. Sie konnte dem Druck gegnerischer Kräfte standhalten, seien es ihre Minister, besuchende Diplomaten oder Familie, die alle darauf aus waren, ihren Willen jemandem aufzuzwingen, den sie für eine schwache Frau hielten. Aber was sie nicht ertragen konnte, war Xanders Nähe. Es war persönlich, es war intensiv, und es drang zu ihr durch wie nichts anderes.

Sie brauchte Luft. Sie ging zum Fenster und öffnete es, erleichtert, als die trockene Hitze den kühlen, klimatisierten Raum durchflutete und ihre Lungen füllte. Sie wusste nicht, wie Xander und die anderen Könige solch künstliche Bedingungen ertragen konnten. Sie musste die Wüstenluft in ihrem Gesicht und in ihrem Körper spüren, um zu überleben; sie musste die Essenz des Landes in ihren Adern spüren, um zu leben.

Sie hörte Xanders Gespräch mit halbem Ohr zu, das hauptsächlich aus Grunzlauten seinerseits bestand. Es dauerte eine Weile, bis sie herausfand, dass es sein Bruder Roshan am anderen Ende der Leitung war. Erst als Xanders Grunzlaute zustimmend klangen – er hatte etwas zugestimmt, aber sie hatte keine Ahnung, was – beendete er sein Gespräch, warf das Telefon zurück auf den Tisch und setzte sich wieder.

Er wirkte zwiespältig, als er seine Finger durch sein Haar fuhr. Seine Lippen bildeten eine gerade Linie, ebenso wie sein Blick, der direkt auf sie gerichtet war. Volltreffer. „Setzen Sie sich, Elaheh. Wir müssen aufhören zu sticheln und uns an die Arbeit machen."

„Ist das das, was Ihr Bruder Ihnen gesagt hat?" Sie wartete nicht auf eine Antwort, weil sie wusste, dass sowohl Xander als auch Roshan Recht hatten. Was auch immer sie gesagt hatte, was auch immer Xander gesagt hatte, sie brauchten beide, dass dieses Projekt ein Erfolg wurde, da es letztendlich beiden Ländern zugutekommen würde.

Xander antwortete nicht, sondern klappte den Laptop auf, öffnete ein Dokument und drehte ihn zu ihr um.

„Was ist das?", fragte sie misstrauisch.

„Ein erster Straßenbaubericht. Ich schlage vor, wir akzeptieren seine Empfehlungen und beauftragen sofort einen vollständigen und umfassenden Bericht einschließlich Ressourcen und Zeitplänen, damit wir wissen, worauf wir uns einlassen und anfangen können. Einverstanden?"

Sie beschränkte sich auf einen finsteren Blick. „Noch nicht. Ich habe ihn nicht gelesen."

Sie nahm den Laptop und begann zu lesen, sich seiner Ungeduld bewusst. Trotzdem nahm sie sich Zeit und las jedes Wort. Sie nickte, als sie den Laptop schloss und über den Tisch zurück zu ihm schob. „Einverstanden", sagte sie einfach. Sie war überrascht, eine Veränderung in seiner Haltung zu sehen. Die Kälte war verschwunden, er sah sogar amüsiert aus. Das machte sie weniger amüsiert.

„Was finden Sie so lustig?", sagte sie in ihrem hochmütigsten Ton.

Er zuckte leicht mit den Schultern und seine Lippen verzogen sich kurz. „Sie."

„Ich bin nicht amüsant."

„Stimmt. Du bist weit davon entfernt, amüsant zu sein, viel zu ernst dafür. Aber du bist lustig. Unbeabsichtigt. Und das macht es noch lustiger."

„Du redest Unsinn, Xander. Ist das, was deine Ivy-League-Ausbildung dir gebracht hat? Ist das, was das Netzwerken mit all deinen glatten Freunden aus dir macht?" Sie stand auf. „Weil dir nichts Vernünftiges einfällt, drehst du den Spieß um und versuchst, dich über mich lustig zu machen? Ist das alles, was du kannst? Du solltest dich schämen!"

Damit stürmte sie aus dem Konferenzraum und fegte durch die alten Korridore zu der Suite von Zimmern, die für die nächsten Tage die ihren sein würden, bis ihre Gespräche abgeschlossen waren. Einmal im Zimmer, entließ sie ihre Bedienstete, riss alle Fenster zum zentralen Innenhof auf und schritt in ihrem Zimmer auf und ab, versuchte sich zu beruhigen, während sie sich gleichzeitig durch den Gedanken an sein Gesicht, seine Augen, die sie auslachten, immer mehr aufregte.

Wenn es eine Sache gab, die sie hasste, dann war es, ausgelacht zu werden.

Xander bereute es, seinem Impuls nachgegeben zu haben, über sie zu lachen. Sie hatte wie ein junges Mädchen ausgesehen, das in die technischen Details des Berichts vertieft war, und das hatte ihn berührt. Aber als sie seinen Blick bemerkt hatte und ihr Ausdruck sich sofort wieder in die grimmige Maske von zuvor verwandelt hatte, hatte sie Recht gehabt – er hatte gelogen, um sich zu verteidigen.

Es war lächerlich, all dieses ständige Parieren und Stoßen, wie bei einem Turnier. Neben der Tatsache, dass es erschöpfend war, war es fruchtlos und sinnlos, genau wie Roshan gesagt hatte. Sie mussten das hinter sich lassen und weitermachen. Trotzdem vermutete Xander, dass die Könige und Shakira sie zusammengebracht hatten, um sowohl ihre persönlichen als auch ihre politischen Differenzen zu lösen.

Und Xander wusste tief im Inneren, dass Elaheh Recht hatte. Er hatte die Art von Ausbildung genossen, die mehr auf verbalem Parieren als auf Integrität und Ehrlichkeit beruhte. Roshans Worte gingen ihm durch den Kopf. Obwohl sein älterer Bruder jetzt verheiratet war und auf der Insel Al Jazeera lebte, und zwar sehr glücklich, behielt er ein wachsames Auge auf Xander. Und trotz Xanders anfänglicher Irritation war er dankbar für Roshans anhaltende, beruhigende und wachsame Unterstützung. Xander hatte nicht realisiert, wie viel er über das Königsein nicht wusste. Aber es war Roshans letzter Rat gewesen, den er am schwersten zu bedenken fand. Roshan hatte vorgeschlagen, Xander solle sich für zwei Tage vorstellen, dass Elaheh die begehrenswerteste Frau der Welt sei, und sie dementsprechend bezaubern.

Er starrte wütend auf den Laptop. Er hatte die Unterlagen durchgesehen und versucht, einen Weg zu finden, auf dem er sie nicht so sehr brauchte, wie sie ihn brauchte. Aber es gab keinen. Er klappte ihn zu und sprang auf. Sie alle brauchten, dass dieses Projekt in Gang kam, und Roshan hatte Recht, Xander war zu stur. Aber sie war es, Elaheh. Sie ging ihm gegen den Strich. Er würde zu ihr gehen und sie bezaubern. Er konnte das schaffen.

Elaheh sah sich scharf um, als es an ihrer Tür klopfte. Sie bewegte sich nicht sofort. Ihre Mitarbeiter wussten, dass sie diese Stunde immer in Kontemplation verbrachte. Es war die Art gewesen, wie sie den Großteil ihrer Jugend verbracht hatte. Was als Flucht begonnen hatte, schätzte sie jetzt als Zeit, um ihre Gedanken zu ordnen und neue Kraft zu schöpfen. Wer auch immer klopfte, würde wieder gehen, dachte sie und schloss erneut ihre Augen.

Aber es kam wieder. Sie knirschte mit den Zähnen. Es musste jemand Neues sein. Sie würde ihn zurechtweisen. Sie öffnete die Tür, bereit, der Person die Meinung zu sagen, war aber verblüfft, Xander zu sehen, der eine Flasche Champagner und zwei Champagnerflöten hielt und, noch schockierender, ein Lächeln auf diesen gewöhnlich ernsten Lippen trug.

„Was machst du hier?“, fragte sie und ließ die Tür in ihrer Überraschung aufschwingen.

Er wackelte mit der Flasche und den Gläsern. „Wenn

du mich reinlässt, sage ich es dir." Ein Windstoß erfasste die Tür und es schien, als hätte sie sie weiter geöffnet. „Darf ich?"

Sie war so verblüfft, dass sie, als er einen Schritt vorwärts machte, zurücktrat und ihn eintreten ließ. Verschiedene Szenarien gingen ihr durch den Kopf. Vielleicht war etwas passiert. Es konnte keinen anderen Grund geben, warum er erschienen war.

Sie blickte in den Korridor zu ihrem Sicherheitsbeamten, der nicht weit entfernt saß. Sie öffnete fragend ihre Hände, aber der Mann zuckte mit den Schultern. Er hatte offensichtlich auch keine Ahnung. Sie schloss die Tür. Was auch immer Xander zu sagen hatte, es war offensichtlich wichtig und daher am besten ohne Publikum zu hören.

Er sah sich um, als er zum Sideboard ging, wo er die Gläser abstellte. „Das ist eine schöne Suite. Ich war noch nie hier." Er drehte sich mit einem Grinsen zu ihr um, das ihren Puls rasen ließ.

„Was willst du? Was ist passiert?"

Er legte den Kopf schief, sein Lächeln verwandelte sich in ein noch verführerischeres Zucken der Lippen. „Warum sollte etwas passiert sein müssen, damit wir eine Flasche Champagner teilen?"

Sie verschränkte die Arme und presste die Lippen zusammen. „Vielleicht muss erst die Welt untergehen?"

Sein sexy Grinsen verrutschte ein wenig und er sah für einen Moment unsicher aus. Sie spürte einen Anflug von Selbstvertrauen und ging auf ihn zu. Sie streckte die Hand aus, um die Flasche zu greifen, aber er war zu schnell für sie und seine Hand schoss hervor und ergriff ihre. Sie zuckte zusammen, als hätte sie ein elektrischer

Schlag durchfahren. Und, als ob der Schock ihre Fäuste zusammenschweißte, verstärkte sich sein Griff um ihre Hand, während die Unsicherheit verschwand und durch ein sehr männliches, zufriedenes Lächeln ersetzt wurde.

„Kannst es wohl kaum erwarten, was?"

Noch dreister fuhr er mit seinem Daumen über ihren Handrücken. Aber aus irgendeinem Grund reagierte ihr Körper nicht auf ihre Gedanken, sondern auf einen Instinkt, von dem sie nicht wusste, dass sie ihn besaß. Und dieser Instinkt konzentrierte sich auf eine Empfindung, die wie eine Reihe von Dominosteinen, die einander umstießen, die Haare auf ihrem Arm aufstellte und in andere Teile ihres Körpers schoss. Sie fühlte sich zerrissen, gebrochen, unfähig sich zu erinnern, wann eine Person sie zuletzt so unschuldig und doch so intim berührt hatte. Ein Keuchen blieb ihr in der Kehle stecken, als sie spürte, wie Tränen aus einer Quelle aufstiegen, die sie für versiegt gehalten hatte.

Er runzelte die Stirn, aber sein Griff blieb fest. „Was ist los, Ela?"

Ihre verwirrten Gefühle wurden noch verstärkt, als er einen Spitznamen für sie benutzte, einen Namen, mit dem sie bisher nur von ihrer Mutter gerufen worden war. Die Erinnerung an ihre Mutter schoss ihr in den Kopf, klärte ihn, und sie riss ihre Hand aus seinem Griff.

Sie hielt ihre Hand hoch, als würde sie brennen. Sie versuchte zu sprechen, aber nichts kam heraus. Sie leckte sich über die Lippen. „Nenn mich nicht so." Ihre Stimme klang heiser in ihren Ohren. Sie trat halb zurück, halb taumelte sie von Xander weg. Sie schüttelte den Kopf, um die aufkommenden Erinnerungen loszuwerden und versuchte, die Frau wiederzufinden, zu der sie sich gemacht hatte. „Nenn mich nicht so", wiederholte sie, nun stärker. Sie trat noch einmal vor, griff nach der Flasche und ging quer durch den Raum. Sie öffnete die Tür zu ihrem Badezimmer und goss den Champagner ins Waschbecken.

Als sie zurückkam, stellte sie fest, dass Xander sich nicht bewegt hatte. Aber als sie seinen Blick auffing, tat er es. „Und das Wegschütten einer anständigen Flasche Moët ist deine Art, mir zu sagen, dass du keinen Champagner trinkst?"

Sie nickte. „Es schien am einfachsten."

Er hob ungläubig eine Augenbraue. „Es wäre viel einfacher gewesen, ganz zu schweigen von weniger verschwenderisch, zu sagen: ‚Ich trinke keinen Champagner, Xander'."

Sie zuckte mit den Schultern. „Es ist die gleiche Botschaft. Ich habe noch nie Alkohol getrunken und ich habe auch nicht vor, damit anzufangen."

„Schon gut. Also sag mir, was machst du, um zu feiern?"

„Feiern?" Sie schüttelte den Kopf und wurde sich plötzlich bewusst, dass sie sich nicht erinnern konnte, wann sie zuletzt etwas gefeiert hatte, zumindest nicht für sich persönlich. Es hatte keine Geburtstagsfeiern für sie und ihre jüngere Schwester mehr gegeben, nachdem ihre Mutter gezwungen worden war zu gehen. „Und was genau feiern wir?"

„Die Tatsache, dass wir trotz eines holprigen Beginns unserer Freundschaft-"

„Freundschaft?", unterbrach sie ihn.

„Freundschaft", wiederholte er nachdrücklich. „Trotz alledem haben wir es geschafft, einen ganzen Tag zu überstehen, ohne uns gegenseitig umzubringen. Das ist doch sicherlich etwas, das man feiern kann?"

„Wir feiern die Tatsache, dass wir uns nicht gegenseitig umgebracht haben." Seine Lippen verzogen sich wieder und es war, als würde in ihrem Inneren an einer Schnur gezogen. Das Gefühl war nicht unangenehm. Und dann geschah etwas Seltsames, eine Blase des Lachens stieg tief aus ihrem Inneren auf. Sie wusste nicht, wer am meisten überrascht war. Sie errötete. Noch eine neue Erfahrung.

„Komm schon", sagte Xander mit einem Lächeln. „Lass uns alle Register ziehen und etwas Sprudelwasser finden, um etwas anderes zu feiern."

„Was denn?"

Xander beugte seinen Kopf nah an ihren und zum ersten Mal lag in diesen Augen etwas anderes als kühle Distanz. „Dein Lächeln", sagte er. „Es ist etwas Besonderes." Er zog sich zurück. „Und ich vermute, nicht viele Menschen haben es zu Gesicht bekommen. Das ist definitiv einen Grund zum Feiern wert."

Es schien einfacher, ihm nach draußen zu folgen. Außerdem war es dort kühler, redete sie sich ein. Und sie brauchte dringend etwas, um die Hitze aus ihren geröteten Wangen zu vertreiben.

Sie atmete tief durch und folgte ihm in die Abendbar, wo sich die Könige am Ende des Tages entspannten. Es war ein alte Burg das genau auf die Bedürfnisse der königlichen Besucher zugeschnitten war, aber niemand wohnte hier. Es war zu wichtig. Es lag genau im Zentrum von Havilah und war der einzige Ort, an dem sich alle drei Havilah-Länder trafen. Es war auch die Mitte zwischen Sharq Havilah und ihrem eigenen Land Tawazun.

Die Bar war nicht besetzt und Xander kramte in den Schränken und zog triumphierend eine Flasche Sprudelwasser und zwei Gläser hervor.

„Mit der Bar bin ich vertraut", sagte er und schenkte ihnen beiden ein Glas ein.

„Das glaube ich", sagte sie und nahm das Glas an. Und sie war sich sicher – es bestand kein Zweifel, dass er sich in diesem sozialen Raum völlig zu Hause fühlte, auf eine Art und Weise, wie sie es nie war.

Er deutete auf einen Barhocker und trotz der Einwände, die sich in ihrem Kopf sammelten, setzte sie sich. Als er neben ihr Platz nahm, streifte sein Bein das ihre. Sie starrte auf die platzenden Blasen in ihrem Glas.

„Also, Ela, was machst du normalerweise an einem Freitagabend?"

Sie runzelte die Stirn, ihre Aufmerksamkeit immer noch auf die sprudelnde Flüssigkeit gerichtet. Es war am einfachsten. Sie fühlte sich überfordert. „Das Gleiche wie jeden anderen Abend. Ich arbeite, ich lese, ich bete und dann gehe ich zu Bett."

Er pfiff leise durch die Zähne. „Du weißt wirklich, wie man das Leben genießt."

Sie wurde struppig und wandte sich ihm zu. „Ich bin Königin. Es gibt keine Zeit für Albernheiten."

„Ich hatte angenommen, da wäre mehr." Er nahm einen Schluck von seinem Mineralwasser und verzog das Gesicht. „Ich hätte diesen Job sicher nicht angenommen, wenn ich gedacht hätte, ich könnte mich nicht mehr amüsieren."

„Das liegt daran, dass Sie ein Dilettant sind. Sie

wurden nicht als König geboren, und wenn Sie Ihre neue Rolle nicht ernst nehmen, werden Sie nicht lange König bleiben."

Zu ihrem Ärger zeigte er ein langsames, schiefes Lächeln und nahm noch einen gemächlichen Schluck Wasser. „Sie wissen wirklich, wie man einem Kerl schmeichelt."

„Das tue ich wirklich nicht", sagte sie in einem Ton, der seinem eigenen ähnelte. „Und ich habe auch nicht die Absicht dazu." Sie richtete sich auf dem Barhocker so königlich wie möglich auf und starrte ihn an. „Schmeichelei ist für die Schwachen. Und ich bin nicht schwach."

Er schien immer noch nicht beunruhigt von ihrer Antwort. Er schüttelte einfach den Kopf und fuhr mit den Fingern durch sein kurzes Haar. Er lachte rau. „Ich kann sehen, dass ich bei Ihnen meine Arbeit ausgeschnitten habe."

„Arbeit?" Sie runzelte die Stirn, während eine Flut von Verdächtigungen in ihrem Kopf um Platz kämpfte. Sie entschied sich für die offensichtliche. „Hat Roshan all das vorgeschlagen?" Sie studierte seine Reaktion aufmerksam und erkannte, dass sie Recht hatte. „Er hat Ihnen gesagt, Sie sollen mit mir flirten, nicht wahr?" Je schuldiger Xanders Ausdruck wurde, desto stählerner wurde ihre Entschlossenheit. „Nun, Sie können ihm von mir ausrichten, dass ich keine Frau bin, mit der man flirtet."

„Ach was", sagte Xander müde.

„Ich verstehe. Warum sprechen wir dann nicht stattdessen über Geschäftliches."

Xander seufzte und drehte sich zu ihr um.

„Was Sie meiner Meinung nach nicht verstehen, Ela-"

„Nennen Sie mich nicht Ela."

„Ist, dass ich kein Lakai bin, dem Sie Befehle erteilen können. Falls es Ihnen entgangen sein sollte, bin ich ebenfalls ein König, den Sie brauchen, ob es Ihnen gefällt oder nicht. Ich verstehe, dass Sie keine Ahnung haben, wie Sie mit mir reden sollen, aber ich schlage vor, Sie lernen es schnell, denn wir müssen zusammenarbeiten. Und ich für meinen Teil würde es vorziehen, daraus eine angenehme Erfahrung zu machen."

Sie hatte ihn noch nie so viel am Stück über Dinge reden hören, die nicht mit Geschäften zu tun hatten. Argumente, die seinen Worten widersprechen würden, schossen ihr durch den Kopf, aber keines davon würde etwas bringen, denn sie erkannte, dass er Recht hatte.

Ein Lächeln umspielte seine Lippen. „Wissen Sie, trotz Ihrer ganzen Strenge kann ich, wenn Sie verwirrt sind, Ihre Gedanken so klar sehen wie die Sterne in der Nacht. Es ist eigentlich ganz niedlich."

„Jetzt gehen Sie zu weit. Ich bin nicht niedlich, und werde es auch nie sein. Aber ich akzeptiere die Tatsache, dass wir zusammenarbeiten müssen. Und..." Sie zögerte, während sie nach dem richtigen Wort suchte. „Ich nehme an, dass ich trotz des äußeren Anscheins ebenfalls ein geordnetes Treffen bevorzugen würde."

Sein Lächeln wurde zu einem breiten Grinsen. Er hob sein Glas zu ihrem. „Wenn ich schon keinen Spaß haben kann, dann wird geordnet eben reichen müssen. Es ist ein Anfang. Ich trinke auf geordnet."

Als sie ihr Glas zu seinem führte, stießen sie an.

Er beugte sich nah zu ihr. „Und wer weiß, vielleicht kann ich Sie ja doch noch dazu überreden, Spaß zu haben."

Sie ertappte sich dabei, wie sie trotz ihrer besten

Vorsätze lächelte. „Ich bin mir nicht sicher, ob ich es überhaupt merken würde, wenn ich welchen hätte." Die Worte waren herausgeplatzt, bevor ihr Gehirn sie filtern konnte. Und als sie sah, wie sich seine Stirn runzelte, bereute sie es sofort, ohne nachzudenken gesprochen zu haben. Sie hatte etwas von sich preisgegeben.

Mit bewusster Bedachtsamkeit schob Xander sein leeres Glas auf den Tresen und setzte sich aufrecht hin, die Arme locker verschränkt, während er sie betrachtete. „Sagen Sie mir, Ela, was ist Ihnen widerfahren, dass Sie Freude nicht verstehen, dass Sie so davor zurückschrecken, loszulassen?"

Sie biss sich auf die Lippe und stellte ihr Glas zurück auf den Tresen. Sie schenkte ihm ein kurzes, gezwungenes Lächeln. „Ich denke, ich sollte mich besser für heute verabschieden."

„Und damit meine Vermutungen bestätigen? Dass Sie sich zurückziehen, weil Sie Angst haben?"

Mit ihrer besten herrischen Stimme sagte sie: „Ich bin müde, Xander, das ist alles." Sie hätte gehen können, wenn er nicht die Hand ausgestreckt und ihre berührt hätte. Genau wie zuvor brachte es jeden Gedanken zum Erliegen und regte jedes Gefühl an, und sie konnte nichts dagegen tun.

„Ela, ich weiß nicht, was Ihnen zugestoßen ist, aber Sie sind jetzt Königin, Sie haben die absolute Macht, und niemand kann Ihnen das wegnehmen. Ich bin keine Bedrohung für Sie, ich kann Ihnen nur helfen, also warum bleiben Sie nicht und reden mit mir? Vielleicht fühlen Sie sich danach ein wenig besser."

Alles, was sie tun konnte, war, auf seine Hand und den Daumen zu schauen, der sanft über ihren Handrücken strich. Wie konnte eine einfache Liebkosung solch ein Chaos in jedem Teil ihres Körpers auslösen? Sie wagte es nicht, ihm in die Augen zu sehen, denn dann würde er ihre Angst sehen – nackt und hässlich. Sie schluckte. Und dann, aus ihrer tiefsten Seele, nahm sie all ihren Mut zusammen, um seinem Blick zu begegnen. Das Lächeln verschwand von seinem Gesicht, als er sah, was sich darin spiegelte.

„Wie Sie vielleicht wissen, ließen sich meine Eltern scheiden, und meine Mutter starb kurz darauf."

Xander nickte. „Ich hatte davon gehört."

„Aber was Sie vielleicht nicht wissen, Xander, ist, dass meine Eltern Gegensätze waren. Meine Mutter wollte Spaß haben. Sie genoss das Einkaufen, Partys und..." Sie zögerte. „Übermäßigen Alkoholkonsum... und andere Dinge. Mein Vater war traditionell und billigte das nicht." Es war eine milde Beschreibung dessen, wie ihr Vater empfand, aber sie wollte nicht näher darauf eingehen. „Er sagte mir, ich solle zusehen und lernen. Und das tat ich. Ich lernte zwei Dinge. Die Ablehnung meiner Mutter war absolut. Ebenso wie ihre Isolation. Sie durfte weder mich noch meine Schwester sehen." Sie holte tief Luft. „Sie starb allein... Nicht lange danach." Sie stolperte fast, zwang sich aber weiterzumachen, Xander die Wahrheit einzugestehen. „Versehentliche Überdosis lautete das Urteil. Es wurde natürlich vertuscht. Mein Vater hat mich gut gelehrt. Im Leben ist kein Platz für Schwäche, kein Raum für Fehler, besonders wenn man ein Land regiert, besonders für eine Frau. Das war das Erste, was ich lernte."

Sein Griff um ihre Hände verstärkte sich. Er legte seine andere Hand auf ihre und drückte sie sanft. „Daher kein Alkohol, daher die rigide Kontrolle über sich selbst."

Sie zuckte mit den Schultern. „Ich bin, wer ich bin. Genau wie Sie sind, wer Sie sind. Ich denke nicht über das Warum und Weshalb nach. Ich bin einfach ich."

Er führte ihre verschränkten Fäuste an seine Lippen und küsste ihre Fingerspitzen, bevor er ihre Hand losließ. „Und einfach Sie ist genug. Ich mag einfach Sie."

Der feste Knoten, den sie in sich trug, pochte, als ob er zu explodieren drohte. Sie hatte gar nicht mehr bemerkt, dass er da war. Das Pochen stieg in ihren Kopf und ihre Schläfen. Sie stand auf und rieb sich untypischerweise mit den Fingern über die Stirn und trat zurück. „Ich muss jetzt gehen."

„Sind Sie sicher?", fragte er. „Warum bleiben Sie nicht und wir können mehr übereinander erfahren?"

Es lag etwas in der Art, wie er das sagte, das sie innehalten ließ. Zum ersten Mal seit ihrem Geständnis sah sie ihm direkt in die Augen, und ihr gefiel nicht, was sie darin sah. Es sah aus, als hätte er gewonnen.

„Sie haben bekommen, was Sie wollten, nicht wahr?" Sie legte den Kopf schräg, während sie nachdachte. „Das war es, was Roshan vorgeschlagen hat, oder? Mit mir flirten, mich aufbrechen. Wie lautet dieses chinesische Sprichwort? Kenne deinen Feind?"

Xander hatte zumindest den Anstand, nicht direkt zu lügen. „Kommen Sie, Ela. So ist es nicht."

„Wie ist es dann? Sagen Sie es mir, denn ich bin neugierig, es zu erfahren." Er zuckte mit den Schultern, und sie wusste, dass sie Recht hatte. Sie schüttelte den Kopf. „Ich gehe."

„Bleiben Sie bitte. Außerdem haben wir unser

Gespräch noch nicht beendet. Sie haben mir die zweite Sache, die Sie gelernt haben, nicht erzählt."

Es dauerte eine Minute, bis ihr klar wurde, worauf er sich bezog. „Ach ja. Das Erste war kein Alkohol und völlige Zurückhaltung, und das Zweite? Das ist einfach. Das Zweite ist, niemals einem Mann zu vertrauen."

Er runzelte die Stirn. „Das können Sie nicht glauben. Wir sind nicht alle gleich, Ela."

„Nennen Sie mich nicht Ela."

„Warum nicht? Es ist Ihr Name."

„Meine Mutter nannte mich Ela", sagte sie mit heiserer, kaum kontrollierter Stimme. „Und ich bin nicht mehr dieses Mädchen. Dieses Mädchen, Ela, starb an dem Tag, als meine Mutter ging, von meinem Vater weggeschickt, um nie zurückzukehren. Es gibt keine Ela. Mein Name ist Elaheh. Und wenn Sie oder Roshan glauben, Sie könnten mich brechen, um mich zu kontrollieren, dann haben Sie sich beide geschnitten."

Sie verließ die Bar, ohne einen Blick zurückzuwerfen. Aber sie war nicht mehr dieselbe Person. Etwas war ein wenig in ihr zerbrochen, als Xander ihre Hand gehalten hatte. Etwas, von dem sie nicht einmal gewusst hatte, dass sie es die ganze Zeit zusammengehalten hatte. Aber es war da gewesen – tief in ihr drinnen, zusammengerollt und fest. Und Xander hatte es gelockert. Es war Chaos. Es war Angst. Es war alles, was sie nicht wollte. Und sie hasste Xander dafür.

KAPITEL 3

Am nächsten Morgen stand Elaheh vor Xander auf. Sie arbeitete bereits im Konferenzraum, umgeben von ihren Ministern. Es würde keine weiteren Vier-Augen-Gespräche mehr geben, keine Gelegenheiten mehr für Xander, sie zu brechen. Er mochte es als Versuch bezeichnen, sie zu verstehen, aber sie kannte die Wahrheit. Er war nur an einer Sache interessiert, und das war, einen Deal abzuschließen, der seinem Land nützen würde. Und er war offensichtlich bereit, sie dafür weichzuklopfen. Gestern war sie schwach gewesen; sie hatte nicht vor, es wieder zu sein.

Als Xander den Raum betrat, hob er fragend eine Augenbraue. Er deutete auf ihre Minister. „Ist das nötig?"

„Ja. Es gibt nichts mehr zu besprechen. Wir haben uns im Prinzip geeinigt, und jetzt ist es Zeit, zur nächsten Stufe überzugehen." Sie lächelte kühl. „Bitte, fühlen Sie sich frei, Ihre eigenen Minister zu rufen. Je eher wir beginnen, desto eher können wir beide nach Hause zurückkehren."

Xander nickte kurz, sein Mund grimmig, seine Finger fest um die Rückenlehne seines Stuhls geklammert, was sein Missfallen verriet. „Sicher", sagte er.

Elaheh nickte triumphierend. Sie hatte ihn in seine Schranken gewiesen, und mit ihren Mitarbeitern um sie herum würde sie sicherstellen, dass der Rest ihres Treffens streng unpersönlich bleiben würde.

Und so war es auch. Die Stunden vergingen schnell, während jedes Detail festgelegt und genehmigt wurde. Am Ende des Vormittags gab es nichts mehr zu besprechen.

„Danke an alle. Ich denke, wir sind hier fertig." Sie erhob sich, um ihren Mitarbeitern zu folgen, als Xander hinter ihr das Wort ergriff.

„Einen Moment noch, bitte, Elaheh", sagte er. Sie bemerkte, dass er ihren vollen Namen benutzte. Ein weiterer Beweis, falls nötig, dass sie ihn genau da hatte, wo sie ihn haben wollte.

Sie drehte sich mit einem herrischen Blick zu ihm um. „Was wollen Sie, Xander? Gibt es sicher nichts zu besprechen, was unsere Führungskräfte nicht regeln können?"

„Doch, das gibt es", sagte er fest. Ihr Herz sank. Es schien, als würde er sich ihrem Willen immer noch widersetzen. „Ich möchte mit Ihnen unter vier Augen sprechen. Nur für ein paar Minuten", fügte er hinzu.

Sie zögerte, bevor sie ihm kurz zunickte. Mit ein paar Minuten konnte sie umgehen.

Er öffnete ihr die Tür und sie gingen hinaus in den Innenhof. Das Design war fast spartanisch – ohne Bäume, Sträucher oder Blumen. Seine Schlichtheit dramatisierte sein einziges Merkmal – ein perfektes rechteckiges Stück Wasser, das das strahlende Blau des Himmels widerspiegelte. Instinktiv, so schien es, ging er zum Wasser. Sie hatte den gegenteiligen Instinkt und setzte sich auf die Steinbank neben der Tür. Er drehte sich um und schüttelte den Kopf, als ob er über ihre Dickköpfigkeit verzweifelt wäre. Was er nicht verstand, war, dass sie den Respekt aller um sie herum verlieren würde, wenn sie nicht standhaft bliebe. Das hatte sie gelernt, indem sie ihre Mutter beobachtete. Es gab keinen Raum für Flexibilität in dieser Männerwelt, in der sie lebte.

„Muss ich über den Hof zu Ihnen hinüberrufen?", rief er.

„Nein, Sie können vor mich treten, wenn Sie etwas zu sagen haben."

Er zuckte mit den Schultern und trat vor sie, näher als ihr lieb war. Sie bereute, ihn aufgefordert zu haben, vor ihr zu stehen, während sie saß. Er hatte den Vorteil der Größe. Sie konnte nicht leicht ausweichen, nicht ohne eingeschüchtert zu wirken. Und es gab keine Möglichkeit, dass sie jemals von ihm eingeschüchtert erscheinen würde.

Jeder weitere Gedanke an Einschüchterung verschwand, als sie einen seltsamen Ausdruck über sein Gesicht huschen sah. Er runzelte die Stirn, als ob er unzufrieden wäre, aber er blinzelte und sein Mund verzog sich, als ob er sich unsicher wäre. Sie entspannte sich. Das würde interessant werden.

„Ich möchte mich entschuldigen, Elaheh. Sie hatten Recht. Roshan hat mich gebeten, meine Haltung Ihnen gegenüber zu lockern. Aber er hat mich nicht gebeten, mit Ihnen zu flirten, wie Sie angedeutet haben. Das war ganz allein meine eigene, brillante Idee." Seine Betonung zeigte, dass er es nicht mehr für brillant hielt.

Sie lächelte. Sie hätte nicht gedacht, dass es so unterhaltsam sein könnte, einen arroganten, mächtigen Mann zu beobachten, wie er sich vor ihr demütigt. „In der Tat. Weit entfernt von brillant. Sogar beleidigend, würde ich sagen."

Er hob eine Augenbraue, sein Ausdruck jetzt wieder zu seiner üblichen kühlen Distanziertheit zurückgekehrt. „Würden Sie das?"

„Ja, das würde ich. Mit einer Kollegin zu flirten, könnte, wie ich verstehe, als Belästigung am Arbeitsplatz ausgelegt werden. Mit einer Königin zu flirten, könnte, da bin ich mir sicher, bestenfalls als respektlos betrachtet werden."

„Und im schlimmsten Fall?"

Sie stand auf und trat auf ihn zu, ärgerlich, dass sie ihren Kopf nach oben neigen musste, um seinem direkten Blick zu begegnen. „Im schlimmsten Fall, Xander, würde es als Hochverrat betrachtet werden."

Sie hielt seinem Blick stand, bis er lachte. Sie tat es nicht.

„Und was, Xander, finden Sie so amüsant?"

Er steckte seine Hände in die Taschen, Spuren von Lachen noch immer in seinem Gesicht, als er noch näher an sie herantrat. „Sie, Ela, Sie. Sie sind so..." Er verstummte, während er den Kopf schüttelte und sein Blick über ihr Gesicht wanderte. „So altmodisch."

„Altmodisch?" Es war nicht das, was sie erwartet hatte, dass er sagen würde, nicht dass sie jemals hoffen konnte, die Funktionsweise seines Verstandes zu ergründen. „Altmodisch?", wiederholte sie lauter.

„Ja! All Ihr Gerede von Hochverrat und Respekt, es ist, als würden Sie im finsteren Mittelalter leben!"

Sie knirschte mit den Zähnen. „Zu Ihrer Information, Xander, das tue ich. Mein Leben und das meines Volkes haben sich seit Jahrhunderten nicht verändert."

„Dann müssen Sie sich ändern. Wirklich. Sie müssen ins 21. Jahrhundert kommen, bevor Sie zurückgelassen werden."

Sie presste die Lippen zusammen, während sie versuchte, ihre Wut zu kontrollieren. „Und genau das, Xander, versuche ich zu tun. Deshalb bin ich hier und verschwende meine Zeit damit, zu versuchen, mit Ihnen zu reden."

„Aber genau das ist es, Ela. Sie strengen sich nicht genug an. Sie sehen nicht einmal modern aus."

„Ich trage eine traditionelle Abaya und ein Hijab und bin stolz darauf."

„Natürlich. Das meine ich nicht. Ich meine, wie Sie sich halten, als hätten Sie einen Stock im-"

„Sie können genau da aufhören!"

Er neigte seinen Kopf zur Seite. Er schien keineswegs beunruhigt. „Ela", sagte er sanfter. „Ich will dich wirklich nicht beleidigen. Ich denke, du bist..." Er öffnete seinen Mund ein paar Mal, als wolle er etwas sagen, bevor er seufzte, als könne er nicht das richtige Wort finden. „Eine Kraft, mit der man rechnen muss. Aber manchmal kann man Berge effektiver versetzen mit etwas Charme, etwas Sanftheit, etwas... Verständnis."

„Verständnis", wiederholte sie. Er schien den intensiven, weißglühenden Zorn nicht zu hören, der das Wort umrandete.

„Genau. Du musst die Menschen um dich herum verstehen, anstatt zu versuchen, sie zu vernichten."

„Und du, Xander, musst aufhören, mir zu sagen, was

ich tun soll. Es ist wegen Leuten wie dir – Leuten, die mich kommandieren wollen, Leuten, die mich kontrollieren wollen, Männern, die mich ihrem Willen beugen wollen –, dass ich zu dem werden musste, was ich geworden bin." Sie hatte nicht bemerkt, dass ihre Stimme in kaum verhohlene Verzweiflung übergegangen war, bis sie es in seinem Gesicht widergespiegelt sah. Sie hatte zu viel preisgegeben. Schon wieder.

„Es tut mir leid, Ela. Wirklich. Ich vermute, dass nicht du es bist, der ich mehr Verständnis vorschlagen sollte, sondern ich."

Seine Worte reichten zu ihr hinaus und verbanden sich mit ihr wie ein Rettungsseil, eine Art, die ihr noch nie zuvor angeboten worden war. Als die Stille zwischen ihnen länger wurde, verstärkte sich diese Verbindung ebenfalls.

Er schüttelte kurz seinen Kopf. „Ich habe keine Ahnung, was du durchgemacht hast." Er nahm ihre zitternde Hand zwischen seine. „Aber ich verspreche dir dies, und" – er lächelte reumütig – „niemand hat mich gebeten, dies zu sagen. Wenn du mich aufklären willst, wenn du mir irgendetwas erzählen möchtest, was auch immer, ich bin für dich da."

„Warum? Du magst mich offensichtlich nicht."

Seine Stirn runzelte sich. „Das stimmt nicht."

„So sieht es aus. Du findest sogar die Idee, mit mir zu flirten, widerwärtig."

„Das habe ich nicht gesagt. Ich sagte nur, es wäre eine schlechte Idee. Aber glaub mir, Ela, wenn wir zwei normale Menschen wären, würde ich so heftig mit dir flirten, dass du keine andere Wahl hättest, als dich in mich zu verlieben."

Er nahm ihre Hand und küsste sie. Er hatte sie losgelassen, bevor sie protestieren konnte. Aber als sie spürte, wie seine verheerende Wirkung durch ihren ganzen Körper fuhr, dachte sie, dass sie vielleicht, nur vielleicht, gar nicht protestiert hätte.

„Aber das sind wir nicht", fuhr er fort. „Also können wir nur aufhören, uns gegenseitig zu bekämpfen. Ich bin gar nicht so schlecht, weißt du. Und ich weiß jetzt mit Sicherheit, dass du viel komplizierter bist, als ich anfangs dachte." Sein Blick wanderte über ihr Gesicht, und er strich ihr leicht mit dem Finger über die Wange. „Vielleicht haben wir beide Masken erschaffen, hinter denen wir uns verstecken. Aber weißt du, ich glaube, du bist ohne deine Maske genauso schön wie mit."

Sie konnte sich anscheinend nicht davon abhalten, unter der sensorischen Explosion zu schwanken, die seine Berührung an ihrer Wange und ihrer Hand auslöste. Ihr Blick senkte sich auf seine Lippen, die sich öffneten, und für einen langen Moment dachte sie, er würde sie küssen. Aus irgendeinem Grund ließ sie dieser Gedanke nicht zurückweichen. Sie hob ihre Augen wieder zu seinen und fand seinen Blick ebenfalls auf ihre Lippen gesenkt. Instinktiv leckte sie sich über die Lippen. Und dann, als hätte ihn ein elektrischer Schlag durchzuckt, ließ er seine Hände fallen und trat zurück. Er schenkte ihr ein schnelles Lächeln. „Ich entschuldige mich. Ich habe mich hinreißen lassen. Für einen Moment habe ich vergessen..."

Sie nickte, wollte nicht, dass er den Satz beendete, wollte nicht, dass er die Worte aussprach, die auch auf ihren Lippen lagen. Für einen Moment hatten sie beide vergessen, dass sie einander hassten.

Plötzlich erfüllte das Geräusch eines sich nähernden

Hubschraubers die Luft mit seinem tiefen Brummen. Es brachte sie rasch wieder zur Besinnung.

„Ich muss gehen", sagte sie. „Ich muss los", fügte sie hinzu, als wolle sie sich selbst überzeugen. Sie wich zurück und machte dann ein halbes Dutzend Schritte, bevor sie abrupt stehen blieb. Sie musste es ihm sagen, denn er hatte Recht. Sie drehte sich um und er stand immer noch in derselben Position und beobachtete sie. „Du hast Recht. Wir sollten beide die Masken fallen lassen, wenn wir zusammen sind, denn ich denke nicht, dass sie noch notwendig sind. Ich denke – nein, ich weiß –, dass ich dir vertrauen kann."

Er nickte. „Das kannst du. Und ich fühle, dass ich dir vertrauen kann. Wir sind schließlich beide neue Monarchen."

„Und wir sind beide Produkte unserer seltsamen Kindheiten."

„Beschädigte Waisen, die in Positionen großer Macht gedrängt wurden. Eine seltsame Kombination."

Sie lächelte und nickte. „Und vielleicht ist es eine Kombination, die nur von jemandem in der gleichen Position verstanden werden kann."

„In der Tat."

Sie nickte, drehte sich um und ging zügig davon. Sie waren immer noch vorsichtig miteinander, das wusste sie, und vielleicht würden sie es immer sein, aber ihre Beziehung hatte sich von einer kämpferischen Offensive zu einer gewandelt, in der sie zusammenarbeiten konnten. Es würde nicht einfach werden, aber es würde besser sein.

UND ES WAR BESSER GEWESEN. Viel besser, als sie es sich vorgestellt hatte. In den Wochen, die seit ihrer Rückkehr in ihre jeweiligen Länder vergangen waren, hatte Elaheh täglich Kontakt mit Xander gehabt. Und anstatt sich gegenseitig anzufunkeln, hatten sie zusammengearbeitet, um ihre Pläne voranzutreiben. Und mehr noch, am Ende jedes Videoanrufs begannen sie, Informationen auszutauschen – persönliche Informationen.

Elahehs Gedanken waren voll von dem Gespräch, das sie mit Xander geführt hatte, als sie den Computerbildschirm ausschaltete und ihre Augen sich an die gedämpfte Beleuchtung ihres Schlafzimmers gewöhnten. Sie saß ein paar Momente im Dunkeln und erinnerte sich daran, wie Xanders Augen aufleuchteten, wenn er lächelte. Seine Lippen, so wurde ihr jetzt klar, verzogen sich nur leicht an den Ecken. Die kurze Bewegung war verschwunden, bevor man es wusste. Aber der Ausdruck in seinen Augen blieb, nicht nur in seinen Augen, sondern auch in dem Gefühl, das er in ihr auslöste. Sie runzelte die Stirn, als sie versuchte zu verstehen, was genau dieses Gefühl war. Wärmend, war das Wort, bei dem sie schließlich landete. Die Wärme in seinen Augen wärmte sie bis in ihre Seele... und überall sonst.

Sie holte tief Luft, um sich zu beruhigen, erhob sich von ihrem Stuhl und zog ihren leichten Morgenmantel enger um sich. Sie ging zu den Terrassentüren, die auf einen breiten Balkon führten, der eine Etage höher lag als der üppige Garten unter ihrem Fenster. Ihr Zimmer befand sich auf gleicher Höhe mit den Baumwipfeln und den Blüten der Kletterpflanzen, deren Duft die Luft erfüllte. Der Blumenduft, die Wärme der Nachtluft und der Ausdruck in Xanders Augen erfüllten ihren Geist und ihren Körper, ließen Gänsehaut über ihre Haut laufen und machten ihr das Atmen irgendwie schwer. Ihre Reaktion auf ihn hatte sie zunächst geärgert. Das tat sie immer noch, nur dass es sie jetzt nicht nur ärgerte, sondern sie auch nicht aufhören konnte, darüber nachzudenken.

Sie lehnte sich über das Geländer des Balkons und ließ ihre Gedanken schweifen, wie sie es tagsüber nie zuließ. Xander machte ihr jeden Zentimeter ihres Körpers bewusst. Ihre Haut kribbelte, als sein Blick über sie glitt, als würde er sie mit einer Feder kitzeln, ihre Haut stimulieren und Wellen von Empfindungen durch ihren Körper bis zu ihren Nervenenden senden. Sie bewegte ihre Hände, als sie das Kribbeln in ihren Fingern spürte.

Lächerlich. Sie wollte nichts, was ihre Willenskraft untergrub, nichts, was ihren Körper bedürftig machte. Sie wollte nur eines von Männern – und das war Gehorsam. Das Gleiche galt für einen Ehemann. Sie biss sich auf die Lippe, als das vertraute Flattern von Panik sie bei dem Gedanken an einen Ehemann durchfuhr. Sie schob es auf, das wusste sie. Trotz des Drängens ihres Obersten Wesirs hatte sie die Angelegenheit hinausgezögert. Der Gedanke, mit einem Mann zu schlafen, jagte ihr eine Heidenangst ein. Aber dann erinnerte sie sich daran, wie sie sich fühlte, wenn Xander sie ansah – das Flattern in ihrem Magen, die Kurzatmigkeit.

Sie umklammerte das Geländer und schüttelte sich mental. Sie musste sich aus diesem lächerlichen Gemütszustand befreien. Sie wandte dem üppigen Garten den Rücken zu und ging zurück in ihr Zimmer.

Plötzlich hielt sie inne und runzelte die Stirn. Etwas war anders.

„Hallo?", fragte sie zögernd und blickte in die Schatten.

War jemand in ihr Zimmer eingedrungen? Sie warf einen Blick zur Tür. Sie war verschlossen. Der Schlüssel steckte noch. Blieb nur noch das Badezimmer. Sie ging leise hinüber, öffnete die Tür und machte das Licht an. Helles Licht flutete den Raum.

Sie runzelte die Stirn und schaltete das Licht in ihrem Schlafzimmer ein. Ein schneller Blick offenbarte niemanden und nichts, was nicht am richtigen Platz war. Warum hatten sich dann die feinen Härchen an ihren Armen aufgestellt? Warum fühlte sie sich übel und warum zitterten ihre Beine? Es war eine Flucht- oder Kampfreaktion, als Adrenalin durch ihre Adern schoss, ausgelöst von einem unsichtbaren Feind.

Ihre Gedanken überschlugen sich, als sie ihre Bewegungen Revue passieren ließ. Sie war nur für ein paar Momente auf den Balkon getreten, nicht lange genug, damit jemand das Zimmer hätte betreten können. Und sie konnten es auch nicht, weil sie es abgeschlossen hatte.

Sie wurde verrückt. Nichts war anders. Und doch hatte sie immer noch das prickelnde Gefühl im Rücken, dass etwas nicht stimmte. Etwas hatte sich im Raum verändert. Ihre Mutter pflegte zu sagen, dass sie einen sechsten Sinn für solche Dinge hatte. Es war nichts, was sie mochte, und sie hatte ihr Bestes getan, es zu ignorieren, aber jetzt konnte sie es nicht.

Sie seufzte, setzte sich aufs Bett und rieb sich die Augen. Sie legte den Kopf in die Hände und dann sah sie es aus dem Augenwinkel. Ein Stück Papier war ordentlich gefaltet und auf ihr Kissen gelegt worden. Sie erstarrte und die kränkliche Kälte kehrte zurück. Es war nicht da gewesen, als sie vor ein paar Stunden das Zimmer betreten hatte. Sie hätte es bemerkt, denn sie hatte ihre

Uhr abgelegt und neben das Bett gelegt, neben der Stelle, wo das Stück dickes cremefarbenes Papier jetzt wie eine Schlange lag, zusammengerollt und zum Zuschlagen bereit.

Wenn es nicht da gewesen war, als sie ihr Zimmer betreten hatte, wie war es dann dorthin gekommen?

In Gedanken ging sie durch, was sie getan hatte, seit sie sich in ihr Schlafzimmer zurückgezogen hatte. Sie war gerade dabei gewesen, zu duschen und sich auszuziehen, als der Anruf von Xander gekommen war. Sie blickte zu der kleinen Nische, in der sie mit ihm gesprochen hatte. Sie hätte leicht gesehen, wenn jemand den Raum betreten hätte, aber die Tür war verschlossen und niemand war hindurchgegangen. Aber... Ihr Blick ruhte auf den Terrassentüren, die noch immer zur Nachtluft hin geöffnet waren. Es war immer das Erste, was sie tat, wenn sie den Raum betrat – sie weit zu öffnen, um die Luft hereinzulassen. Ob heiß oder kühl, sie hasste es, ohne frische Luft eingesperrt zu sein. Nachdem sie sie geöffnet hatte, war sie direkt zum Computer gegangen, wo sie mit dem Rücken zu den offenen Fenstern gesessen hatte.

Sie leckte sich über die Lippen und ging zu den Türen und schaute hinaus. Wer auch immer den Brief auf ihr Kissen gelegt hatte, musste den Raum vom Balkon aus betreten haben. Sie sah sich um, konnte aber keine Anzeichen für einen Eintritt erkennen. Dann blickte sie den langen Abgrund zum Garten hinunter, aber es war zu dunkel, um etwas zu sehen. Sie ging hinein, griff nach ihrem Handy und schaltete die Taschenlampe ein. Mit zitternder Hand leuchtete sie auf einen Baum, dessen Äste über den Balkon ragten. Sofort sah sie einen abgebrochenen Ast. Vorsichtig trat sie einen Schritt näher. Die

Rinde war an zwei Stellen abgerieben, als ob etwas mit Druck dagegen gerieben hätte. Sie leuchtete auf den Boden und ihre aufkeimenden Gedanken wurden bestätigt. Das Unterholz war niedergetrampelt und es gab zwei deutliche Eindrücke im federnden Gras, die zeigten, wo eine Leiter platziert worden war.

Terror erfüllte sie. Sie zog sich sofort zurück und schloss die Terrassentüren. Mit zitternden Händen zog sie die Vorhänge zusammen, lehnte sich dagegen und schloss die Augen. Ihre Gemächer und der Garten lagen im Zentrum eines stark bewachten Palastes. Niemand konnte ihn ohne Befugnis betreten, ohne den Wachen bekannt zu sein. Das bedeutete nur eines – wer auch immer die Nachricht hinterlassen hatte, war den Wachen bekannt und höchstwahrscheinlich auch ihr. Die Wachen hatten der Person entweder erlaubt einzutreten, oder sie waren weggeschickt worden. So oder so, sie war verwundbar.

Mit zitternden Händen öffnete sie den Brief.

Ich werde dich in mein Bett bringen, mit oder ohne deine Einwilligung, weil du mich genauso brauchst wie ich dich, meine Liebe.

Es war weitaus expliziter als die anderen Notizen, die sie erhalten hatte. Das Zittern ihrer Hände übertrug sich auf den Rest ihres Körpers, und sie musste sich setzen, um gegen die Schwäche und Übelkeit anzukämpfen. Jemand war in ihrem Zimmer gewesen und hatte eine Vergewaltigungsdrohung hinterlassen. Aber nicht irgendjemand, sondern jemand, der zu ihrem elitären Kreis von Beamten gehören musste.

Sie nahm das Telefon und eine Stimme meldete sich und fragte, wie sie helfen könne. Sie erstarrte. War er es?

Sie räusperte sich und sagte, dass es ihr Fehler gewesen sei. Sie würde sich jetzt zurückziehen und niemand würde gebraucht.

Wem konnte sie vertrauen?

Erschrocken wandte sie sich dem Computer zu. Es gab nur einen Mann, der nichts Persönliches von ihr wollte, was ihn vertrauenswürdig machte. Xander wollte nichts von ihr und er stand außerhalb ihres Kreises von Leuten, denen sie nicht vertrauen konnte.

Sie schaltete das Radio ein, damit niemand sie hören konnte, und tippte leise seine Kontaktdaten ein, während ihre Augen den Raum absuchten. Es dauerte lange, bis er antwortete, und als er es tat, erkannte sie ihn für einen Moment nicht. Verschwunden waren die schicken Gewänder und der westliche Anzug, sein Hemd war halb geöffnet und enthüllte eine Brust, die behaarter und muskulöser war, als Elaheh sich vorgestellt hatte. Sie war überrascht von sich selbst, dass sie sich überhaupt etwas vorgestellt hatte. Dann zerknitterte das Papier in ihrer Hand und erinnerte sie daran, warum sie ihn angerufen hatte.

„Xander", sagte sie mit heiserer Stimme. „Ich habe niemanden sonst, an den ich mich wenden kann."

Xander hörte Elaheh zu – ihre Stimme war vor Angst heiser, ihr Gesicht weiß. Er konnte sehen, wie ihre Hand zitterte, als sie ihr Haar aus dem Gesicht strich. Zwei Dinge fielen ihm auf. Erstens ihr Haar – es war glänzend und schön und offen. Er hatte es noch nie offen gesehen. Wenn sie ihr Kopftuch abnahm, war ihr Haar immer straff aus dem Gesicht zurückgezogen und zu einem festen Knoten gebunden, als hätte sie Angst davor, irgendetwas außer Kontrolle geraten zu lassen. Es zog

immer an ihrer ohnehin schon straffen Haut und machte
sie noch straffer, und ihre mandelförmigen Augen hoben
sich leicht an den Ecken. Es war wie eine Maske. Aber
diese Maske war jetzt gefallen, und es hatte eine elektri-
sierende Wirkung auf ihn.

Dann sprach sie, und ihre sonst so feste und klare
Stimme zitterte. Er vergaß seine sofortige Anziehung und
konzentrierte sich auf ihre panischen Augen.

„Was ist passiert?", fragte er und setzte sich
aufmerksam an den Computer.

Sie strich sich erneut die Haare aus dem Gesicht und
beugte ihren Kopf nach vorne zum Computer, ihre
großen Augen suchten die seinen. Sie waren alles, was er
sehen konnte, und er sah in ihnen weit mehr von der
wahren Ela, als er je zuvor gesehen hatte. Es verursachte
einen Ruck, der eine seismische Verschiebung in ihm
auslöste. „Ich..." Ihre Stimme stockte und sein Herz
ebenso.

„Atme tief durch", wies er sie sanft an.

Zu seiner Überraschung tat sie, was er sagte. „Gut." Sie
nickte, öffnete ihre Augen weit, während sie darum
kämpfte, die Kontrolle zu behalten. „Ich beendete unser
Gespräch, ging kurz nach draußen und kam dann zu
meinem Bett zurück, und da lag eine Notiz, die vorher
nicht da war. Jemand hatte eine Notiz auf mein Kissen
gelegt, während ich mit dir sprach."

Er runzelte die Stirn. „Und du bist sicher, dass sie vor
unserem Anruf nicht da war?"

Sie biss sich auf die Lippe und schüttelte den Kopf.
„Ganz sicher nicht. Ich habe meine Uhr abgelegt und
meinen Bademantel aufgehoben, der über dem Kissen lag.

Ich hätte sie da bemerkt. Meine Laken sind aus schwarzer Seide, die Notiz war weiß."

Er war kurz abgelenkt von dem Gedanken an sie auf schwarzen Laken liegend. Er hatte sich nicht vorgestellt, dass sie auf schwarzen Laken schlief. Es deutete auf eine Sinnlichkeit hin, die sie so effektiv verbarg, dass er sie nur erahnt hatte. „Okay. Also wurde sie dort platziert, als wir telefonierten."

„Ich hatte dem Bett den Rücken zugewandt."

„War die Tür abgeschlossen?"

Sie nickte. „Ich schließe sie immer ab."

„Gibt es einen anderen Weg hinein?"

Sie blickte besorgt zum nun geschlossenen Fenster und nickte. „Der einzige andere Weg, wie jemand herein-gekommen sein könnte, ist über den Balkon. Die Türen standen offen zur Nacht hin. Ich bin im ersten Stock, aber es gibt Bäume und Kletterpflanzen." Sie warf einen Blick auf die Notiz, die sie auf den Tisch vor sich fallen gelassen hatte. „Wer auch immer die Notiz dort platziert hat, muss hereingeklettert sein, während ich mit dir sprach."

„Ist die Tür jetzt abgeschlossen?"

Sie nickte wieder. „Beide Türen."

„Gut. Also, was steht in der Notiz?"

Er hörte zu, als sie die Notiz zweimal vorlas. Aber er musste sie kein zweites Mal hören, um zu verstehen, was in dem Kopf des Mannes vorging – denn es konnte kein Zweifel daran bestehen, dass es ein Mann war –, der sie geschrieben hatte.

„Also", sagte sie, nachdem er ein paar Sekunden geschwiegen hatte. „Was denkst du?"

„Das Gleiche wie du, vermute ich. Wenn der Mann, der

das geschrieben hat, unbemerkt in dein Zimmer eindringen konnte, dann bist du in Gefahr und musst so schnell wie möglich von dort weg. Wem hast du es erzählt?"

„Niemandem." Sie blinzelte. „Nur wenige Leute könnten meine Kammer betreten. Und diese wenigen Leute sind mir am nächsten. Es gibt sonst niemanden, dem ich vertrauen kann."

„Du kannst mir vertrauen." Die Worte entkamen seinen Lippen, bevor er sie durchdacht hatte. Aber als er sie in seinem Kopf wiederholte, während er den Schock und die Erleichterung registrierte, die sich auf ihrem Gesicht zeigten, wusste er, dass er Recht hatte. Sie konnte ihm vertrauen. Und er war wahrscheinlich der Einzige.

Sie nickte. „Ich weiß. Ich habe sofort an dich gedacht. Wir hatten zwar unsere Differenzen, aber ich fühle, dass ich dir vertrauen kann – vielleicht sogar gerade wegen unserer Differenzen fühle ich, dass ich dir vertrauen kann. Du bist ein Außenseiter, der nichts davon hätte, mir zu schaden."

Er zuckte zusammen bei dem Gedanken, dass jemand dieser Frau schaden wollte, die verletzlicher war, als er je vermutet hatte.

„Also vertraue ich dir", fuhr sie fort. „Und deshalb habe ich dich angerufen. Weil ich nicht weiß, was ich tun soll. Ich bin in Gefahr durch genau die Leute, die mich beschützen sollen. Und ich habe Angst. Wirklich Angst", sagte sie mit heiserer Stimme, die ihm das Herz zerriss. Sie hätte diese Worte nicht hinzufügen müssen, denn er konnte es in ihren Augen sehen.

„Du bist wahrscheinlich nur von einer dieser Personen bedroht", erinnerte er sie sanft. „Aber bis du weißt, von wem, musst du allen mit Misstrauen begegnen. Und", sagte er, sich näher beugend und ihre Haltung nachahmend, um sie zu beruhigen, bevor er die Bombe platzen ließ, „du musst gehen. Du bist dort nicht sicher, Ela."

Sie schluckte, und dann fiel die Unsicherheit von ihr ab, und sie lehnte sich in ihrem Stuhl zurück, ihre wunderschönen Lippen eine gerade Linie der Entschlossenheit. „Du hast recht. Aber wie?"

„Leise, ohne dass jemand es merkt."

„Verkleidet?"

„Kannst du das?"

Sie sah ihn mit einem ebenen und feurigen Blick an. Er war erleichtert, die störrische Ela zurückkehren zu sehen.

„Natürlich. Ich habe mein Leben in der Wüste mit meinem Volk verbracht, nur ich und mein Pferd. Ich weiß, wie man gewöhnlich ist, wie man sich einfügt, glaub es oder nicht."

Er tat es nicht, aber er hatte keine andere Wahl, als ihr den Vorteil des Zweifels zu geben. „Gut. Wie wirst du weggehen?"

Sie nickte zum Fenster. „Auf demselben Weg, wie die Nachricht hinterlassen wurde. Durchs Fenster. Niemand würde denken, dass ich das tue. Ich kann den Baum hinunterklettern – als Kind hab ich das immer gemacht."

„Glaubst du, dass der Eindringling so hineingekommen ist?"

„Nein. Dafür ist er nicht stark genug. Ich glaube, er hat eine Leiter benutzt. Ich konnte die Spuren sehen, die sie hinterlassen hat. Ich kann denselben Baum benutzen, nur dass ich in den äußeren Garten springen werde."

„Gut. Verschwinde schnell, Elaheh. Keine Verzögerungen."

„Aber wohin soll ich gehen?"

„Zu mir. Du kommst zu mir. Und ich werde dich beschützen, bis wir herausfinden können, wer versucht zu-" Er zögerte, wollte das Wort nicht aussprechen.

„Mich zu vergewaltigen", sagte sie kalt. „Vergewaltigung ist Kontrolle und jemand will beides mit mir machen. Und ich kann mich körperlich nicht schützen. Alles, worauf ich mich verlassen kann, ist mein Verstand, und der wird mich vor dieser Bedrohung nicht schützen. Du hast recht, ich muss gehen."

„Du hast mal gesagt, du bist eine gute Reiterin?"

Sie nickte. „Natürlich. Ich bin in der Wüste auf einem Pferd aufgewachsen."

„Dann schlage ich vor, du gehst zu den Ställen, sattelst ein Pferd und reitest in Richtung der Berge, zu mir."

„Es ist zu weit."

„Ich werde dir auf halbem Weg entgegenkommen."

„Es gibt kein Dorf, keine Oase, nichts..."

„Ich werde da sein."

Sie öffnete den Mund, um zu sprechen, aber kein Wort kam heraus. Doch er wusste, was sie dachte, denn diesmal waren ihre Gedanken klar in ihren Augen zu lesen.

„Ich verspreche es", fuhr er fort. „Das Wichtigste ist, dass du von dort wegkommst. Du bist gefangen, ein sitzendes Ziel. Wirst du kommen?"

Sie gab ein kurzes, scharfes Nicken. „Ich habe keine Wahl. Ich werde mich umziehen, einige Vorräte und Wasser zusammenpacken und mich zu den Ställen schleichen und mein Pferd nehmen."

„Kannst du das tun, ohne gesehen zu werden?"

„Ich denke schon. Ich habe keine andere Wahl, als es zu versuchen."

„Bleib auf dem alten Beduinenpfad in Richtung der Berge und ich werde dich in ein paar Stunden finden."

„Du solltest besser da sein." Es war das Letzte, was sie sagte, und er musste fast lachen über die Rückkehr ihres selbstbewussten Ichs. Und zum ersten Mal seit seinem instinktiven Angebot, sie zu retten, fragte er sich, worauf er sich da eingelassen hatte.

KAPITEL 4

Elaheh landete lautlos im Blumenbeet. Sie wischte ihre Hände an ihrer schlichten schwarzen Abaya ab, unter der sie Jeans und ein T-Shirt trug – ein Rückgriff auf ihre Teenagerzeit. Sie passten ihr immer noch. Sie blieb nur lange genug, um die Atmosphäre des Gartens zu spüren, um zu erfühlen, ob noch jemand anderes dort war. Es war eine stille Nacht und ihre Ohren strengten sich an, das geringste ungewöhnliche Geräusch wahrzunehmen. Es gab keines. Der Mond war noch nicht aufgegangen, um sein Licht in den Innenhof zu werfen. Aber bald würde er es tun, und dann würde der Ort taghell erleuchtet sein. Sie musste verschwinden, bevor das geschah.

Sie hielt sich an dem Weg, der der Mauer am nächsten war, geschützt von den Bäumen, die den Garten säumten, und ging schnell zum Ausgang. Sie war wie ein Schatten, der mit anderen, dunkleren Schatten verschmolz und in sie hineinglitt, bis sie das Tor erreichte, das sie in einen weiteren Garten führen würde. Die Abfolge von Gärten führte schließlich zu einer Seitentür, durch die sie Zugang zu den Ställen erlangen konnte. Der Ort war totenstill. Es gab keine Überwachungskameras. Ihr Vater hatte sich geweigert, solch moderne Eindringlinge im Palast zu haben, und sie hatte keinen Grund gehabt zu glauben, dass sie sie brauchte. Bis jetzt. Aber es hätten Wachen da sein sollen. Es waren immer Wachen da gewesen. Aber nicht heute Nacht, so schien es. Wer auch immer ihre Notiz in ihr Zimmer gelegt hatte, war mächtiger, als sie sich vorgestellt hatte, wenn er die Befugnis gehabt hatte, ihre Wachen abzuziehen. Wer auch immer er war, er war mächtig und er wollte sie verletzlich. Sie beschleunigte ihren Schritt.

Mit klopfendem Herzen und wachsamen Augen erreichte sie die Ställe. Der Geruch des Ortes beruhigte sie, und schnell legte sie ihrem Pferd das Zaumzeug an und streichelte ihm über die Nase, um es zu besänftigen, dass es so mürrisch war, geweckt zu werden. Mit den Zügeln in einer Hand öffnete sie vorsichtig die Tür zum Hinterausgang des Palastes. Sie schloss sie wieder, sprang auf ihr Pferd und ließ es in den Schatten laufen, bevor sie weit genug entfernt waren, um davon zu traben. Der Trab ging bald in einen Galopp über, und als sie den Weg erreichten, der sie direkt zum Wüstenschloss führen würde, waren sie in vollem Galopp.

Sie fiel bald in den Rhythmus des rollenden Gangs ihres Pferdes, und als der Mond über der Wüste aufging, erhob sich ihr Herz mit ihm, trotz der Gefahr, in der sie sich befand. Dieser Ort war ihr Leben; es war die Wüste, wo sie sich am meisten zu Hause fühlte, nicht der Palast, nicht als Königin, sondern als Frau des Landes – ihres Landes. Der Hijab rutschte von ihrem Kopf und ihr Haar flog hinter ihr her, als sie weiter auf dem Weg zu Xander ritt. Sie wagte es nicht, sich vorzustellen, dass er nicht da sein könnte, denn sie hatte keinen Alternativplan.

Erst als sie anderthalb Stunden geritten war, sah sie das verräterische Zeichen von Sand, der im Mondlicht aufstieg. Zunächst war sie besorgt, dass es einen Chamsin-Wind ankündigte, der fünfzig Tage heiße und staubige Bedingungen bringen würde. Aber die Luftsäule war begrenzt, schmal und bewegte sich in ihre Richtung. Es war Xander, da war sie sich sicher. Aber dann erfüllten Zweifel ihren Geist. Was, wenn jemand sie aufgespürt hatte und, anstatt ihr zu folgen, jemanden gerufen hatte, um sie abzufangen?

Sie galoppierte hinter einen Haufen dorniger Bäume und Büsche und beschloss zu warten, um zu sehen, wer es war, bevor sie sich zu erkennen gab. Der auffrischende Wind verbarg die Hufspuren ihres Pferdes und sie glitt von ihm herunter und führte es hinter einen der Bäume, von wo aus sie einen guten Blick auf das herannahende Auto haben würde.

Es hatte keine Scheinwerfer, was ihr eine wichtige Sache verriet – es wollte keine Aufmerksamkeit auf sich ziehen. Erst als es näher kam und der Mond höher stieg, erkannte sie, dass es kein gewöhnliches Auto war, sondern ein Land Rover, der einen Pferdeanhänger hinter sich herzog. Sie atmete schwer vor Erleichterung aus und sank gegen den Baum. Es musste Xander sein. Wer sonst würde mit einem Pferdeanhänger durch die Wüste fahren? Ihr Volk hätte sie zu Pferd verfolgt und zurückgebracht. Aber nicht Xander. Sie trat hervor und blitzte mit ihrer Taschenlampe zu ihm.

Er änderte seinen Kurs leicht und hielt neben ihr an. Sein Fenster senkte sich.

„Eure Majestät!", rief er, über dem Geräusch des Fahrzeugmotors und dem Wiehern ihres Pferdes. „Ich nehme an, Sie möchten mitfahren?"

Sie lachte erleichtert. „Typisch du, Xander", sagte sie und näherte sich seinem Fenster. Sie dachte, sie sei noch nie in ihrem ganzen Leben so froh gewesen, jemanden zu sehen.

„Ich hoffe, das tust du, Ela", sagte er und sprang aus dem Fahrzeug.

„Du weißt, was ich meine. Ich dachte, du würdest ausreiten, um mich zu treffen."

„Ich, auf einem Pferd reiten?", sagte er und öffnete den Pferdeanhänger. „Auf keinen Fall. Außerdem geht es so schneller. Ähm, du möchtest vielleicht..." Er deutete auf ihr Pferd und sah uncharakteristisch unsicher aus. Plötzlich verstand sie.

„Sag mir nicht, du magst keine Pferde?"

„Ich mag keine Pferde."

„Und du nennst dich einen Wüstenscheich?", sagte sie, während sie das Pferd in den Anhänger lockte.

„Tu ich nicht. Ich bin Scheich und Herrscher meines Volkes und ich lebe sehr glücklich in der Stadt."

Er schloss die Tür, nachdem sie ihr Pferd mit Futter und Wasser versorgt hatte.

„Ich glaube, wir könnten nicht unterschiedlicher sein, du und ich", sagte Elaheh und stieg in den Land Rover, während er ihr die Tür aufhielt.

„Vielleicht", sagte er und beugte sich hinein, um ihr

den Sicherheitsgurt zu reichen. „Aber im Grunde, Ela, beginne ich zu glauben, dass wir die gleichen Werte haben. Du vertraust mir doch, oder?"

Sie nickte. Sie hatte versucht, tapfer zu bleiben, versucht, auf seine leichte Konversation zu reagieren, aber sie konnte es nicht durchhalten. „Das tue ich", sagte sie mit heiserer Stimme. „Lass uns jetzt von hier verschwinden." Sie blickte ängstlich hinter sich, wo sie sich unbekannte Angreifer vorstellte, die nach ihr jagten, entschlossen, sie zu einem Mann zurückzubringen, der mit ihr tun konnte, was er wollte.

Xander muss ihre Stimmung bemerkt haben, denn er schlug die Tür zu, sprang in den Land Rover und wendete ihn vorsichtig, bevor er direkt auf die Berge zufuhr, aus denen er gekommen war.

Sie konnte nicht widerstehen, einen letzten Blick auf den Lichtschein zu werfen, der ihr Land, ihren Palast, ihr Zuhause anzeigte. Sie unterdrückte ein Schluchzen, bevor es hervorkommen konnte, aber nicht bevor Xanders schneller Blick es auffing.

„Was ist los?", fragte er und drückte sein Fuß noch fester aufs Gaspedal.

Sie blinzelte und wusste, dass es Zeit für die Wahrheit war. „Als ich zurückblickte, fragte ich mich..." Sie verstummte.

„Was?", drängte er.

„Ich fragte mich, ob ich mein Land je wiedersehen würde."

Er streckte die Hand aus und drückte ihre. „Das wirst du. Ich verspreche es dir, das wirst du. Ich werde dafür sorgen."

Anders als zuvor, als er ihre Hand genommen hatte,

zog sie ihre diesmal nicht weg. Sie brauchte jetzt all seine Stärke und Zuversicht.

Es war eine halbe Stunde bis zu den Bergen und eine weitere Stunde, um die kurze Strecke durch sie hindurch zu fahren. Der Pass war kurvenreich, holprig und fast unpassierbar. Wenn Xander kein so erfahrener Fahrer gewesen wäre, dachte er, hätte er es nicht geschafft, den Pferdeanhänger hindurchzubringen.

„Und das, Ela", sagte er, als sie eine weitere Haarnadelkurve nahmen, unter der ein steiler Abgrund zu einer tiefen Schlucht lag, „ist der Grund, warum wir unser Projekt so schnell wie möglich starten müssen."

Xander wusste nicht, ob es das Mondlicht oder die Angst war, die Elas Gesicht bleich machte. Was auch immer der Grund war, die Wirkung auf ihn war, dass er sich beschützend und wütend fühlte. Wer auch immer gedroht hatte, sie zu vergewaltigen, war kein Mann. Er würde dafür sorgen, dass er gefunden und entsprechend bestraft würde.

Ela blickte hinunter auf den steilen Abgrund, der in einen unsichtbaren schwarzen Abgrund führte, und dann zurück zu ihm. „Ich werde auf keinen Fall über diesen Pass zurückfahren, bis die Straße verbessert ist. Zu Pferd, ja. Aber mit dem Auto? Das ist erschreckend."

Xander nahm die Augen nicht von der Straße. „Wir sind fast da. Und dann wirst du in Sicherheit sein."

Aus dem Augenwinkel sah er, wie sie seufzte und ihren Kopf gegen den Sitz lehnte. Als er sie zum ersten Mal an der Oase gesehen hatte, war ihm aufgefallen, dass ihr Hijab verrutscht war und sie ihr wunderschönes dunkles Haar offen trug, genau wie damals, als sie über Videolink mit ihm gesprochen hatte. Sie hatte diesen starren, königlichen Blick verloren, der so abschreckend war, und sah stattdessen einfach wie ein schönes, verlorenes, verängstigtes Mädchen aus, und das drückte all seine Knöpfe.

Er räusperte sich. Er umrundete eine Kurve und blickte hinunter ins Tal - endlich sein Land. Der Grenzübergang lag gleich hinter der nächsten Biegung. Er lenkte den Land Rover vorsichtig an den Straßenrand. „Du solltest besser nach hinten zum Pferd gehen, während wir die Grenze überqueren. Es ist besser, keine Spuren deiner Einreise in mein Land zu hinterlassen."

Sie nickte und er half ihr in den Pferdeanhänger. Dann fuhr er vorsichtig weiter die Straße entlang. Er hielt an der ersten Grenzkontrolle, die von Elahehs Beamten betrieben wurde. Er ließ das Fenster herunter und sprach ein paar Worte. Es brauchte nur wenige Worte, angesichts des Bestechungsgeldes, das sie auf seinem Weg hierher erhalten hatten. Offensichtlich äußerst dankbar für das Bestechungsgeld, das leicht ihrem Jahresgehalt entsprach, deuteten die grinsenden Grenzwächter von Tawazun an, dass er durchfahren sollte. Er winkte und fuhr weiter zur nächsten Grenzkontrolle - diesmal seiner eigenen.

Er winkte den Wachen zu, die salutierten und die Schranke hoben. Sie mochten sich zwar fragen, was ihr König mitten in der Nacht mit einem Pferdeanhänger hier machte, aber sie stellten keine Fragen und würden kein Wort darüber verlieren. Er war ihr König und sie hatten bereitwillig das gleiche Bestechungsgeld angenommen, das er den Wachen von Tawazun gegeben hatte. Nichts erkaufte Schweigen so gut wie Geld, dachte er. Seine Gedanken schweiften zu Elaheh. Sie wäre viel zu prinzipientreu gewesen, um Geld für etwas anzubieten, von dem sie meinte, es sollte aus Loyalität getan werden. Das Problem mit Ela war, dachte er, dass sie naiv war. Und das war das fehlende Glied in ihrer Rüstung; das machte sie verletzlich.

Er fuhr ohne anzuhalten durch die Vororte seiner Stadt, wand sich den Weg hinauf zu dem Bergrücken, auf dem der Palast lag, durch ruhige Stadtstraßen, entlang derer nur wenige späte Partygänger liefen. Er betrachtete es durch Elahehs Augen. Für sie würde es sehr anders aussehen als ihr traditionelles Land Tawazun. In diesem Land würden die einzigen Feiern um ein Lagerfeuer stattfinden, wo man traditioneller Musik und Geschichten lauschte. Er seufzte, als eine vage, ferne Erinnerung in seinen Geist drang. Ein einziges Bild - seine Familie. Er konnte es wie eine Momentaufnahme in seinem Kopf sehen - sein Bruder Roshan, der mit den Händen in den Hüften dastand, während das Feuer auf seinem Gesicht flackerte, als er irgendeine Geschichte zum Vergnügen seiner Eltern erfand. Sein Vater, der sich vor Lachen auf den Schenkel schlug über etwas, das Roshan gesagt hatte. Seine Mutter sah er in seiner Vorstellung nie, aber er spürte ihre Anwesenheit um sich herum, weil sie ihn hielt. Er saß auf ihrem Schoß und schaute hinaus, ihre Arme umschlossen ihn und gaben ihm ein Gefühl von Geborgenheit und Leichtigkeit, nach dem er seitdem gesucht hatte.

Diese Erinnerungen wichen späteren, in der gleichen Wüstenoase mit seiner Familie, aber jetzt mit ihren liebsten Freunden. Roshan hatte mehrere; er hatte nur eine. Er hatte immer nur eine gebraucht - Selya war alles für ihn gewesen, vom Moment an, als er sie kennengelernt hatte, bis zu dem Moment, als seine Welt zu Ende ging.

Er unterdrückte seine Gedanken sofort. Schnitt sie ab wie mit einer Guillotine. Er hatte keinen Platz in seinem Leben, in seinem Kopf, in seinem Herzen für diese grausamen Erinnerungen. Sie würden ihn zerbrechen, und er weigerte sich, gebrochen zu werden.

Stattdessen runzelte er mit eiserner Konzentration die Stirn, fuhr in die Garage und zog die Handbremse mit einem Gefühl der Endgültigkeit an. Aber die Erinnerungen, die er so lange unterdrückt hatte, blieben. Und er wusste, dass es Ela gewesen war, die sie an die Oberfläche gebracht hatte. Aus irgendeinem Grund kurzschloss sie sein Gehirn, griff hinein und zog an Dingen, die er zu vergessen versuchte. Er stellte den Motor ab und seufzte schwer. Und es sah nicht so aus, als könnte er sie oder das, was sie in ihm auslöste, vermeiden. Zumindest nicht in absehbarer Zukunft.

Er sprang heraus und sah sich um. Es gab niemanden, der ihre Ankunft bezeugen konnte. Nur seine persönlichen Wachen, und auch sie waren dafür bezahlt worden, zu schweigen. Er öffnete die hinteren Türen und Elaheh, die wieder ihren Hijab trug, führte ihr Pferd die kurze Rampe hinunter in den Stall.

„Geh hinein. Ich kümmere mich von hier an um dein Pferd", sagte er.

„Wirklich?", erwiderte sie mit einem Lächeln. Er glaubte nicht, dass er sie je so natürlich gesehen hatte, trotz der Anspannungen der Nacht.

„Schau nicht so", erwiderte er mit einer Leichtigkeit, die seine übliche Vorgehensweise war. „Ich kann mit einem Pferd umgehen, wenn nötig." Er zog an den Zügeln und zu seiner – und ihrer – Überraschung bewegte sich das Pferd und folgte ihm in den Stall. Er blickte über seine Schulter. „Keine Sorge, ich habe hier jemanden, der sich um sie kümmern wird."

„Es ist ein Er", sagte sie mit diesem atemberaubenden und allzu seltenen Lächeln.

Er warf einen erneuten Blick auf das Tier und bemerkte sofort, was ihm zuvor entgangen war. „Richtig." Natürlich war es ein Hengst. Eine Stute wäre nicht wild genug für Ela zum Reiten. Dann sah er Ela mit noch mehr Respekt nach, als sie davonging.

Elaheh wartete im Schatten. Trotz des Ritts durch die Wüste, oder vielleicht gerade deswegen, fühlte sie sich beschwingt. Anfangs war ihr übel und ängstlich zumute gewesen, aber sobald sie ihr Pferd bestiegen und begonnen hatte, durch die Wüste zu reiten, war es, als wären Fesseln von ihr abgefallen, und sie fühlte sich zum ersten Mal seit einer Ewigkeit frei.

Und Xander war da gewesen, genau wie er es versprochen hatte. Sie glaubte nicht, dass sie jemals so froh gewesen war, jemanden zu sehen. Das Merkwürdige war, dass es jetzt eine völlig andere Erfahrung war, mit Xander zusammen zu sein. Der alte Xander, der Mann, dessen bloße Existenz sie vom ersten Moment an, als sie ihn getroffen hatte, ständig gereizt hatte, war verschwunden. Jetzt war er jemand, der sie sich – sie suchte nach dem richtigen Wort, konnte aber nur eines finden – sicher fühlen ließ.

Durch die offene Tür konnte sie sehen, wie er mit gedämpfter Stimme mit dem Stallburschen sprach. Er hatte eine natürliche Autorität, die nichts damit zu tun hatte, König zu sein. Und dann blickte er zu ihr auf, und sie schaute weg.

„Ela?", fragte er leise. Sie traute sich nicht, sich umzudrehen. Dann spürte sie, wie sein Finger sanft ihr Kinn berührte. Er übte keinen Zwang aus, um sie zu bewegen, aber sie wandte ihr Gesicht ihm zu und begegnete seinem Blick trotzdem. „Komm", sagte er leise. „Lass uns reingehen. Es war eine Hölle von einer Nacht."

Er streckte seine Hand aus, und sie ergriff sie, und sie traten in den Palast ein. Im Gegensatz zu ihrem schien seiner voller Sicherheitskameras zu sein, die die Türen bedienten und ihnen immer tieferen Zugang zum Gebäude gewährten.

Sie hielten erst an, als sie einen Innengarten erreichten, der sich von den anderen, an denen sie vorbeigekommen waren, durch eine ungezwungenere Atmosphäre unterschied. Die Bepflanzung war weniger reglementiert, die Bäume und Sträucher weniger stark beschnitten. Um den kleinen Garten herum lagen Räume mit offenen Fenstern, durch die sie Seitenlichter sehen konnte, die Möbel beleuchteten, die definitiv nicht von palastartiger Größe waren. Sie sah ihn an. „Das sind deine privaten Gemächer?" Sie hatte ihn sich nicht in weniger als karger Größe vorgestellt.

„Ja." Er räusperte sich, als wäre er ertappt worden. „Dies ist der älteste Teil des Palastes. Roshan zog es vor, näher am Zentrum des Palastes zu sein, aber ich bin lieber hier, wo meine Eltern gelebt haben." Er öffnete eine Tür und folgte ihr in einen der Räume. „Es ist voller Erinnerungen."

Sie war überrascht. Im Gegensatz zu den anderen Teilen des Palastes, durch die sie gegangen waren, hatte dieser eine heimeligere, gemütlichere Atmosphäre. Sie runzelte die Stirn, als sie den großen Sessel vor einem riesigen Fernseher bemerkte. Es war wie eine Art Männerhöhle. Sie sah ihn scharf an und versuchte, ihr Bild von ihm neu einzuschätzen.

„Es schien einfach einfacher", sagte er vage.

„Einfacher?", fragte sie. „Inwiefern?"

Er zuckte mit den Schultern. „Ich glaube, was ich sagen will, ist, dass es mir hier leicht fällt, mich zu entspannen. Wenn ich draußen bin" - er deutete mit einem Nicken auf den öffentlichen Teil des Palastes - „spiele ich eine Rolle. Aber hier drinnen kann ich ich selbst sein. Ich halte es privat. Nur für mich. Normalerweise", fügte er mit einem kurzen, schiefen Lächeln hinzu.

Sie schaute weg, plötzlich erschrocken darüber, dass sie zu viel von ihm sah, dem echten ihm. Und mehr noch, es war nicht der er, den sie zu kennen glaubte.

Er drehte sich um und fuhr mit den Fingern durch sein kurzes Haar. „Hör zu, ich fürchte, wenn du irgendwo anders als hier bleibst, wo ich niemandem erlaube einzutreten, wirst du gesehen werden, und die Nachricht wird sich verbreiten."

„Verbreiten", murmelte sie. Sie wandte sich ihm wieder zu. „Zu wem verbreiten?", fragte sie. „Das ist die Frage. Ich kann niemandem vertrauen, oder?"

Er war in einem Augenblick neben ihr. „Du kannst mir vertrauen", sagte er und umfasste ihre Arme. Sie hätte seine Hände abschütteln sollen. Die alte Elaheh hätte das getan. Aber sie wusste an der Art, wie er sie umfasste, an der Art, wie seine Finger leicht, aber fest in ihr Fleisch drückten, dass es hier nicht um Kontrolle ging, sondern darum, ihr Kraft zu geben – sie zu unterstützen, zu zeigen, dass sie sich auf ihn verlassen konnte.

Sie fragte sich, warum ihr nie zuvor aufgefallen war, wie fein gezeichnet seine Lippen waren. Sie waren nicht voll, normalerweise bildeten sie eine gerade Linie. Aber jetzt waren sie sanft geöffnet, und ihre Augen zeichneten ihre zarten Linien nach. Sie wusste instinktiv, wie sie sich anfühlen würden, wenn sie gegen ihre gepresst wären. Sie schnappte ruckartig nach Luft und rang darum, einzuatmen.

„Geht es dir gut, Ela?", fragte er besorgt, seine Stirn runzelnd. „War der Ritt zu viel für dich? Ich weiß, es ist viel passiert."

Sie war überrascht, Tränen in ihren Augen zu spüren. Sie konnte sich nicht erinnern, wann jemand sie zuletzt gehalten und Mitgefühl für ihre Situation gezeigt hatte. Sie sollte zurücktreten. Sie öffnete den Mund, um zu sprechen, hatte aber Angst zu schluchzen, also biss sie sich stattdessen auf die Lippe und schüttelte wieder den Kopf.

Einen Moment lang suchte er in ihrem Gesicht, als versuchte er selbst herauszufinden, was sie fühlte. Und dann zog er sie plötzlich an sich und hielt sie fest. Und in diesem Moment änderte sich alles. Sie roch die schwachen Spuren seines Aftershaves, von sauberem Schweiß und absoluter Männlichkeit, die sie noch nie so getroffen hatten. Einzeln hatte sie sie wahrgenommen, aber kombiniert hatten sie eine Kraft, von der sie nicht wusste, ob sie ihr widerstehen konnte.

Sie presste ihre Hände gegen seine Brust mit der Absicht, ihn wegzuschieben, tat es aber nicht. Stattdessen spreizten sich ihre Finger über der feinen Baumwolle seines Hemdes und nahmen die Muskeln und die harte Brust darunter wahr. Ohne nachzudenken, drückte sie ihre Wange an seine Brust. Die Härchen kitzelten ihre Wange, und als sie sich bewegte, stimulierten sie ihre Haut. Sie konnte das Pochen seines Herzens durch ihr Ohr und durch ihren Körper hören und spüren. Es war, als wären sie eins geworden, verschmolzen durch den Puls seines durch die Adern pumpenden Blutes und den Kontakt seiner Haut an ihrer.

Sein Herzschlag beschleunigte sich, als sie, anstatt ihre Hände wegzunehmen, sie über seine Brust gleiten ließ, ihre Fingerspitzen die sich unter ihrer Berührung verschiebenden Sehnen und Muskeln erforschten.

„Was machst du da, Ela?", fragte er, seine Stimme dröhnte in ihr Ohr, verschmolz mit seinem Herzschlag und ließ sie ihn auf eine Weise spüren, wie sie noch nie einen anderen Menschen gespürt hatte.

Sie bewegte ihren Kopf so, dass ihre Stirn gegen seine nackte Brust gedrückt war und ihre Wimpern gegen seine Haut flatterten. Sie war nur einen Atemzug davon entfernt, die nackte Stelle zu küssen, die sein offenes Hemd freigab. Ohne nachzudenken, presste sie ihre Lippen auf seine nackte Haut.

Plötzlich waren seine Hände um ihren Kopf und zwangen sie, zu ihm aufzusehen. Seine dunklen Augen flackerten vor Überraschung und etwas anderem, etwas Gefährlicherem. Für einen langen Moment wusste sie nicht, ob er sie küssen oder anschreien würde. Zu ihrer bitteren Enttäuschung verblasste das Verlangen in seinen Augen und sein Blick wurde härter.

„Ela! Was zum Teufel glaubst du, was du da tust?"

Sie schluckte. „Ich... ich wollte dich küssen."

„Mich küssen?", wiederholte er und schüttelte den Kopf.

„Ich habe noch nie einen Mann geküsst, weißt du. Wurde noch nie zärtlich von einem Mann gehalten." Ein Ausdruck, den sie als Enttäuschung beschrieben hätte, huschte über seine Züge. Das ist Xander, erinnerte sie sich. Sie räusperte sich. „Ich wollte einfach wissen, wie es sich anfühlt."

Sein überraschtes Grunzen ging durch ihren Körper, genauso wie sein Herzschlag, erfüllte sie mit ihm selbst und erzeugte Gefühlsmuster in ihrem Körper, die völlig neu waren.

„Und wie war es?" Seine Stimme war jetzt einen Hauch tiefer.

Sie sah zu ihm auf. „Es war ... schön."

„Und weißt du, was noch schön ist?" Sie schüttelte den Kopf. „Ein Kuss auf die Lippen", fuhr er fort. „Möchtest du das versuchen?"

Sie war stumm. Sie konnte keine Worte hervorbringen, selbst wenn sie gewollt hätte. Und Worte waren das Letzte, woran sie in diesem Moment dachte. Sie nickte. Es gab keine andere ehrliche Antwort, die sie geben konnte.

Seine schönen Lippen, die sich leicht im Mundwinkel kräuselten, waren das Letzte, was sie sah, bevor sie sich auf ihre pressten, und alles veränderte sich. Das Erste, was sie spürte, war eine verheerende, aber nicht unwillkommene Invasion ihrer Privatsphäre, als die Hitze seines Atems und seiner Lippen die ihren umhüllte. Zunächst war ihre Berührung zaghaft, doch als sie plötzlich feststellte, dass ihre Hände um seinen Rücken geglitten waren und ihn näher zu ihr zogen, wurde der Kuss intensiver. Sie spürte, wie er in ihren Mund stöhnte, was sofort ein

Gefühl in ihr auslöste, das drohte, ihre Sinne zu entgleisen.

Sie konnte beschleunigtes Atmen hören und war vage überrascht festzustellen, dass es ihr eigenes war. Seine Hände umschlossen sie jetzt auch fest, und als sie seine Zunge die ihre berühren spürte, überschlug sich ihre Reaktion. Sie presste ihren Körper gegen seinen, in einer rein intuitiven, rein animalischen Reaktion. Alles, was sie wusste, war, dass sie diese harte Brust an sich gedrückt, diese Arme um sich geschlungen brauchte, damit sie eins mit ihm werden konnte. Sie ertappte sich dabei, Dinge zu tun, von denen sie nicht wusste, dass sie sie konnte, und nicht wusste, dass sie sie tun wollte, sich gegen ihn aufbäumend. Sie spürte eine wachsende Härte, die sich in ihren Bauch drückte.

Schließlich zog er sich zurück, schleppte sich, als wäre er betäubt und die träge Chemikalie kämpfte gegen seinen Willen. „Ela!" Er fluchte leise vor sich hin.

Noch einmal stellte sie sich auf die Zehenspitzen, um ihn zu ermutigen, sie wieder zu küssen. Aber er machte keine Anstalten, ihre Lippen erneut in Besitz zu nehmen. Sie legte ihre Hände hinter seinen Kopf und zog ihn zu sich, versuchte zu befehlen, versuchte all ihre Willenskraft einzusetzen, um das zu bekommen, was sie von diesem störrischen Mann wollte. Aber er gab immer noch nicht nach.

„Küss mich noch einmal, Xander, ich will, dass du mich noch einmal küsst."

„Nein, Ela, das ist nicht möglich."

Sie schüttelte den Kopf. „Du irrst dich, es ist möglich, natürlich ist es das, du hast mich gerade geküsst. Ich will, dass du mich noch einmal so küsst."

„Das", sagte er und strich mit seinen Daumen über ihre Wangen, während er ihr Gesicht zwischen seinen Händen hielt, „ist keine gute Idee. Ich habe dich einmal geküsst, weil du noch nie geküsst wurdest."

Sie fühlte sich schockiert und niedergeschlagen. „Du hast mich nur geküsst, weil du Mitleid mit mir hattest?"

Wieder dieses leichte Zucken der Lippen. „Auf keinen Fall, Ela. Ich habe dich geküsst, weil ich es wollte, und auch, weil ich wollte, dass du weißt, wie es sich anfühlt. Ein Kuss ist eine Sache, der zweite Kuss ist eine ganz andere Angelegenheit."

„Vielleicht will ich diese andere Angelegenheit."

„Und vielleicht will ich das auch. Aber es wird nicht passieren. Du bist hier, weil du mir vertraust. Und schon bald wirst du aufhören, mir zu vertrauen, wenn ich dich noch einmal küsse."

Sie schüttelte den Kopf. Sie konnte sich nicht vorstellen, ihm nicht zu vertrauen. „Ich will, dass du mich küsst." Sie konnte hören, wie ihr herrischer Ton zurückkehrte, und es gefiel ihr nicht.

Er reagierte sofort darauf und trat zurück. Seine Hände umklammerten ihre Schultern wie zuvor, aber diesmal tat er es nicht, um ihr Vertrauen zu geben, sondern um sie von sich fernzuhalten.

„Ich wiederhole, Ela", sagte er, „das wird nicht passieren. Lass mich dir jetzt zeigen, wo du schlafen wirst." Er führte sie in ein Schlafzimmer, das offensichtlich persönlich und eindeutig männlich war. Sie blickte zu ihm auf, als die Verwirrung der Lust langsam verblasste und Erkenntnis dämmerte. „Aber das ist doch sicher dein Zimmer?"

Er ließ sie los und trat zurück. „Es gehört jetzt dir,

solange du es möchtest." Er deutete auf eine Verbindungstür. „Ich werde vorerst im Ankleidezimmer schlafen. Niemand kommt in diese Räume, es sei denn, ich bitte darum." Er lächelte leicht. „Sie werden einfach annehmen, dass ich zu meinen schlampigen Studentengewohnheiten zurückkehre, die ich als Junge hatte. Du bist hier sicher, Ela. Du bist vor anderen sicher und du bist bei mir sicher."

„Aber du hast mich nicht noch einmal geküsst, wie ich dich gebeten habe." Sie konnte es nicht ertragen, ihm noch länger in die Augen zu sehen, um seine Verachtung zu erblicken.

„Ela, verstehst du denn nicht? Ich konnte mir selbst nicht trauen. Eins hätte zum anderen führen können, und deine Jungfräulichkeit ist nichts, was man auf die leichte Schulter nehmen sollte."

Seine Worte waren wie eine eiskalte Dusche an einem heißen Tag. Sie keuchte, als der Schock die letzten Spuren der Erregung wegblies und sie direkt mit ihrer Realität konfrontierte. Sie spürte einen Ausbruch von Wut – auf ihre Vergangenheit, auf das, was ihr widerfahren war, und auf Xanders Annahme.

„Ich bin keine Jungfrau, Xander. Keine. Jungfrau." Sie spuckte die letzten Worte praktisch durch zusammengebissene Zähne aus, die den Kuss vergessen hatten.

Seine Augen weiteten sich vor Schock und, wie sie erkannte, Verständnis. „Und trotzdem sagst du, du hättest noch nie jemanden geküsst."

Sie schwieg vor Entsetzen. Sie hatte zugelassen, dass ihr Zorn sie überwältigte und ihr Geheimnis, ihre innere Schande, offenbarte. Sie schluckte und schüttelte den Kopf, während ihr Verstand raste, um zu versuchen, die

Worte, die sie geäußert hatte, zurückzunehmen, um Worte zu formen, die sie auslöschen würden.

„Ich…" Sie spürte, wie ihr Tränen in die Augen stiegen. Sie wischte sie weg und drehte sich von ihm weg. Sie konnte ihn nicht sehen lassen. „Ich… ich bin müde", flüsterte sie mit krächzender Stimme.

Er schwieg für einige Momente und wartete darauf, dass sie sprach, aber sie konnte nicht. Es gab nur die Punkte, die verbunden werden mussten, um eine Wahrheit zu bilden, die sie sich weigerte auszusprechen.

Selbst als sie seine leichte Berührung an ihrem Arm spürte, weigerte sie sich, sich zu ihm umzudrehen.

„Bitte geh", sagte sie, ihr flammendes und tränennasses Gesicht von ihm abgewandt.

Sie hörte, wie er ging und die Tür hinter sich schloss.

Sie war wieder allein. Genau wie sie es immer war. Nur dass sie sich jetzt, nach der Nähe, die sie noch vor wenigen Minuten gespürt hatte, einsamer fühlte als je zuvor; nach der beinahe erfolgten Offenbarung einer Schande, von der nur wenige Menschen wussten, fühlte sie sich verletzlicher als je zuvor.

Ohne sich auszuziehen, kletterte sie ins Bett, rollte sich zu einer Kugel zusammen und weinte, wie sie es Jahre zuvor hätte tun sollen.

Xander schloss leise die Tür hinter sich und ging zum Getränkeschrank. Er goss sich einen großzügigen Whiskey ein, runzelte kurz die Stirn über dessen bernsteinfarbene Tiefe, bevor er ihn hinunterstürzte und das leere Glas fest auf den Tisch zurückstellte. Er brauchte diese kraftvolle Hitze, um dem Feuer in seinem Herzen entgegenzuwirken, das ihre Worte entfacht hatten.

Er drehte sich um und blickte aus dem Fenster über

die Lichter seiner Stadt hinweg zu der Bergkette, die die Grenze zwischen seinem Land und Elas markierte, mit nur einem Gedanken im Sinn.

Was zum Teufel war Ela zugestoßen, dass sie keine Jungfrau mehr war und dennoch nie zärtlich von einem Mann gehalten, nie geküsst worden war? Denn er zweifelte nicht an der Wahrhaftigkeit ihrer Aussagen. Eine Sache, die er mit Sicherheit über Ela wusste, war, dass sie nie log. Was eine Frage aufwarf, deren Antwort er nicht zu bedenken wagte.

KAPITEL 5

„Du hast keine Wahl, Xander", bestätigte Zavian. „Wir sind uns alle einig. Elaheh muss weiterhin bei dir bleiben. Die Chancen einer Entdeckung sind größer, wenn sie sich bewegt, und außerdem wird niemand vermuten, dass sie bei dir ist, angesichts eurer offensichtlichen und öffentlichen Antipathie zueinander."

Xander starrte grimmig auf den Computerbildschirm, der in vier Teile geteilt war – einer für ihn selbst, je einer für Amir und Zavian und der letzte wurde von Roshan und Shakira geteilt.

„Es ist unmöglich", sagte Xander.

Shakira lehnte sich vor. „Inwiefern?"

Xanders Gedanken waren erfüllt von der Erinnerung an den verletzten und verletzlichen Ausdruck, den er in Elahehs Gesicht gesehen hatte, und die nagende Frage, die ihn am Schlafen gehindert hatte – wie hatte sie ihre Jungfräulichkeit verloren, ohne einen einzigen Kuss oder eine zärtliche Berührung? Galle stieg in seiner Kehle auf und er spürte, wie Wut in ihm aufstieg bei dem Gedanken. Seine Wut musste sich auf seinem Gesicht gezeigt haben, denn als er sich wieder den Kameras zuwandte, schüttelte Roshan den Kopf und die anderen sahen besorgt aus. Aber es war Shakira, die zuerst sprach.

„Xander, du musst versuchen, ihre Ausbrüche zu ignorieren." Xander brummte leise vor sich hin, sich bewusst, dass Shakira und die anderen seine Reaktion falsch interpretiert hatten. „Unter dieser fordernden, herrischen Fassade steckt eine Frau, die deine Hilfe braucht."

Er drückte seine Finger gegen seine geschlossenen Augen und versuchte, die Wut zurückzudrängen. Es gelang nicht. Er blickte jeden der Könige der Reihe nach an, bevor er seinen Blick auf Shakira ruhen ließ. Einen Moment lang überlegte er, ihnen zu sagen, was er vermutete. Oder zumindest Shakira. Aber was konnte er ihnen sagen? Nichts Sicheres. Er hatte nur Vermutungen, zumindest vorerst. Aber er schwor sich, die Wahrheit herauszufinden, und der einzige Weg dazu war, sie weiterhin zu beschützen. „Ich weiß", sagte er schließlich. „Ich habe die nächsten sieben Tage von allen Verpflichtungen und Treffen freigeräumt."

„Gut." Shakira lehnte sich in ihrem Stuhl zurück, ihr schönes Gesicht zeigte Erleichterung. Nicht zum ersten Mal fragte sich Xander, was passiert wäre, wenn er in der Nacht des Maskenballes geblieben wäre. Ob er eine Chance bei der geheimnisvollen, schönen Shakira gehabt hätte. Irgendwie bezweifelte er es. Und er war froh darüber, denn stattdessen hatte er eine Freundin und eine geliebte Schwägerin gewonnen.

„Ich weiß, du magst Elaheh nicht besonders", sagte Amir. „Aber du musst sie in deiner Nähe behalten, bis wir wissen, wer hinter diesen Drohungen steckt. Xander, du darfst sie nicht aus den Augen lassen."

„Amir, ich mag vieles von dem sein, was die Leute über mich sagen, aber eines bin ich nicht: unehrenhaft. Ich werde Elaheh beschützen, weil ich nichts anderes tun kann. Aber" – er beugte sich zur Kamera vor und sah jeden von ihnen der Reihe nach an, weil er zu dem Xander zurückkehren musste, den sie kannten und verstanden, denn es war der einzige Xander, den er kannte und verstand – „wenn ich verrückt werde, will ich, dass ihr die Verantwortung übernehmt!"

Der leichtere Ton brach das Eis und sie grinsten erleichtert zurück. Er seufzte, schaltete den Computer aus und sprang auf. Er musste weg. Und er wusste genau, wohin – der einzige Ort, an dem er ein Gefühl von Frieden erreichen konnte, wo niemand an ihn herankam. Er schwamm täglich allein an einem privaten Strand, normalerweise am frühen Morgen, aber an diesem Morgen war sein Schwimmen durch die Telefonkonferenz verzögert worden. Manchmal dachte er, das tägliche Schwimmen sei das Einzige, was ihn bei Verstand hielt.

Er nahm nur das Nötigste mit, war aber noch nicht bis zur Tür gekommen, als er seinen Namen durch die Verbindungstür hörte, die zu dem Schlafzimmer führte, in dem Elaheh schlief. Er blieb wie angewurzelt stehen, als er Elahehs Stimme hörte. Es war eine schöne Stimme, tief für eine so zierliche Frau, und einladender, als sie persönlich erschien. Sie berührte ihn, genauso wie der Blick auf die echte, verletzliche Frau ihn in der vorherigen Nacht berührt hatte. Ein Teil von ihm wollte weitergehen, wollte zu der Routine zurückkehren, die er kannte, aber ein größerer Teil von ihm konnte sich nicht von dieser Stimme abwenden.

Er klopfte an die Tür und sie öffnete sofort, als hätte sie gewartet. Das Erste, was ihm auffiel, war, dass sie keinen Hidschab trug, um ihr Haar zu bedecken. Ihre dunkle Haarmähne war immer noch aus ihrem Gesicht zurückgezogen, aber in einem weicheren Stil. Vermutlich war sie es nicht gewohnt, ihre Haare selbst zu machen, denn es hatte etwas liebenswert Unordentliches an sich, was die Schraube in seinem Inneren weiter lockerte und ihn ihr gegenüber noch sanfter werden ließ.

„Ela." Der Spitzname rutschte ihm heraus, bevor er ihn aufhalten konnte. Aber diesmal sah er keine entsprechende Stirnrunzeln auf ihrem Gesicht. Sie sah besorgt und verletzlich aus. Er erinnerte sich an Shakiras Worte. Diese Frau brauchte seine Hilfe – nicht mehr und nicht weniger. „Du trägst deinen Hidschab nicht. Ist alles in Ordnung?"

Sie presste ihre Lippen zusammen und lächelte kurz. „So gut, wie es sein kann, wenn man sich versteckt hält."

Er erwiderte ihr Lächeln. „Hoffentlich nicht mehr lange."

„In der Tat." Ihr Kinn hob sich in einem entschlossenen Winkel, aber das Lächeln verweilte noch auf ihren Lippen. „Ich trage meinen Hidschab nicht, weil ich eine Videokonferenz mit meinen Beratern hatte. Ich wollte, dass sie mich deutlich sehen können, dass sie sehen, dass es mir gut geht. Übrigens danke, dass du den Computer für mich eingerichtet hast."

„Gern geschehen. Wenn der Techniker sich wunderte, warum ich wollte, dass er ohne jede Möglichkeit der Rückverfolgung eingerichtet wird, hat er nicht gefragt."

Ihr Lächeln wurde wärmer. „Du bist schließlich König. Deinem Befehl sollte ohne Frage Folge geleistet werden."

„Stimmt. Obwohl ich glaube, dass es einige Zeit dauern wird, bis ich mich daran gewöhnt habe. Wie ist also das Gespräch gelaufen? Hast du sie zufriedenstellen können?"

„Ich denke schon. Darüber möchte ich mit dir sprechen."

„Was ist es, Ela?", fragte er, seine Stimme nun sanfter.

Sie zupfte mit uncharakteristischer Unsicherheit an ihrer Abaya. Das Lächeln war nun verschwunden, aufgelöst in Zweifel und Ungewissheit.

„Ist etwas passiert?", drängte er.

„Mein Wesir hat mich gebeten, ihm zu sagen, wo ich bin. Er sagt, er müsse es aus Sicherheitsgründen wissen." Sie sah ihn mit diesen wunderschönen katzenartigen Augen an, die sich auf eine Art nach oben wölbten, die ihn immer erregte. Selbst wenn sie ihn zur Weißglut getrieben hatte, musste er gegen eine ebenso starke Erregung ankämpfen.

Er runzelte die Stirn. „Hast du es ihm gesagt?"

„Nein. Aber ich wollte es. Ich bin mit dem Mann aufgewachsen. Er weiß alles über mich. Sicher würde es nicht schaden, ihn zu beruhigen. Er sagt, er mache sich schreckliche Sorgen um mich."

„Sag es ihm nicht."

„Aber ich muss es irgendwann jemandem sagen. Ich kann nicht für immer hier bleiben."

„Sag es ihm nicht", wiederholte er. „Bis wir die Person finden, die dir diesen Brief geschickt hat, ist es nicht sicher, es irgendjemandem zu sagen."

„Okay", sagte sie in einem überraschend sanften Ton. Es tat ihm weh, sie so geschwächt und in Angst lebend zu sehen. Er wünschte sich fast, ihre herrische Haltung würde zurückkehren. Fast. Sie blickte auf das Handtuch, das er hielt. „Gehst du irgendwohin?" Ihr Ton war genauso sehnsüchtig wie ihr Ausdruck. Er hatte ihre Augen noch nie so verletzlich gesehen. Shakiras Rat wiederholte sich in seinem Kopf.

„Ja." Er zögerte, konnte sich aber nicht dazu bringen, von ihr wegzugehen. „Möchtest du mitkommen?"

Ihr Gesicht hellte sich auf und sein Herz sank. „Das wäre schön. Ich kann den Gedanken nicht ertragen, noch einen Moment länger hier eingesperrt zu sein. Wo gehst du hin? In die Berge?"

Er runzelte die Stirn. „Warum sollte ich in die Berge gehen?"

Das Leuchten in ihrem Gesicht verblasste ein wenig. Sie zuckte mit den Schultern. „Das ist der Ort, an den ich mich immer begebe, wenn ich eine Auszeit brauche."

„Warum?" Er war ziemlich verwirrt bei dem Gedanken.

„Weil es ruhig und schön ist und es mein Ort ist. Aber... du gehst nicht dorthin."

Er schüttelte den Kopf. „Nein, ich gehe zum Strand. Ich schwimme jeden Morgen." Jetzt war sie an der Reihe, verwirrt auszusehen.

„Warum?", fragte sie.

„Weil", sagte er bestimmt, „es ruhig und schön ist und es mein Ort ist."

Es gab eine Pause, bevor sie beide gleichzeitig in Gelächter ausbrachen. Es war Ela, die zuerst sprach.

„Du und ich sind Gegensätze, oder?"

„In mancher Hinsicht, ganz bestimmt. Aber du bist trotzdem eingeladen, mitzukommen, wenn du den Strand ertragen kannst."

„Das würde ich gerne. Und dann, vielleicht, wenn es sicher ist, können wir in die Berge gehen."

Es wäre unhöflich von ihm gewesen, abzulehnen, und der Blick in ihren Augen machte ihm definitiv keine Lust dazu.

„Natürlich. Und ich würde mich darauf freuen." Er wusste nicht, warum er das hinzufügte. Die Worte kamen aus einem tiefen Impuls heraus. „Komm schon."

„Bist du sicher, dass es sicher ist?"

„Absolut. Es ist privat. Kein Personal, keine Öffentlichkeit, nur die königliche Familie und ihre ehrenvollsten Gäste haben Zugang zu diesen Räumen und dem Weg zum Strand."

„Gut." Sie nickte und gab ihm ein halbherziges Lächeln. Ihre Unsicherheit irritierte ihn. „Gut", wiederholte sie und versuchte, zuversichtlicher zu klingen. Es gelang ihr nicht.

Er öffnete die Tür. „Hier entlang."

Wie erwartet blieb sie in der beeindruckenden Gewölbehalle stehen. Auf allen Seiten waren sie umgeben von dekorativen Kacheln, Säulen und vergoldeten Porträts früherer Könige, die sie in der Dunkelheit der vergangenen Nacht nicht gesehen hatte. Sie tauschten Blicke aus. „Es ist wunderschön", sagte sie und reckte den Hals, um nach oben zu schauen, wo das Morgenlicht durch die Fenster im Obergeschoss fiel. „Und kühl."

Er zeigte nach oben. „Es sind die gitterartigen Lüftungsöffnungen. Sie lassen die Meeresbrise in die

Korridore und Räume eindringen. Das macht es das ganze Jahr über angenehmer."

Sie atmete tief ein. „Und es riecht auch wunderschön", sagte sie, während sie weitergingen.

„Die Gärten wurden vor Jahrhunderten angelegt und gut gepflegt. Ist es so anders als in deinem eigenen Palast?"

Sie lächelte und hob eine Augenbraue. „Du warst noch nie dort, oder?"

Er schüttelte den Kopf. „Nein, ich hatte noch nicht das Vergnügen." Nicht, dass er vorher in diesen Begriffen darüber nachgedacht hätte.

Sie blieb bei einem großen Topf stehen, der mit karmesinroten gerippten Blumen überquoll. Sie berührte die samtigen Blütenblätter einer Blüte. „Ja, es ist sehr anders. Die Härte des Klimas in meinem Land und die Zähigkeit meines Volkes spiegeln sich in den Gebäuden wider. Mein Palast ist viel älter und..." Sie zögerte, als sie sich umsah, als suche sie nach dem richtigen Wort. Dann wandte sie sich ihm zu und führte die Blüte an ihre Nase, um ihren Duft einzuatmen. „Und weniger dekorativ, könnte man sagen." Xander vermutete, dass man das so sagen könnte. Er hatte gehört, ihr Palast sähe aus wie ein Gefängnis. „Wir können auch keine zarten exotischen Blüten wie diese anbauen", fuhr sie fort und sah mit einem schuldigen Blick zu ihm auf. „Aber natürlich gibt es viele andere Eigenschaften daran, die großartig sind."

„Natürlich." Ihm fiel nur keine ein. Und ihr anscheinend auch nicht.

Sie blickte über die Gemälde und blieb bei einem stehen. Sie sah Xander an. „Wer ist das?"

Er musste nicht hinsehen, um es zu wissen. „Meine Urgroßmutter. Sie war eine Schönheit."

Sie drehte sich zu schnell um und ertappte ihn dabei, wie er sie ansah, nicht das Porträt. Seine Urgroßmutter war eine große Schönheit gewesen, aber es war Elas eigene Schönheit, die er nicht anders konnte, als zu bewundern. Sie errötete, bevor sie sich schnell wieder abwandte.

„Ich dachte gerade, sie sieht aus wie du", sagte Ela.

„Macht sie das zu einer größeren oder geringeren Schönheit?", fragte Xander, der es genoss, mit dieser verletzlicheren Version von Ela zu spielen.

Sie hob eine Augenbraue und ein kleines Lächeln spielte um ihre Lippen. „Angelst du nach Komplimenten?", fragte sie.

Er trat einen Schritt näher. „Es ist schön, sich vorzustellen, von jemandem bewundert zu werden, den man mag."

Ihr Lächeln verschwand, aber die Aura der Verletzlichkeit blieb.

„Du magst mich." In ihrer Stimme lag ein Hauch von Verwunderung, der ihn überraschte.

„Das war nicht mal eine Frage, oder?"

Sie zuckte mit den Schultern. „Ich bin überrascht, das ist alles. Nach all den Streitigkeiten, die wir hatten, nach all den Meinungsverschiedenheiten. Es überrascht mich zu wissen, dass du mich magst."

„Dann wird es dich wirklich überraschen zu erfahren, dass ich dich schon immer mochte."

„Warum warst du dann so feindselig mir gegenüber?"

„Ich, feindselig? Das ist ja wohl der Gipfel. Du hast

deutlich gemacht, dass du keine Zeit für mich hattest. Was hast du mich mal genannt, ‚einen dilettantischen, arroganten Playboy'?"

„Na ja, das bist du. Oder warst du zumindest."

Seine Lippen verzogen sich wieder amüsiert. „Also hältst du mich nicht mehr dafür."

Verwirrung huschte über ihr schönes Gesicht.

„Was ist los?", fragte er und trat noch einen Schritt auf sie zu.

Sie hob die Hand, um ihn aufzuhalten. „Nicht."

„Was nicht?"

„Komm nicht so nah." Sie zuckte mit den Schultern. „Ich kann damit umgehen, wenn du nah bist und nicht sprichst, und ich kann mit schwierigen Fragen umgehen, wenn du nicht nah bist. Aber ich kann nicht mit beidem gleichzeitig umgehen."

Der Gedanke, dass er ihre unerschütterliche Zuversicht durcheinanderbringen konnte, ließ sein Verlangen überkochen. Aber er musste sich konzentrieren, nicht verführen. „Dann trete ich zurück, denn ich hätte wirklich gerne eine Antwort auf meine Frage."

Sie presste ihre Hand auf ihre Brust, als wolle sie sich beruhigen. Das gefiel ihm auch. „Was war die Frage?"

Er grinste. „Es war nicht wirklich eine Frage. Eher eine interessierte Feststellung. Ich war überrascht, dass du mich nicht mehr für einen arroganten Playboy hältst. Ich schätze, ich wollte dich das noch einmal sagen hören."

Sie presste ihre Lippen zusammen, als wäre sie unsicher, wie sie antworten sollte. Nach ein paar langen Sekunden, die er entschlossen war, nicht zu unterbrechen, lächelte sie und trat auf ihn zu, anscheinend hatte sie ihre Unsicherheit überwunden. „Du, Xander, bist bedürftig. Und nein, ich werde diese Aussage nicht weiter erläutern. Du musst daraus machen, was du willst."

Er grinste und schüttelte verzweifelt den Kopf. Die alte Elaheh war gerade wieder aufgetaucht. Sie war ein Rätsel. Einen Moment furchteinflößend, im nächsten so verletzlich wie die Hölle. Blitzartig dachte er, dass sie in beiden Zuständen absolut faszinierend war. Er wandte sich plötzlich ab. Was er brauchte, war ein gutes, langes, kühles Bad.

Er seufzte schwer und folgte ihr in den Garten.

Elaheh war erleichtert, festzustellen, dass Xander Recht hatte und der Weg zum Strand tatsächlich kurz und völlig privat war. Der Fußweg mündete in eine kleine, geschützte Bucht, die von Bäumen gesäumt und durch einen felsigen Vorsprung vor der Stadt geschützt war.

Sobald Xander den Sand betrat, neigte er den Kopf zur Sonne, schloss die Augen und seufzte.

„Das fühlt sich gut an", sagte er. „Kommst du mit ins Wasser?"

„Nein, danke. Ich schwimme nicht gern. Ich setze mich in den Schatten."

Er begann sich auszuziehen und Elaheh sah schnell weg und ging zu einigen Stühlen und Tischen, die im Schatten großer Palmen standen. Daneben stand eine Strohhütte, zweifellos mit allem ausgestattet, vom allgegenwärtigen Champagner bis zu allem, was ein Royal sonst noch zur Entspannung brauchte.

„Bedien dich ruhig", rief er ihr zu.

Sie öffnete den Getränkekühler und ließ die kühle Luft für ein paar Sekunden über ihre erhitzte Haut fächeln, bevor sie über die Theke hinweg zu ihm hinübersah, wo er sich auszog. Sie konnte den Blick nicht von ihm abwenden. Als er sein Hemd auszog, nahm sie nur eines wahr – wie sich seine Muskeln beim Heben und Senken der Arme anspannten und streckten. Seine dunkle Haut glänzte mit einem Schweißfilm, der ihr das Wasser im Mund zusammenlaufen ließ. Der Gedanke war beunruhigend, hielt sie aber nicht davon ab, an ihn zu denken. Sonnenlicht und Schatten hoben die Konturen seiner Schultern hervor. Sie war froh, dass er ihr den Rücken zuwandte. So konnte sie ihn unbeobachtet betrachten. In seinen Badeshorts konnte sie seine muskulösen Beine bewundern – Läuferbeine, dachte sie beiläufig. Nicht dass sie je die Beine eines Mannes gesehen hätte, laufend oder gehend. Aber wenn, dann wusste sie, dass sie so aussehen würden.

Er rannte ins Meer und tauchte ins Wasser. Sie konnte fast spüren, wie die Kälte des Wassers auf seine erhitzte Haut traf. Sie erschauderte, als er kräftig ins Meer hinausschwamm. Sie beobachtete ihn, bis ihre Augen schmerzten und er nur noch ein Punkt in der Ferne war.

Mit einem Seufzer schloss sie den Kühler und öffnete eine Dose Limonade. Sie hatte in der vergangenen Nacht kaum geschlafen und fühlte sich plötzlich erschöpft. Die Anspannung, die sie den ganzen Morgen aufrecht erhalten hatte, löste sich plötzlich unter dem rhythmischen Rollen und Ziehen des Ozeans am sandigen Strand. Sie legte sich auf die Sonnenliege, schloss die Augen vor dem Flackern der Schatten, die von den raschelnden Palmwedeln erzeugt wurden, und verlor sich in Träumen von Xander, während der Schlaf sie wie eine weiche, leichte Bettdecke überkam.

Xander blickte mit gerunzelter Stirn auf Ela hinab. Sie

lag tief schlafend auf der Sonnenliege, geschützt vor der Sonne durch die tanzenden Wedel einer Palme. Sie sah friedlich aus, auf eine Weise, wie sie es nie tat, wenn sie wach war. Sie sah auch jung und äußerst verletzlich aus. Er hasste das, weil er wusste, dass es das Beste in ihm hervorbrachte. Und das Beste von ihm würde sein Leben sehr schwierig machen.

Er griff nach seinem Handtuch und begann, sich mit dem Rücken zu ihr abzutrocknen. Er wollte nicht, dass sie dachte, er hätte sie angeschaut. Er nahm eine Flasche Mineralwasser aus dem Kühlschrank und legte sich auf eine Liege neben ihr. Die Meeresbrise vom Vormittag frischte auf, und die Palmwedel wiegten sich über ihren Köpfen. Während er an seinem Getränk nippte und entschlossen aufs Meer und gelegentlich zu Ela blickte, konnte er nicht aufhören, eine Million Dinge zu denken und zu fühlen, die er sich zuvor nie erlaubt hatte.

Als sie aufwachte und sich zu ihm umdrehte, die Wolken des Schlafes noch in ihren Augen, wusste er, dass er mehr tat, als nur auf sie aufzupassen – er verliebte sich in sie, und er war sich nicht sicher, ob er sich ihrem Bann würde entziehen können.

„Ich bin eingeschlafen", sagte sie überrascht und setzte sich auf. „Ich schlafe sonst nie tagsüber."

„Vielleicht wurde dein Nachtschlaf gestört."

„Das ist er immer. Ich bin einfach eine schlechte Schläferin."

„Gerade eben warst du es nicht", sagte er und reichte ihr ein Getränk.

„Es ist seltsam", sagte sie, ihre entspannte Stimmung hielt noch an. „Irgendetwas an diesem Ort lässt mich fühlen..." Sie runzelte die Stirn. „Ruhig und..."

„Sicher", ergänzte er. Sie wandte sich ihm zu und nickte.

„Ich kann mich nicht erinnern, wann ich mich das letzte Mal so gefühlt habe."

„Das ist gut." Er fügte nicht hinzu, dass es ihn gut fühlen ließ, dass er sie beschützen konnte, dass er sie sicher fühlen lassen konnte. Er dachte nicht, dass sie diese Erkenntnis schätzen würde. Zumindest noch nicht.

„Ist es das?" Ihre schöne Stirn runzelte sich. „Sollte ich mich nicht in meinem eigenen Land sicher und ruhig fühlen?"

Er nickte langsam. „Das solltest du, und das wirst du auch. Sobald du das hier hinter dir hast."

„Selbst vor all dem fühlte ich mich immer... in Alarmbereitschaft."

Er erinnerte sich an Shakiras Worte. „Defensiv."

„Ja, das musste ich sein."

Instinktiv streckte er die Hand aus und legte sie auf ihren Arm. Sie hob abrupt den Kopf. „Du musst dich hier gegen niemanden verteidigen, oder gegen irgendjemanden in der Zukunft. Ich werde dafür sorgen. Es wird niemanden geben, der dich angreift."

„Wie kannst du dir da so sicher sein?"

„Weil ich dafür sorgen werde."

Sie lächelte. „Danke. Ich kann zwar nicht sehen, wie du das sicherstellen willst, aber ich schätze die Absicht."

Sie schwang ihre Beine von der Liege, und er erhaschte einen Blick auf schlanke Knöchel und schmale Füße, als sich ihre Abaya kurz hob. Ihre Zartheit berührte ihn. Er blickte auf und sah, dass sie ihn beobachtete. Sie stand auf und zupfte ihre Abaya zurück, um ihre Beine zu bedecken.

Er stand auf und schaute entschlossen weg, hinaus zur dunkelblauen Linie des Horizonts. Er verengte seinen Blick, als würde er etwas Bestimmtes betrachten. Aber das Einzige, woran er dachte, war jemand Bestimmtes – die Frau, die unsicher an seiner Seite stand.

Sie begannen beide gleichzeitig zu sprechen.

Xander fuhr sich mit den Fingern durch sein kurzes Haar. „Du zuerst."

„Nein, bitte du."

„Ich wollte mich nur entschuldigen, Ela. Ich hätte dich letzte Nacht nie küssen sollen."

Sie verengte diese wunderschönen Augen auf ihn. „Und warum nicht?"

Er zuckte mit den Schultern. Wie konnte er seine Gedanken in Worte fassen? „Es war ein Impuls, und einer, dem ich nicht hätte nachgeben sollen. Es tut mir leid."

Ihr Gesicht wurde blass und ausdruckslos, bar jeder Emotion. Sie grunzte und zuckte leicht mit den Schultern. „Es ist nicht wichtig."

Jetzt war er an der Reihe, die Emotion in Kälte umschlagen zu fühlen. Er empfand das Gegenteil. Er hatte sich entschuldigt, weil es sich wichtig angefühlt hatte. Und von ihr zu hören, dass es nichts bedeutete, ließ ihn sich wie ein Idiot fühlen.

Ihr Mund war fest und ihre Lippen zusammengepresst, als sie ihre Abaya glatt strich und überall hinsah, nur nicht zu ihm. Ihre Handlungen bekräftigten die Tatsache, dass er für sie nicht mehr Bedeutung hatte als jemand, der sie in diesem einen Moment der Not beschützte. Und er wusste, dass sie, sobald diese Not vorüber war, verschwunden sein würde.

„Es ist Zeit, dass wir zurückkehren", sagte sie knapp. „Es könnte Neuigkeiten geben."

„Sicher", sagte er. „Zusätzlich zu meinen Nachforschungen suchen auch die anderen Könige und Shakira danach."

„Gut. Dann bin ich sicher, dass ich nicht mehr lange dein unerwünschter Gast sein muss."

Sie drehte sich auf dem Absatz um und ging über den Strand in Richtung des Pfades. Und alles, was er tun konnte, war ihr zu folgen und darüber nachzudenken, dass es nicht lange gedauert hatte, bis sie zu ihrer alten, kalten Art zurückgekehrt war.

Er verliebte sich in sie, und er wollte es nicht. Er würde Roshan und die anderen kontaktieren und ihnen mitteilen, dass sie definitiv nicht länger hier bleiben konnte. Sie musste gehen. Aber selbst während er dies dachte, wusste er, dass er sie nur gehen lassen würde, wenn sie in Sicherheit wäre. Sie mochten keine gemeinsame Zukunft haben, aber das hielt ihn nicht davon ab, sich um sie zu sorgen.

Elaheh ging schnell den Weg zum Palast entlang. Sie konnte es nicht ertragen, ihn anzusehen, aus Angst, ihre äußere Gelassenheit könnte bröckeln und er würde die Wahrheit erkennen – dass sie ihn angelogen hatte. Sie hatte ihm gesagt, sein Kuss sei nicht wichtig, und er war es doch. Denn sein Kuss hatte ihr bewusst gemacht, dass sie ihn begehrte, wie sie noch nie einen Mann zuvor begehrt hatte. Denn zum ersten Mal seit einer Ewigkeit dachte sie an einen Mann ohne Furcht und ohne Abneigung.

Aber sie hatte sich geirrt. Sie war durch den Kuss getäuscht worden und hatte fast geglaubt, dass sie das haben könnte, was so viele Frauen auf der ganzen Welt hatten – die Liebe eines guten Mannes, sowohl körperlich als auch emotional. Und das konnte sie nicht. Denn selbst wenn Xander irgendein Interesse an ihr hätte – und es klang ganz und gar nicht danach –, würde dieses Interesse schnell verschwinden, sobald er die Wahrheit über sie erfuhr.

KAPITEL 6

Am nächsten Tag erwachte Elaheh durch den Ruf des Muezzins zum Gebet, der von der großen Moschee der Stadt erklang. Die kühlere Luft der Meeresbrise streichelte ihre nackte Haut, und sie verspürte ein ungewöhnliches Gefühl des Friedens. Dann erinnerte sie sich plötzlich, wo sie war. Nicht ihr Land. Nicht ihr Palast. Ein Klopfen an der Tür ließ sie nach ihrer Bettwäsche greifen, und ihr wurde klar, dass es dieses Geräusch gewesen war, das sie aus ihrem tiefen Schlaf geweckt hatte. Sie setzte sich ruckartig auf.

Sie rutschte vom Bett. „Herein!"

Xander öffnete die Tür langsam und schaute vorsichtig herein. Er blickte schnell weg. „Es tut mir leid", sagte er, während er die Tür anstarrte, „ich dachte nicht, dass du noch im Bett sein würdest. Ich komme später wieder."

„Hast du etwas herausgefunden?", fragte sie.

Er zögerte, die Tür halb schließend, seine Hand den Türgriff wie einen Rettungsanker umklammernd. „Nein", sagte er, die Augen immer noch fest von ihr abgewandt. „Leider nicht. Unsere Ermittlungen haben nichts ergeben. Aber wir haben eine Spur bezüglich des verwendeten Briefpapiers und verfolgen diese weiter.“

„Das Briefpapier?“

„Ja, er hat den Fehler gemacht, ein Papier mit Wasserzeichen zu verwenden, das nur von einem Hersteller stammt. Ich habe jemanden in Paris, der die Händler überprüft, die es führen. Natürlich werden Online-Verkäufe schwer nachzuverfolgen sein. Aber nicht unmöglich.“

Sie nickte langsam, ihr Verstand raste, um sich zu erinnern, ob sie jemanden kannte, der im letzten Jahr aus Paris zurückgekehrt war. „Du vergisst, dass mein Land nicht viel mit Online-Verkäufen zu tun hat.“ Sie blickte ihn an, erstarrt im Türrahmen, mit der Tür redend. „Xander! Komm schon rein. Ich denke kaum, dass wir bei allem, was passiert, auf Förmlichkeiten bestehen müssen!“

„Richtig“, sagte er, schloss die Tür und trat ins Zimmer, seine Augen scheinbar nun von der Aussicht vor dem Fenster gefesselt. „Richtig“, sagte er, als wolle er sich selbst davon überzeugen, dass es wirklich richtig war.

Sie grunzte ungeduldig. „Bleib da, ich ziehe meinen Morgenmantel an.“

Als er ihr den Rücken zuwandte, sprang sie aus dem Bett und griff nach einem Morgenmantel, den sie fest um sich band. „Du kannst dich jetzt umdrehen.“

Doch als er sich umdrehte, errötete sie, da der Ausdruck in seinen Augen nicht so geschäftsmäßig war, wie sie erwartet hatte.

Sie räusperte sich und zwang ihre Hände weg von dem geknoteten Gürtel, der das Einzige war, das ihre Nacktheit verbarg. Sie begegnete seinen Augen standhaft. „Wie gesagt, Online-Shopping ist in meinem Land nicht weit verbreitet.

„Das macht es einfacher. Hoffentlich haben wir bald Neuigkeiten. Aber in der Zwischenzeit." Er presste seine Lippen zusammen, als wäre er widerwillig zu sprechen.

„In der Zwischenzeit?", forderte sie ihn auf. „Was? Du willst, dass ich gehe?"

„Ja. Dich hier zu haben, erweist sich als... schwierig."

„Für wen? Du bist der Einzige, der weiß, dass ich hier bin."

Er nickte. „Für mich. Unsere Beziehung war nie einfach und ich fürchte..." Er brach ab, als fehlten ihm die Worte. Ihm fehlten nie die Worte.

Sie hob ihre Hand, als wolle sie einen Wortschwall stoppen, der bereits versiegt war. Offensichtlich bereute er ihren kurzen Kuss zutiefst. Es machte sie wütend, weil sie ihn nicht bereuen konnte. „Schon gut. Du brauchst nichts weiter zu sagen. Deine Bedeutung ist völlig klar. Du willst, dass ich gehe, und das werde ich tun."

Er seufzte und stemmte die Hände in die Hüften, ihre Wut brach seine letzten verbliebenen Reste von Unbehagen. „Tu das nicht, Ela!"

„Was tun?"

„Dich so königlich mir gegenüber verhalten. Voreilige Schlüsse ziehen."

„Ich dachte, du würdest dich freuen, dass ich deinen Forderungen zustimme. Ich dachte, es würde dir das Leben leichter machen."

„Nichts, was mit dir zu tun hat, wird mein Leben leicht machen." Sie starrten einander in einer Pattsituation an. Es war Xander, der das Schweigen brach. „Hör zu, so habe ich das nicht gemeint. Was ich will, ist, dass du mir zuhörst. Ich sage dir nicht, dass du mich verlassen sollst. Ich sage, dass wir beide zusammen von hier weggehen sollten. Ich habe mit Roshan gesprochen und er hat vorgeschlagen, dass wir in den Wüstenpalast ziehen, wo sich die Könige treffen. Wir werden dort weniger... aufeinander sitzen. Es wird mehr physischen Raum geben und ich glaube, du wirst dich in der Wüste wohler fühlen."

Sie neigte den Kopf zur Seite. „Und du kommst mit mir?"

Er nickte. „Es wurde so vereinbart."

Plötzlich verstand sie. „Die anderen haben dich überredet, mit mir zu gehen."

Er nickte kurz, und darin verstand sie alles. Er konnte es kaum erwarten, sie loszuwerden. Ein Stich des Schmerzes erfüllte sie, gefolgt von einer unbekannten Emotion, die sie sich weigerte zu benennen. Sie unterdrückte sie so schnell, wie sie aufgekommen war.

„Mir war nicht klar, dass du mich so sehr nicht magst. Als du mich geküsst hast, schien es nicht so." In dem Moment, als die Worte herausgeplatzt waren, bereute sie sie.

„Ela! Du musst verstehen! Ich mag dich und ich habe unseren Kuss genossen - wirklich", fügte er hinzu. Sie wusste nicht, ob er sich oder sie überzeugen wollte. „Aber genau das macht die ganze Situation unmöglich! Du bist verletzlich, und ich habe nicht vor, diese Verletzlichkeit auszunutzen. Und um ehrlich zu sein, habe ich Angst, dass die Dinge außer Kontrolle geraten. Auf einer persönlichen Ebene", sagte er, seine Ungenauigkeit verbarg nichts.

Sie stieß einen angehaltenen Atemzug des Verstehens

aus. „Ah. Du kannst versichert sein, dass nichts außer Kontrolle geraten wird. Ich bin nicht erpicht darauf, dass meine Zukunft einen Mann einschließt."

„Und warum ist das so?" An seiner Frage war nichts Beiläufiges. Es war offensichtlich im Ton, in seinen Augen und in der Art, wie er aufhörte, sich zu bewegen und regungslos dastand, auf ihre Antwort wartend.

„Ein Mann wird mir keine Freude bringen, und ich werde sicher keinen Mann glücklich machen können."

„Und warum ist das so?", wiederholte er. Es schien, als sei er entschlossen, die Wurzel ihres Schmerzes zu finden.

Sie starrten einander für einige Momente in steinerner Pattsituation an, während das Geheimnis, das sie fest in sich verschlossen hielt, zu schmerzen begann, als wolle es die Erleichterung der Offenheit finden. Sie holte Atem, als wolle sie sprechen, schüttelte stattdessen aber den Kopf.

„Und warum ist das so?", wiederholte Xander noch einmal. Dann machte er einen Schritt auf sie zu, und sie wusste, dass ihr Geheimnis in Gefahr war, als die schützende Hülle, mit der sie sich so kompetent umgeben hatte, zu bröckeln begann. Das Pochen ihres Herzens wurde lauter. Es erfüllte ihren Körper, ihre Ohren, ihren Kopf. Sie dachte, sie würde platzen, als das Pochen an Intensität zunahm. Sie schien keine Luft zu bekommen.

„Ela?", wiederholte Xander. „Geht es dir gut?"

Sie konnte nicht sprechen. Wenn sie es täte, dachte sie, würde ihr Herz buchstäblich aus ihrem Mund springen. Oder ein Schrei würde sich lösen. Und instinktiv wusste sie, dass dieser Schrei kein damenhafter Alarmruf wäre, sondern die urzeitliche Intensität eines in die Enge getriebenen Tieres hätte.

Dann tat Xander etwas, was sie sich nicht gewünscht hätte – er streckte zögernd seine Hand nach ihr aus. Sie starrte nur auf seine Hand und dann zurück zu ihm, und er zog seine Hand wieder an seine Seite zurück.

Aber immer noch fühlte sie sich unfähig, sich zu bewegen, verzehrt von ihrem pochenden Herzen und der aufsteigenden Panik, die aus einem tiefen Ort in ihr emporgestiegen war. Es erinnerte sie an die Zeit und den Ort, an dem sie dasselbe gefühlt hatte. Danach hatte sie es fest vergraben, in festes Narbengewebe eingeschlossen und einbalsamiert, sodass es wasserdicht, emotionsdicht und unverwundbar war. Aber jetzt, irgendwie, nach all diesen Jahren, hatte dieser Mann vor ihr mit einem leichten Tippen seiner Hand die glänzende harte Oberfläche geknackt, und ein Riss war entstanden, der das, was in ihr lag, freigesetzt hatte.

„Ela? Du musst mir sagen, was los ist." Er stand mit den Händen in den Hüften da, Besorgnis in seinen Gesichtszügen eingegraben. Seine Augen huschten über ihr Gesicht, bevor er schwer seufzte. „Ich gehe nirgendwo hin, bis du mir sagst, was los ist." Er streckte wieder seine Hand aus, und diesmal konnte sie nichts sagen oder tun, um ihn aufzuhalten. Er legte seine Hände fest um ihre Schultern und neigte seinen Kopf, um ihr in die Augen zu schauen. „Was auch immer du verbirgst, du musst es mir sagen."

Sie versuchte, seine Hände wegzuziehen, aber sie bewegten sich nicht; sie versuchte, an seinen Fingern zu kratzen, sie von ihrem Fleisch zu lösen, aber sie gruben sich nur tiefer ein.

„Du kannst mich diesmal nicht wegstoßen, Ela. Es ist Zeit, mir zu sagen, was zum Teufel in diesem schönen

Kopf von dir vorgeht. Sag mir, was dir passiert ist, sag mir, was dich so vor Männern erschreckt hat. Sag es mir", wiederholte er.

Verängstigt presste sie ihre Lippen zusammen und schüttelte den Kopf, in kurzen, heftigen Bewegungen, aber das Pochen ihres Herzens nahm nur zu. Sie begann sich schwindlig zu fühlen, als sich die Welt bewegte, verschob, als wäre sie in der Mitte zerrissen, keinen Sinn mehr ergab. Die Tränen, die ihre Augen verschleiert hatten, sammelten sich und liefen ihre Wangen hinunter. Sie zitterte jetzt. Ihre Lippen bebten vor Anstrengung, den Mund geschlossen zu halten. Dann konnte sie es nicht länger und schloss ihre Augen fest, in der Hoffnung, dass sie immer noch in der Lage sein würde, den tobenden Strom von Emotionen zu kontrollieren, der sie zu verschlingen drohte.

Er zog sie an sich und hielt sie fest. Es war, als ob die Welle der Emotion auf ihn überging und sie von dem Druck befreite. Sie hatte ihm vielleicht nicht ihr Geheimnis erzählt, aber irgendwie hatte er ihren Schmerz gelindert.

Schließlich zog er sich zurück und hielt sanft ihre Schultern, seine Augen suchten die ihren. „Ela, was auch immer los ist, bitte sag es mir." Seine Stimme war jetzt auch sanft. Es war Zeit.

Sie biss sich auf die Lippe und nickte. „Alle wünschen, dass ich heirate. Aber..."

„Sprich weiter", drängte er.

„Ich habe Angst. Heirat. Ich habe Angst davor, weil es keine Möglichkeit gibt, dass ich irgendeinen Mann glücklich machen kann." Sie wandte sich ihm zu, ihre Wangen brannten wie ein Leuchtfeuer, und ihre Augen glänzten vor Tränen.

Er runzelte die Stirn und legte den Kopf schräg. „Wovon redest du? Natürlich kannst du das. Du bist schön, intelligent und" – er seufzte – „verdammt sexy. Ich verstehe also nicht, warum du denkst, dass du keinen Mann glücklich machen kannst."

Sie hatte niemandem sagen wollen, wie sie sich fühlte. Es war ihr Geheimnis, eingeschlossen in ihr neben all dem anderen Trauma, das sie erlitten hatte. Versiegelt mit einem Tritt.

„Glaub mir einfach, ich kann es nicht."

„Nein, ich akzeptiere nichts außer der Wahrheit. Wie soll ich verstehen, wenn du es mir nicht sagst?"

„Verständnis ist nicht erforderlich. Heirat ist nichts für mich, und dabei bleibt es."

„Ich gehe nicht, bevor du mir eine richtige Antwort gibst. Sag mir, warum du nicht heiraten willst."

Sie runzelte die Stirn über sein Beharren. Warum kümmerte es ihn, ob sie heiratete oder nicht? Es war doch nichts Persönliches für ihn, oder?

„Bitte, Ela. Sag mir, wovor du solche Angst hast."

Sie leckte sich über die Lippen. „Beziehungen, zwischen einem Mann und einer Frau." Seine Stirnrunzeln vertiefte sich. „Um Himmels willen, Xander, ich habe Angst vor Sex. Etwas ist passiert, verstehst du, und ich kann den Gedanken daran nicht ertragen."

Seine Hände erstarrten auf ihren Schultern, genauso wie seine Augen über ihren. Sie spürte die Veränderung in ihm, wie sie es erwartet hatte. Sie hatte gehofft, er würde verstehen oder sie zumindest akzeptieren für das, was sie ihm gleich sagen würde. Aber sie wusste tief in ihrem

Herzen, dass er es nicht würde. Er war schließlich ein Mann. Und Männer mochten keine gebrauchte Ware, kümmerten sich nicht um Unangenehmes.

„Was ist passiert?", fragte er, seine Stimme heiser vor Emotion. Diesmal kämpfte sie nicht gegen ihn an und hob ihr Kinn, um ihm ins Gesicht zu sehen. Plötzlich hatte sie alle Kampfeslust verlassen.

„Ich wurde vergewaltigt. Ich war jung..." Sie schluckte. „Es war ein Fremder. Ein Beduinen-Nomade. Verrückt, glaube ich. Er nahm mich mit, tat, was er tat, und warf mich dann zurück ins Lager."

Sie beobachtete, wie Xander einen Kloß hinunterschluckte. Sie hielt ihre Augen auf seinen Hals gerichtet, als er sich bewegte. Es war einfacher, als den unvermeidlichen Ekel und das Mitleid in seinen Augen zu sehen.

„Wusste dein Vater davon?", fragte er schließlich.

„Er hat es nie erfahren. Meine Mutter hielt es geheim, erfand eine Geschichte, um meine Krankenhausbesuche zu erklären." Er sprach nicht, und plötzlich wurde ihr bewusst, dass das Geräusch des Pochens ihres Herzens aufgehört hatte, und sie war von einem unerwarteten Gefühl des Friedens erfüllt. Das Schlimmste war geschehen. Ihr beschämendes Geheimnis war heraus. Sie seufzte und hob ihre Augen zu seinen. Sie blinzelte, als sie versuchte, ihre Erwartungen mit dem Anblick von Xander in Tränen in Einklang zu bringen.

Es waren nicht nur feuchte Augen, sondern Tränen rollten über sein Gesicht und seine Augen... der Ausdruck in ihnen offenbarte eine Tiefe von Schmerz und Qual, von der sie nie geträumt hätte, dass sie in Xander stecken würde.

Sie umfasste seine Wange mit ihrer Hand. „Xander! Es tut mir leid."

„Leid?" Er machte keine Anstalten, seine Tränen wegzuwischen, sondern hielt sie stattdessen fest. Er drückte seine Wange an ihren Scheitel. Sie konnte spüren, wie die Feuchtigkeit seiner Tränen ihr Haar durchdrang. Sie weinte nicht. Sie dachte, sie würde nie wieder weinen. „Wofür tut es dir leid?"

„Dass sich deine Meinung von mir geändert hat. Ich kann den Gedanken an Sex nicht ertragen, ich habe nie vor, Sex zu haben. Ich kann niemals einen Mann glücklich machen, und ich kann niemals von einem Mann glücklich gemacht werden. So einfach ist das."

„Daran ist nichts einfach." Er fluchte leise und hielt ihr Gesicht fest in seinen Händen. „Hör mir zu, Ela. Du irrst dich. Dir wurde etwas Schreckliches angetan, und das war nicht deine Schuld. Es hat zu Schäden geführt, die auch nicht deine Schuld sind. Und deine Angst vor Sex, das ist auch nicht deine Schuld. Du kannst dich nicht weiter für etwas bestrafen, das nicht deine Schuld war."

„Ich stelle einfach nur die Tatsachen fest."

„Okay, ich akzeptiere, dass es Tatsachen sind, wie du sie jetzt siehst. Aber ich möchte, dass du mir etwas versprichst."

„Was?"

„Ich möchte, dass du mir eine Chance gibst, dir zu zeigen, wie Liebe zwischen einem Mann und einer Frau sein kann."

„Du bist so gut zu mir gewesen, Xander, aber ich weiß nicht, ob ich das für dich tun kann."

„Ich will nicht, dass du das für mich tust. Ich möchte, dass du das für dich tust. Du verdienst es, die Wahrheit über das Leben, über die Liebe zu erfahren. Du verdienst eine glückliche Zukunft. Mit oder ohne mich. Wirst du das tun?"

„Du willst mir das zufügen, wovor ich am meisten Angst habe? Warum sollte ich dir etwas versprechen, das ich fürchte? Warum würdest du mir das antun?"

„Weil du leidest, und ich möchte dich heilen."

Sie schüttelte den Kopf und machte ein spöttisches Geräusch, aber er legte seinen Finger auf ihre Lippen.

„Warte, gib mir die Chance, es zu erklären. Sagen wir, du hast Flugangst, wie behandelt man das?"

„Nicht durch Fliegen. Das würde es nur schlimmer machen."

„Du hast Recht. Aber indem man dir nach und nach zeigt, dass du nichts zu befürchten hast und alles zu gewinnen. Ich werde dir zeigen, wie du dein Denken darüber ändern kannst."

„Und wie willst du das machen?"

„Indem ich dich gut fühlen lasse." Er strich ihr die Haare aus dem Gesicht, und als sein Blick über ihr Gesicht wanderte und er sie so freundlich anlächelte, schmolz etwas in ihr. Angst. Sie hatte keine Angst mehr vor ihm. „Es wird keinen Schmerz geben, keine Unsicherheit, keine Angst. Vertraust du mir?"

Sie nickte. Es gab nichts anderes, was sie tun konnte. In diesem Moment band sie sich an ihn auf eine Weise, wie sie es noch nie zuvor bei jemand anderem getan hatte. Sie vertraute ihm das an, was sie am meisten verehrte - ihre innersten Ängste.

„Gut." Er trat von ihr zurück. „Wir fangen heute Abend an, nachdem wir das Wüstenschloss erreicht haben."

„Heute Abend?" Plötzlich packte sie wieder die Angst.

„Heute Abend, Ela. Wir werden nah beieinander schlafen, und wenn du einverstanden bist, werde ich dich in meinen Armen halten. Und das ist alles, was ich tun werde. Heute Abend also?"

Trotz seiner Pläne wusste sie, dass er um Erlaubnis bat, fortzufahren.

Sie nickte und zwang sich zu einem kurzen Lächeln. „Heute Abend", bestätigte sie.

Aber als sie ihn weggehen sah, fragte sie sich, worauf sie sich da einließ. Doch selbst als sie das dachte, fühlte sie sich innerlich ruhig. Die Ruhe hielt an. Zumindest vorerst.

KAPITEL 7

Normalerweise tröstete der nächtliche Wüstenhimmel Elaheh, aber nicht heute Nacht.

Heute Nacht war alles zu hell – vom sternenübersäten Himmel bis zum schiefen abnehmenden Mond, der zwar nicht mehr voll war, aber immer noch zu hell auf die offenen Ebenen schien, die zum Wüstenschloss von Havilah führten.

Elaheh biss sich auf die Lippe und starrte aus dem Autofenster. Sie wünschte sich, die steinigen Ebenen, die im Mondlicht silbern schimmerten, würden in die dunkle Vergessenheit der tintenartigen Schatten versinken, die sich unter den felsigen Vorsprüngen sammelten, und vor der Welt verborgen bleiben. Und sie gleich mit.

Sie wollte von niemandem gesehen werden.

Sie wollte nicht, dass die Welt Zeuge ihrer Ängste wurde.

Sie warf einen Blick auf Xander, der schweigend fuhr, sein verengter Blick entweder geradeaus gerichtet oder gelegentlich in den Rückspiegel, um zu überprüfen, ob sein Sicherheitsteam noch folgte. Die Lichter ihrer Autos bestätigten deren Anwesenheit. Noch mehr Lichter in einer Welt, die sich gegen sie zu verschwören schien.

Sie schaute wieder aus dem Fenster. Obwohl sie Seite an Seite saßen, fühlte sie sich von Xander entfernt, was sie auch so behalten wollte. Aber sie wusste, dass seine Absicht das Gegenteil war, und das machte ihr Höllenangst.

Es war über die Jahre einfach gewesen, ihre Ängste in Schach zu halten – tief in ihr vergraben, versiegelt mit dem Zementdeckel ihres Willens – aber dieser Zementdeckel war von Xander zerschmettert worden. Sie hatte ihr Gespräch immer wieder in ihrem Kopf durchgespielt und versucht herauszufinden, wie Xander sie dazu gebracht hatte, ihm ihr Geheimnis zu verraten. Sie war zu dem Schluss gekommen, dass sie ihr Geheimnis hätte bewahren können, wenn er sie nicht berührt hätte.

Sie schloss die Augen bei der Erinnerung daran, wie diese einfache Berührung ihres Arms – eine Liebkosung so sanft und doch so beharrlich – eine unsichtbare Ladung ausgelöst hatte, die ihre Verteidigung durchbrochen und die Wahrheit hervorsprudeln ließ, sodass sie ängstlich zurückblieb und sich in die Dunkelheit verkriechen wollte, wo niemand sie erreichen konnte.

Sie schluckte und verschränkte die Arme über ihrem Bauch, um das schnelle Schlagen ihres Herzens und die Übelkeit in ihrem Magen zu beruhigen.

Dann spürte sie seinen flüchtigen Blick auf sich und fühlte sich so entblößt, als läge sie nackt auf der sternenbeleuchteten Ebene. Ihre Blicke verhakten sich kurz, bevor sie beide abrupt wegschauten.

„Du brauchst keine Angst zu haben, Ela", sagte Xander leise, als sie sich den Umrissen des Schlosses näherten. „Ich würde dir nie wehtun oder etwas tun, was du nicht willst. Das weißt du doch, oder?"

Sie nickte. Er hatte auch eine unheimliche Art zu wissen, wie sie sich fühlte. Xander, der arrogante Playboy, hatte verborgene Tiefen, von denen sie nichts wusste.

„Oder?", wiederholte er die Frage, da er die Bewegung ihres Kopfes im schattigen Auto nicht gesehen hatte.

„Ja", sagte sie, weil es stimmte. Trotz all ihrer tiefen Ängste vertraute sie Xander, sonst wäre sie nicht mitgekommen. Sie räusperte sich. „Ja", wiederholte sie lauter. „Das weiß ich."

„Gut", sagte er. Sie konnte seine Erleichterung in dem ausgeatmeten Wort hören. „Wir sollten in fünf Minuten ankommen."

Erneut flatterte Angst in ihrem Bauch, als sie zum Schloss aufblickte, das mit jeder verstreichenden Meile größer wurde. Es war so dunkel, wie der Himmel hell war. Aber sie wusste, dass es eine Dunkelheit war, die sie nicht verbergen konnte, dass sie noch exponierter sein würde, sobald sie es betrat.

Die Festungsursprünge des Wüstenschlosses waren unmöglich zu verbergen. Es ragte wie eine Drohung über die Wüstenebenen, was es genau war. Es repräsentierte eine uralte Macht des Königreichs Havilah, als es noch ein Land war – eine Macht, die Xander in Hülle und Fülle besaß. Eine Macht, die er sowohl zu ihrem Schutz als auch zu ihrer Herausforderung einsetzte. Es schien, als ginge das eine mit dem anderen einher, und sie konnte es nicht aufhalten, selbst wenn sie wollte. Denn im Grunde wusste sie, dass er Recht hatte. Sie bestrafte sich immer noch für etwas Schlimmes, das ihr vor langer Zeit angetan worden war. Sie wusste es, aber sie fühlte es nicht. Und es schien, als wolle Xander ihr helfen, es zu fühlen.

Xander fuhr durch die Tore, die von unsichtbaren Personen geöffnet und sofort wieder geschlossen wurden. Sie war noch nie zuvor durch das Tor in das Schloss gekommen. Ihre Besuche waren immer per Hubschrauber gewesen, was bedeutete, dass sie die Macht des Schlosses noch nie zuvor gesehen hatte.

Die Autotüren schlugen mit einem hallenden metallischen Klang um den scheinbar verlassenen Innenhof zu. Staub hing in der Luft von der Einfahrt des Autos, und dunkle Schatten, geworfen von den emporragenden Steinmauern, türmten sich auf allen Seiten auf. Sie hielt einen Moment inne und sah sich um. Hier war sie sicher vor äußeren Bedrohungen – dem Schreiber der bedrohlichen Notizen. Das wusste sie. Sie war nicht länger in physischer Gefahr, aber emotional? Sie riskierte einen schnellen Blick auf Xander, der bei der Tür auf sie wartete, seine Augen auf sie fixiert, als könne er ihr Herz lesen.

Sie nahm einen langen, langsamen Atemzug voller Mut und ging auf ihn zu, wobei sie sich auf seine Schuhe konzentrierte. Sie waren hochglanzpoliert, und die Außenlichter blitzten auf ihnen. Sie blieb vor ihm stehen.

Er hob ihr Kinn mit seinem Finger und sie blickte auf. Er nickte. „Das ist besser. Ich hasse es, wenn du nach unten schaust."

„Warum?"

„Das bist nicht du. Das ist nicht meine furchtlose Ela."

Sie riss die Augen weit auf, überrascht von seinen

besitzergreifenden Worten. „Du magst es, wenn ich furchtlos bin?"

Er lehnte seinen Kopf an ihren. Ein schwaches Lächeln umspielte seine Lippen. „Ich mag dich, wenn du du selbst bist."

Sie blinzelte, als Tränen in ihren Augen brannten. Es war ein seltsames Kompliment, keines, von dem sie je gelesen hatte, aber es berührte sie und fühlte sich wie das Wertvollste an, das je jemand zu ihr gesagt hatte.

Er trat beiseite und deutete an, dass sie das Schloss betreten sollte. Sie trat in die große Halle, hell erleuchtet von flackernden Fackeln, die in altertümliche Wandhalterungen gesteckt waren, und dachte plötzlich, dass sie beim nächsten Mal, wenn sie durch diese Türen schreiten würde, eine veränderte Frau sein würde.

Je mehr Zeit Xander mit dieser anderen Version von Ela verbrachte, desto mehr glaubte er, das Richtige zu tun. Als sich einige seiner Bediensteten Ela näherten, suchte sie bei ihm nach Bestätigung. Innerlich zuckte er zusammen. Er hasste es, sie so zu sehen.

„Es ist okay. Du musst dich vor niemandem im Schloss verstecken. Deshalb sind wir schließlich hergekommen. Es ist völlig sicher. Niemand kann hereinkommen oder gehen, wenn ich es nicht erlaube, und alle Telekommunikation wird überwacht."

Sie nickte, wirkte aber immer noch unsicher, und er beobachtete, wie sie der Haushälterin und dem Zimmermädchen die Treppe hinauf zu ihrem Zimmer folgte. Sobald sie verschwunden war, wandte er sich an seinen Butler.

„Whiskey, bitte. Machen Sie es ein Doppelter." Er fuhr

sich mit den Fingern durch das kurze Haar. „Nein, bringen Sie mir gleich die Flasche."

„Gewiss, Eure Hoheit. Wohin soll ich sie bringen?"

„In die Bibliothek im ersten Stock."

Trotz seiner festungsartigen Ursprünge und der jüngeren Nutzung als Jagdschloss waren bestimmte Räume im Wüstenschloss vor über einem Jahrhundert wie ein Londoner Club renoviert worden. Vielleicht unpassend, aber Xander war noch nie so dankbar gewesen, als er die Tür zum Flur schloss und vom vertrauten Geruch von Leder, Büchern und Politur umgeben war. Die schmalen, steingefassten Fenster blickten zum fernen Horizont, eine dicke marineblaue Linie, die die Trennung zwischen dem sternenklaren Himmel und den dunkleren Hamada-Ebenen markierte, deren Konturen vom silbernen Licht hervorgehoben wurden. Er schaute kurz zu den Ausläufern der Bergkette, bevor er die Vorhänge zuzog. Er hasste es, auf jenen Ort zu blicken, wo das alte Beduinenlager gewesen war, jetzt verlassen. Es war ein Ort, den er nie wieder besuchen wollte und der Erinnerungen wachrief, die ihn immer noch bis ins Mark erschütterten.

Er blickte auf, als sein Bediensteter mit dem Whiskey und einem Tablett mit Snacks die Bibliothek betrat.

„Wird Ihre Königliche Hoheit, Königin Elaheh Sie begleiten, Sir?"

Er zögerte. Ela war nicht die Einzige, die durcheinander war. Er schüttelte den Kopf. „Nein. Wir werden in einer Stunde zu Abend essen." Eine Stunde, um seine Gedanken für den bevorstehenden Abend – und die Nacht – zu sammeln.

Elaheh drehte und wendete sich vor dem Spiegel und

runzelte die Stirn über dem wunderschönen kirschroten Satin-Abendkleid, das sie aus dem Kleiderschrank ausgewählt hatte, den Shakira vorausschauend vor ihrem Besuch ins Wüstenschloss geschickt hatte.

Es war nicht so sittsam und konservativ, wie sie es normalerweise trug, sondern trug alle Merkmale von Shakiras extravertierterem Geschmack. Elaheh trug selten westliche Kleidung, aber Xander hatte deutlich gemacht, dass sie sich zum Abendessen entsprechend kleiden würden, also wusste sie, dass keine der anderen schicken Tageskleidungsstücke geeignet wäre. Immerhin hatte Shakira die konservativeren Gewänder mit ihrer vollen Länge, dem hohen Ausschnitt und den langen Ärmeln ausgewählt. Aber erst als sie sich umdrehte und einen Blick auf ihre Rückansicht im Spiegel erhaschte, wurde ihr klar, dass das Kleid nicht so sittsam war, wie sie zunächst gedacht hatte.

Der Satin fing das Licht ein und betonte ihre zierlichen Kurven auf eine Weise, bei der sie sich nicht ganz wohl fühlte. Aber es war zu spät, um zu wechseln. Sie musste nur darauf achten, Xander nicht ihre Rückansicht zu präsentieren. Dann fiel das Licht auf ihre Brüste und sie schloss peinlich berührt die Augen. Dieses Kleid, so wurde ihr verspätet klar, war darauf ausgelegt zu verführen, unabhängig davon, wie wenig nackte Haut zu sehen war, oder vielleicht gerade deswegen. Sie machte Shakira keinen Vorwurf. Shakira atmete Verführung – es war instinktiv für sie, und sie wäre sich nicht bewusst gewesen, dass das Kleid Elaheh so unwohl fühlen lassen würde.

Sie stand unschlüssig da und biss sich auf die Lippe, als sie den Blick des Zimmermädchens auffing, das sie ansah. Sie musste sich jemandem anvertrauen.

„Ich bin mir nicht sicher, vielleicht sollte ich etwas anderes anziehen."

„Es tut mir leid, Eure Majestät, aber mir wurde mitgeteilt, dass Seine Hoheit formelle Abendgarderobe erwartet."

Sie wusste warum. Er hatte deutlich gemacht, dass heute Abend ein besonderer Abend sein würde, an dem er mit ihrer Verführung beginnen würde. Und sie hatte zugestimmt, oder? Sie blickte in Augen, die nichts von dem Mut verrieten, den Xander ihr zugeschrieben hatte. Sie blinzelte. Das war lächerlich. Sie hatte dem zugestimmt, und sie brach nie eine Vereinbarung. Nichts hatte sich geändert. Sie war immer noch einverstanden, dass es der richtige Weg für sie war. Also Abendgarderobe.

Sanft berührte sie ihr frisch gelocktes Haar, das wie ein Umhang lose herabfiel und ihr wenigstens etwas Schutz bot. Sie erschauerte bei dem ungewohnten Gefühl auf ihrer Haut. Sie fühlte sich wie ein anderer Mensch, der sie doch sein wollte, oder? Sie nickte sich zu, als hätte die Person im Spiegel ihre Frage beantwortet, und mit einem Rascheln des langen, schräg geschnittenen Rockes wandte Elaheh ihrem Spiegelbild entschlossen den Rücken zu und ging zur Tür.

Elaheh fühlte sich unerklärlich nervös, als sie die breite Treppe zur großen Halle hinunterging. Das Rascheln des Satinkleides, das über den polierten Stein strich, schickte ihr weitere Schauer der Vorfreude den Rücken hinunter. Wenn Personal anwesend war, dann versteckt hinter Holztüren und Steinmauern, in abgelegenen Bereichen des Schlosses, um sich um die Bedürfnisse der beiden gekrönten Staatsoberhäupter zu kümmern, aber unsichtbar. Dafür war Ela dankbar. Sie wollte, dass möglichst wenige Menschen Zeugen ihrer Verführung wurden.

Die Flügeltüren des Speisesaals öffneten sich, als würde ihre Annäherung beobachtet, doch sie konnte niemanden sehen. Xander erhob sich vom anderen Ende eines riesigen Tisches, der nur für zwei Personen gedeckt war. Sie wusste, dass er aufgestanden war, denn sie sah es aus den Augenwinkeln. Aus irgendeinem Grund konnte sie ihn nicht direkt ansehen.

Fackeln flackerten, reagierend auf die sich öffnenden Türen, beruhigten sich aber wieder, als die Türen sich hinter ihr schlossen und die Bedienstete verschwanden, nur Xander und sie im Raum zurücklassend.

„Ela", begrüßte Xander sie, seine tiefe Stimme sandte weitere Schauer über Schauer über ihre Haut.

Sie ging auf das erste Porträt zu und betrachtete es entschlossen. „Xander", erwiderte sie und blickte zu einem Porträt auf, das sich sehr von dem seiner Urgroßmutter unterschied. Dieser Mann war streng und autokratisch. „Du siehst ihm ähnlich", sagte sie, während sie die starken Linien des Gesichts des Mannes und die durchdringenden Augen in sich aufnahm.

Er antwortete nicht, aber sie hörte, wie er einen Stuhl beiseite schob und seine Schritte, als er sich ihr näherte. Er blieb kurz davor stehen. Sie atmete tief ein und nahm seinen Aftershave-Duft und etwas unbeschreiblich Typisches von ihm wahr. Es tat nichts, um ihre Nerven zu beruhigen.

„Das sollte ich. Er war mein Urgroßvater. Es scheint, ich habe das Beste von beiden Urgroßeltern geerbt", sagte er mit einem Grinsen. „Die anderen Porträts sind von Amirs und Zavians Familien. Ein geteiltes Schloss."

„Einst ein geteiltes Land", murmelte sie, bevor sie sich zu ihm umdrehte.

„Ein geteiltes Land, das im Vergleich zu deinen eigenen großen und uralten Ländern von Tawazun verblasste."

Sie nickte, erfreut über seine Anerkennung der Überlegenheit ihres Landes. Es schien, als würde er versuchen, sie auf mehr als nur körperliche Weise zu verführen.

„Mein Land ist in der Tat groß in der Fläche, aber sein Wachstum ist seit Generationen ins Stocken geraten."

Er machte einen Schritt näher zu ihr, und sie wandte sich wieder dem Porträt zu. „Nicht mehr länger, Ela. Wir werden zusammenarbeiten, um sicherzustellen, dass Tawazun in eine neue Ära des Wohlstands eintritt.

Sie lächelte bei dem Gedanken an die neue Welt, die sie für ihr Land erschufen, und drehte sich, unvorbereitet, zu ihm um. Er war näher, als sie gedacht hatte. Ihr Lächeln verschwand.

Er streckte die Hand aus und berührte sanft ihren Mundwinkel. „Du hast ein wunderschönes Lächeln. Du lächelst nicht oft genug."

Sie blinzelte im Takt ihres plötzlich rasend schlagenden Herzens. „Nicht?" Sie erkannte ihre Stimme nicht wieder. Sie klang atemlos und heiser zugleich, ganz anders als ihr üblicher direkter, nüchterner Ton.

Sein Finger verweilte auf ihrer Wange und zeichnete die Konturen nach, die ein Lächeln hinterließ, das sich unerklärlicherweise wieder auf ihr Gesicht geschlichen hatte. Sein Lächeln wurde breiter.

„Nein, tust du nicht. Aber ich hoffe, dass du es in Zukunft öfter tun wirst."

„Warum?", fragte sie erneut mit dieser neu entdeckten

heiseren Stimme. „Wer kann schon sagen, was in der Zukunft passieren wird?"

„Ich. Ich kann es. Zumindest die unmittelbare Zukunft."

Und bevor sie reagieren konnte, hob er sanft ihr Kinn an und küsste sie. Das Leben schien in einen anderen, langsameren Gang zu schalten, und sie war sich jeder Nuance, jeder Bewegung seiner Lippen auf ihren, seines warmen Atems an ihrer Wange, bewusst. Es entfachte ihren Körper wie ein Funke eine Kerze.

„Oh", hauchte sie, als er sich zurückzog, seine Finger noch immer an ihrer Wange verweilend.

Er seufzte und trat zurück. „Oh, in der Tat." Er runzelte die Stirn und wandte sich ab, und sie fühlte sich beraubt, als hätte sich die Sonne gerade hinter einer schwarzen Wolke versteckt und sie in kaltem Schatten zurückgelassen. Instinktiv legte sie ihre Hand dorthin, wo seine noch vor Sekunden gewesen war.

Er schenkte ihr ein kurzes Lächeln. Er deutete auf den Tisch. „Bitte, nimm Platz. Das Abendessen wurde bereits serviert. Ich wollte, dass wir allein sind, ohne herumschwirrende Bedienstete."

Sie kam wieder zu Sinnen und nickte ebenfalls kurz. „Natürlich. Wir wollen nicht, dass etwas nach außen dringt."

Er zog ihren Stuhl zurück, und sie setzte sich, beobachtend, wie er um den Tisch herumging, direkt ihr gegenüber. Es würde kein Entkommen vor seinem intensiven Blick geben.

Er zögerte und zog dann seinen Stuhl heran, seine Hände auf dem geschwärzten Eichentisch gefaltet, der durch die Alterszeichen nur noch schöner wirkte. „Es wird nichts nach außen dringen, dessen kannst du dir sicher sein. Das Personal wurde speziell dafür ausgewählt, und es besteht keine Möglichkeit, dass sie ohne unser Wissen kommunizieren. Jede Kommunikation wird überwacht. Du bist sicher. Nein, der Grund, warum ich möchte, dass wir allein sind, ist ein rein persönlicher."

Sie hob eine Augenbraue, wagte aber nicht zu sprechen, aus Angst, ihre Nervosität zu verraten.

Seine Augen verdunkelten sich, als sie ihrem Blick standhielten. „Weil ich dich verführen werde", fuhr er fort. „Und ich dachte, du würdest Privatsphäre vorziehen."

Sie nickte kurz zustimmend.

Seine Lippen verzogen sich zu einem flüchtigen Lächeln. „Es gibt keinen Grund, nervös zu sein, das Einzige, was es zu erwarten gilt, ist..." Er zögerte, während seine Gedanken zu einem Wort verschmolzen. „Vergnügen."

Sie räusperte sich, griff nach ihrem Glas und nahm einen Schluck. Sie stellte es zurück auf den Tisch, bevor sie antwortete. Auch sie faltete ihre Hände, die Ellbogen auf dem Tisch, die Finger an den Lippen. „Du scheinst dir sehr sicher zu sein."

„Dass ich dir Vergnügen bereiten werde? Natürlich." Er lehnte sich in seinem Stuhl zurück und legte einen Arm lässig über die Rückenlehne.

„Und du weißt das mit Sicherheit, ja? Du nimmst an, dass alle Frauen, mit denen du geschlafen hast, in Verzückung geraten sind."

„Ja. Denn, Ela, ich bin nicht wie andere Männer. Für mich gibt es kein größeres Vergnügen, als einer Frau Vergnügen zu bereiten. Ich höre zu, verstehst du. Ich finde heraus, was Frauen mögen, und ich stelle sicher, dass ich es ihnen gebe."

Sie wünschte wirklich, sie hätte nicht nachgebohrt, denn jedes Wort, das er äußerte, wurde in einem Ton gesagt, der ihre Nerven streichelte, weil jedes Wort, das er äußerte, eine Wahrheit aussprach, von der sie wusste, dass sie wahr war, weil jedes Wort, das er äußerte, ihre Verteidigung umging und sie tief in ihrem Inneren berührte, und Schauer der Vorfreude an Orte sandte, über die sie sich immer geweigert hatte nachzudenken. Es schien, als erfordere es von Xander verführt zu werden, überhaupt kein Nachdenken.

Sie drückte ihr kühles Glas an ihre Wange, die vor Erwartung errötete. „Also..." Sie sog einen Atemzug ein, der nichts tat, um ihr pochendes Herz zu beruhigen. „Mögen alle Frauen dasselbe?"

„Nein, du wärst überrascht."

Dessen war sie sich sicher. „Also, wann beginnt diese Verführung?"

„Sie hat bereits begonnen." Er nahm einen Schluck von seinem Wein. „Unterschätze nicht die verführerische Kraft von Worten."

Sie konnte nicht umhin, sich zu fragen, wenn seine Worte schon diese Wirkung auf ihren Körper hatten, in welchem Zustand sie wohl sein würde, wenn er sie berührte. Ihre Röte vertiefte sich.

„Aber", fuhr er fort, „wir müssen auch essen." Er deutete auf die silbernen Teller, die mit bunten Vorspeisen aus gefülltem Gemüse und würzigen Salaten beladen waren, und auf Platten, die mit kunstvollen silbernen Hauben bedeckt waren, unter denen sie Huhn und Reis riechen konnte. „Im Geiste der Karawanserei dachte ich, du würdest vielleicht ein traditionelles Abendessen genießen. Bitte, greif zu. Du musst bei Kräften bleiben."

Sie sah ihn durch gesenkte Wimpern an. Es schien, als würden auch ihre verführerischen Instinkte erwachen. „Und warum das?"

„Weil ich, Ela, heute Abend nicht bei Worten stehen bleiben will. Und Essen ist auch Teil der Verführung." Er häufte etwas Essen auf einen Löffel und bot ihn ihr an.

„Behandelst du mich wie ein Kind? Ist das Verführung?"

„Ganz und gar nicht. Ich kann dir versichern, dass das nicht der Fall ist. Ich gebe dir lediglich etwas, und du nimmst es an. Verführung für Anfänger."

„Verführung für Anfänger", wiederholte sie. „Und du denkst, ich lerne davon?"

„Nein", sagte er zu ihrer Überraschung. „Ich lerne."

Sie hätte widerstehen sollen, wirklich. Aber sie fand seine Antwort genauso unwiderstehlich wie seinen Blick, und so öffnete sie ihren Mund. Der glänzende rote Lippenstift, den sie zuvor aufgetragen hatte, war nun durch den Kuss leicht verschmiert.

Seine Augen verengten sich. „Weiter", sagte er, und nach nur einem Moment des Zögerns öffnete sie ihren Mund weiter. „Gut." Er schob den Löffel auf ihre Zunge, und sie schloss ihre Lippen darüber. Jetzt war sie an der Reihe zu sehen, wie erregt er war. Seine Lippen öffneten sich, als er leicht keuchte. Und zum ersten Mal wurde ihr bewusst, dass sie eine Macht besaß, von der sie bisher nichts geahnt hatte. Sie schluckte und leckte sich langsam und bewusst über die Lippen, während sie ihn die ganze

Zeit beobachtete. Er lehnte sich zurück, als wäre er gestoßen worden.

„Mehr", sagte sie, ohne höfliche Worte hinzuzufügen. Sie musste ihm zeigen, dass auch sie Forderungen stellen konnte.

Er schöpfte einen weiteren kleinen Bissen und schob ihn auf ihre Zunge. Diesmal schloss sie ihre Lippen um den Löffel, als er langsam herausglitt. Sie bemerkte mit Genugtuung, dass seine Hand ein wenig zitterte.

Mit bedächtiger Langsamkeit zog er den leeren Löffel über ihre Lippen, und sie ließ es zu. Als er ihn zurückzog, leckte sie sich über die Lippen, und er legte den leeren Löffel klirrend auf den Teller und lehnte sich zurück.

Sie verschränkte die Arme und stützte sie auf den Tisch, sich bewusst, dass der durchscheinende Satin, der sich an ihre Kurven schmiegte, sich senkte und den oberen Teil ihrer Brüste enthüllte. Sie lehnte sich zu ihm, ihre Augen verengt. „Ich will mehr."

Diesmal strich er etwas Essen auf seinen Finger und streckte ihn ihr entgegen. Sie schloss ihren Mund um seinen Finger, ihre Augen so nah an seinen, dass sie sehen konnte, wie dunkel sie vor Verlangen waren.

Er schüttelte überrascht den Kopf, als er sie schlucken sah.

„Und was hast du gelernt, Xander?"

„Dinge, die ich schon hätte wissen sollen."

Sie beugte sich vor und leckte seinen Finger sauber. „Zum Beispiel?"

„Dass du fordernd bist, dass du Kontrolle willst."

Sie hob eine Augenbraue. „Und du wirst sie mir geben?"

„Natürlich nicht. Du wirst dafür arbeiten müssen."

„Und wie schlägst du vor, soll ich das tun?"

„Wenn du mit dem Essen fertig bist, schlage ich vor, wir ziehen uns in einen anderen, passenderen Raum zurück."

Sie stand zuerst auf. Essen war jetzt das Letzte, woran sie dachte. „Passend? Wofür?"

Er streckte seine Hand aus und sie ergriff sie. Er beugte sich vor und flüsterte in ihr Ohr: „Damit ich dir Vergnügen bereiten kann, wie du es noch nie erlebt hast."

Eine Blase des Verlangens platzte in ihr, und sie war schockiert, sich feucht zu finden. Sie fühlte sich geschwollen und bedürftig an dem Ort, den sie geschworen hatte, kein Mann würde je kennenlernen. Aber das war, bevor sie Xander getroffen hatte, bevor sie ihm so vollständig vertraut hatte.

Er drückte ihre Hand, als spürte er ihre Überraschung. Dann zog er sie an sich, hob ihr Kinn und presste seine Lippen auf ihre. Er schob seine Zunge zwischen ihre Lippen und liebkoste sie. Sie keuchte und öffnete den Mund noch weiter, damit seine Zunge sie erforschen konnte. Sie hörte ein Stöhnen und stellte überrascht fest, dass es ihr eigenes war. Ehe sie sich versah, hatte sie ihre Hände um seinen Nacken geschlungen, um sicherzustellen, dass er sich dem Kuss nicht entziehen konnte, und ihre Hüften gegen seine gepresst. Die Empfindungen schürten das Feuer des Verlangens, das sich in den verborgensten Teilen ihres Körpers eingenistet hatte.

Er zog sich zu früh zurück. Er nahm ihre Hände und zog sie zwischen sie herunter. „Langsam, Ela."

Sie schüttelte den Kopf. „Tatsächlich nicht! Ich will mehr, jetzt!"

„Ela. Du hast hier nicht zu befehlen. Ich bin derjenige, der befiehlt."

„Du erwartest wirklich, dass ich dir meinen Willen unterwerfe?"

„Ja, weil du mir vertraust, und weil ich sicherstellen werde, dass der Akt der Unterwerfung dir größere Lust bereiten wird, als es sonst der Fall wäre."

„Ich verstehe nicht."

„Nein, aber du wirst."

„Komm." Er zog an ihrer Hand und trotz seiner Mahnung zur Langsamkeit ging er schnell zur Tür hinaus, und sie musste halb rennen, um mit ihm Schritt zu halten. Am Fuß der Treppe zog er sie an sich, und sie fiel hart gegen ihn. Er antwortete mit einem stürmischen Kuss, der sie vor Verlangen keuchen ließ.

„Was jetzt?", fragte sie.

„Ich möchte, dass du dieses schöne Kleid ausziehst und mir erlaubst, deinen Körper zu erkunden."

Ihr Geschlecht pulsierte vor einem Verlangen, von dem sie nicht wusste, dass sie es besaß. Er wollte sie nackt in der Halle? Sie zögerte nicht, sondern begann, an den Trägern ihres Kleides zu nesteln.

Er grinste und befestigte den Träger wieder. „Nicht hier, nicht jetzt. Vielleicht ein andermal. Aber jetzt wünsche ich mir Privatsphäre."

Sie raffte die Röcke ihres Kleides und sie rannten die Treppe hinauf. An seiner Tür zog er sie an sich und sie küssten sich noch einmal. Dann hob er sie in seine Arme, stieß die Tür mit dem Fuß auf und schritt in seine Gemächer.

Er setzte sie am Fußende des Bettes ab.

„Und jetzt möchte ich, dass du dein Kleid für mich ausziehst."

Ein Anflug von etwas anderem als Verlangen überkam sie. Er schien es zu verstehen, denn er streichelte ihre Schultern. „Ich werde dich nicht anfassen, es sei denn, du willst es. Das verspreche ich dir. Du bist sicher. Das musst du verstehen. Wenn nicht, werde ich sofort gehen, denn hier geht es nur um Vertrauen und nicht um Angst. Verstehst du das?"

Und in diesem Moment verließ sie die Angst. Es folgte eine Stille, in der sich alles in die eine oder andere Richtung hätte entwickeln können. Sie wusste, dass ihre Antwort ihr Leben für immer verändern würde. Doch bevor sie die Tragweite ihrer Entscheidung überdenken konnte, nickte sie. „Ja." Und sprach. Es schien, als sei ihr Denken von etwas übernommen worden, das viel stärker, viel fordernder, viel älter und überzeugender war als bloße Logik. „Ja", wiederholte sie, lauter, selbstbewusster.

Er lockerte seinen Griff und drehte sie in seinen Armen. „Gut. In dem Fall wird es Zeit, dass du dich ausziehst."

Sie musste ihre Nervosität verraten haben, denn er drückte beruhigend ihre Schultern. „Es liegt an dir. Alles davon. Du übernimmst die Kontrolle." Er grinste. „Ich bin sicher, das macht dir nichts aus." Das Grinsen verschwand. „Fang damit an, deine Kleider auszuziehen."

KAPITEL 8

Mit zitternden Händen und klopfendem Herzen schob Elaheh die Träger ihres Abendkleides von ihren Schultern. Sie hielt seinem Blick stand und weigerte sich wegzusehen, obwohl sie wusste, dass ihre Wangen ebenso glühten wie andere Teile ihres Körpers.

Sie ließ die Träger tiefer gleiten, ihr Kleid wurde kaum noch von der Wölbung ihrer Brüste gehalten. Sie überlegte, ob sie sich bewegen sollte oder ob er es tun würde. Er bewegte sich nicht. Es lag an ihr, genau wie er es gesagt hatte. Sie hatte die Kontrolle. Zumindest für den Moment. Sie konnte das schaffen.

Seine dunklen Augen streiften ihre Schultern und den oberen Teil ihrer Brüste, bevor sie wieder ihren Blick einfingen und heißes Leben in ihren erstarrten Körper zurückhauchten.

Ja, sie konnte das schaffen, aber mehr noch – trotz des flauen Gefühls, das in ihrer Magengrube lauerte, trotz der Ängste, die ihren Kopf wie ein enges Band umklammerten – sie wollte es tun. Das Verlangen war in jeder Faser ihres Wesens lebendig und existierte gleichzeitig mit ihrer Angst. Ihr Verstand kämpfte mit ihrem Körper, warnte sie aufzuhören, aber ihr Begehren durchströmte ihren Körper mit einem elektrischen Strom, der die Gedanken übertönte, die versuchten, sie vor Schaden zu bewahren.

Ohne den Blickkontakt zu unterbrechen, streifte sie die Träger von ihren Armen, und das Satinkleid glitt an ihren Brüsten vorbei und fiel in einem Rüschenberg um ihre Hüften, wobei es ihren BH und ihren Bauch entblößte. Sie sog scharf die Luft ein, als die warme Luft ihre nackte Haut berührte.

Als seine Augen erneut hinabwanderten, biss sie die Zähne zusammen, als sie sich an den schlichten Zustand ihrer Unterwäsche erinnerte. Warum hatte sie dem nie viel Aufmerksamkeit geschenkt? Sie hatte kleine Brüste und ihr BH war weiß, schlicht und durchsichtig, und alles andere als verführerisch. Oder so dachte sie. Aber dann sah sie, wie er schluckte, und ihr wurde klar, dass sie keinen schwarzen Spitzen-BH brauchte, um zu verführen. Der Gedanke gab ihr Selbstvertrauen.

Er richtete seinen Blick wieder auf ihre Augen. „Darf ich dich berühren?“

Sie nickte. Als die Spitze seines Fingers über ihr Schulterblatt strich, langsam über ihr Schlüsselbein zu ihrer Kehle wanderte und um die Kuhle in ihrem Hals kreiste, sog sie scharf die Luft ein. Seine Augen hoben sich sofort wieder zu ihren.

„Geht es dir gut?“, fragte er, seine Stimme rauer, als sie sie je zuvor gehört hatte. Es offenbarte eine Veränderung in ihm, die sie nicht erwartet hatte. Es war, als würde etwas von seinem äußeren Selbst zerbröckeln, etwas, das sie verursacht hatte. Ihr Selbstvertrauen wuchs um eine weitere Stufe.

„Ja", sagte sie. Mehr als gut – viel mehr – hätte sie hinzufügen können. Aber sie war zu sehr darauf konzentriert, wohin sein Finger als nächstes wandern würde, um mehr als ein Wort zu äußern.

Er fuhr fort, eine unsichtbare Linie ihre Brust hinab zu ziehen, bevor er die weiche Rundung einer Brust umkreiste und dann die andere. Sie schloss kurz die Augen, als sie versuchte, ihre intensive Erregung zu kontrollieren, die seine Berührung entfachte. Die Haut, über die sein Finger strich, war noch nie von einem Mann berührt worden, und sie fühlte sich unmöglich nackt, obwohl das Kleid noch um ihre Hüften hing und ihr BH ihre Brüste bedeckte. Sie hatte erwartet, Angst zu haben, stattdessen war sie aufgeregt.

„Du, Ela", sagte er und schob den Stoff des BHs ein wenig zur Seite, um den Rand ihrer Brustwarze zu enthüllen, „bist so schön, dass es meinen Augen wehtut." Verlangen zog in ihrem Inneren.

„Dann schließ sie", sagte sie mit einem heiseren Schnurren, das sie nicht wiedererkannte. Es schien, dass trotz ihrer mangelnden Erfahrung einige Dinge instinktiv waren.

Seine Lippen zuckten in den Mundwinkeln. „Okay, ich bin in deinen Händen."

Trotz des nervösen Flatterns fühlte sich Elaheh triumphierend. Es gab keinen Zweifel daran, sie mochte es, die Kontrolle zu haben. Auch wenn sie keine Ahnung hatte, was sie damit anfangen sollte. Er musste ihre Zweifel gespürt haben.

„Tu, wonach dir ist, Ela. Es gibt nichts, was du falsch machen kannst, glaub mir."

Sie trat auf ihn zu, presste ihre Nase an seine Brust und atmete ein.

„Was machst du da?"

„Ich rieche an dir. Ich mag, wie du riechst." Das war die Untertreibung des Jahres. Er ließ ihr das Wasser im Mund zusammenlaufen. Das hatte er schon immer getan, auch wenn sie sich geweigert hatte, es zu akzeptieren. „Du riechst gut."

Er gab ihr einen Kuss auf den Kopf und atmete ebenfalls tief ein. „Und du auch. Weißt du, ich wusste immer, wenn du in der Nähe warst, wegen dieses zitronigen Dufts. Was ist das?" Sein sexy verengter Blick richtete sich auf sie.

Sie schluckte und zuckte mit den Schultern. „Lotion, denke ich. Lokal hergestellt."

„Exotisch, alles andere um sich herum in den Schatten stellend – wie du."

„Schließ deine Augen wieder."

„Warum?"

„Ich mag es so. Ich kann instinktiver handeln, wenn du mich nicht ansiehst."

Er schloss die Augen. „Dein Wunsch ist mir Befehl."

„Hm." Sie hatte an ihm gerochen, jetzt wollte sie ihn schmecken. Sie stellte sich auf die Zehenspitzen und leckte seinen Hals. Sie konnte die Wirkung sehen, als sich die Muskeln um seine Augen weiter zusammenzogen, während er versuchte, sich zu beherrschen. „Ich mag es, einem König zu befehlen."

„Ich glaube, du magst es, allen zu befehlen."

Sie lächelte, als sie ihrem Impuls folgte und ihre Zunge

von seinem Hals auf seine Brust gleiten ließ, wobei sie ihre Nase so tief vergrub, wie sie mit seinem zugeknöpften Hemd konnte, und tief einatmete. Sie hätte den angeborenen männlichen Geruch nicht beschreiben können, aber er traf sie auf einer so grundlegenden, animalischen Ebene, dass sie wusste, dass sie mehr brauchte. Sie knöpfte sein Hemd bis zum Bauchnabel auf und zwang sich, sich darauf zu konzentrieren, was er gesagt hatte. „Natürlich, wer mag es nicht, allen zu befehlen."

„Nicht jeder, Ela, nicht jeder. Du wärst überrascht zu erfahren, dass-"

Seine Worte wurden abgeschnitten, als er scharf die Luft einsog, als sie ihre Hände über seine Brust und nach unten gleiten ließ, wobei sie ihre Finger spreizte, um jede Vertiefung und Kontur seines Körpers zu spüren. Es fühlte sich verboten an, es fühlte sich an, als würde sie mehr als nur die Barrieren zwischen ihnen niederreißen, sondern auch etwas in ihrem Inneren.

Plötzlich tauchte sie ihre Finger unter den Bund seiner Hose und fühlte die Spitze seiner Erektion. Sie hielt einen Moment inne, dann umkreiste sie mit ihrem Finger die Eichel. Es schien unter ihrer Berührung sichtbar anzuschwellen. Macht. Sie hatte sie.

Sie trat zurück und tat, was er getan hatte, musterte ihn von Kopf bis Fuß. Ihr gefiel, was sie sah. Sie lächelte über seinen intensiven Blick. „Du wolltest gerade etwas sagen?"

„Nichts. Ich wollte gar nichts sagen. Mach du weiter, tu, was du möchtest, denn ich glaube, diesmal bin ich derjenige, der Befehle empfängt, und ich werde es umso mehr genießen."

„Dann wirst du mir also nachgeben?“

„Ja.“

Sie drehte sich um, sodass sie mit dem Rücken zu ihm stand, und warf ihr Haar über ihre Brüste. „Öffne mein Kleid.“

Seine Finger streiften ihre nackte Haut, als er kurz mit dem Reißverschluss kämpfte, der das einzige war, was ihr Kleid noch auf ihren Hüften hielt, bevor er ihn herunterzog. Sie stieg aus dem Kleid, ihre Nervosität kehrte zurück, als sie sich umdrehte, jetzt nur noch in ihren Absätzen und Unterwäsche gekleidet, die weder luxuriös noch besonders modisch waren. Falls er von ihrem schlichten BH und Höschen amüsiert war, zeigte er es nicht.

„Du bist so wunderschön“, murmelte er.

Sie atmete tief durch und versuchte, ihr rasendes Herz zu beruhigen. Sie konnte nicht glauben, dass sie halbnackt vor ihm stand. Aber noch mehr konnte sie nicht glauben, wie sehr es sie erregte. Sie folgte seinem Blick zu ihren Brüsten, wo zwei bedürftige Brustwarzen vor Verlangen hervorstanden. Es war gut, dass er nicht zwischen ihre Beine sehen konnte, wo ihre Erregung ebenfalls deutlich sichtbar war.

„Jetzt bist du dran. Ich möchte, dass du dich vor mir ausziehst.“

Ein kurzes Grinsen wurde von einem amüsierten Kopfschütteln gefolgt, und dann tat er, was sie befahl. Mit einer schnellen Bewegung zog er sein Hemd über den Kopf und warf es beiseite. Einen Moment lang stand er mit den Händen in den Hüften da und musterte sie unter gesenkten Brauen, als ob er sie herausfordern würde. Sie nickte, dankbar für diese wenigen Momente der Stille, in denen sie seine Brust und starken Arme bewundern konnte. Die flachen Muskeln seines Körpers und seine Brusthaare zogen sich in einer verlockenden Linie nach unten. Sie blickte auf seinen Hosenschlitz und dann wieder zu ihm auf.

„Du darfst jetzt deine Hose ausziehen, wenn es dir beliebt."

„Das tut es." Mit einem ebenso stetigen Blick knöpfte er seine Hose auf und zog dann den Reißverschluss herunter. Seine Erektion wurde freigesetzt und drängte sich aus seiner Unterhose. Sie blinzelte leicht und versuchte, eine plötzliche Angstregung zu unterdrücken. Er war größer, als sie sich vorgestellt hatte. Aber bevor sie weiter darüber nachdenken konnte, war er mit einer schnellen Bewegung aus seiner Hose und Unterhose gestiegen.

Sie konnte nicht verhindern, dass ihre Hand zu ihrem Mund flog. „Oh!", keuchte sie.

„Ich hoffe, das ist ein gutes 'Oh' und kein enttäuschtes", sagte er mit einem selbstsicheren Lächeln, das zeigte, dass er nicht daran gewöhnt war, zu enttäuschen.

Sie schüttelte den Kopf. „Nein, nicht enttäuscht. Eher überrascht. Es ist ziemlich... groß."

Sein Lächeln verblasste, als ob er plötzlich ihre Besorgnis verstand. „Mach dir keine Sorgen. Es geht nirgendwohin, wo du es nicht haben willst. Denk daran. Du hast hier die Macht und Kontrolle. Zumindest für den Moment", fügte er mit einem Funkeln in den Augen hinzu.

Sie nickte, aber um alles in der Welt konnte sie nicht herausfinden, was sie als nächstes tun wollte. Ihre Sicht schien nur von einer sehr erigierten Sache erfüllt zu sein.

Es fesselte ihre Aufmerksamkeit und drängte unerwünschte Erinnerungen gegen ihr Bewusstsein, stieß sie an und wollte sie dazu bringen, sich abzuwenden und wegzulaufen.

Er runzelte die Stirn, als ob er etwas von ihrer Angst spürte. „Ich ziehe meine Unterhose wieder an. Ja?"

Sie nickte. „Ja, bitte. Es ist nur..." Sie brach ab.

„Du musst nichts erklären." Er hielt Wort und war bald bedeckt. „Möchtest du jetzt weitermachen?"

„Ja, es ist nur" - sie zuckte mit den Schultern - „ich weiß nicht, was ich tun soll."

„Okay, möchtest du, dass ich die Führung übernehme?"

„Ja, bitte."

„Gut."

Sie liebte die Art, wie seine Lippen das Wort gut formten. Sie versuchte, ihn zu küssen, aber er schüttelte den Kopf.

„Noch nicht. Vielleicht in einer Weile. Nachdem ich dir etwas Vergnügen bereitet habe."

Das gefiel ihr.

„Denk daran, du kannst jederzeit aufhören."

„Womit aufhören?"

„Mich davon abhalten, was ich im Begriff bin, mit dir zu tun." Er drückte seinen Finger auf ihre offenen Lippen. „Und bevor du fragen kannst, was ich im Begriff bin, mit dir zu tun, denk daran: Vertrau mir."

Sie biss sich auf die Lippe, nickte aber. Sie fühlte sich im Krieg mit sich selbst, aber die Bedürfnisse ihres Körpers gewannen erneut die Oberhand.

Er hob Strähnen ihres dicken Haares an und rieb sie zwischen seinen Fingern. „Du hast wunderschönes Haar.

Du solltest es immer offen tragen, wenn wir zusammen sind, so wie jetzt."

Sie nickte wieder. In diesem Moment fühlte sie sich, als stünde sie unter seinem Bann und würde alles tun. So viel zur Kontrolle. Es schien, dass das Aufgeben eines Teils dieser Kontrolle - oder eines großen Teils - ihr überraschend viel Vergnügen bereitete.

Dann verschwanden alle Gedanken in einem Hauch, als er seine Lippen senkte, nicht auf ihre wartenden, sondern auf ihren Hals. Seine Lippen und sein Atem waren warm auf ihrer Haut und kitzelten sie, als er Küsse unter ihr Ohr setzte. Er stöhnte und hob seinen Kopf. „Du riechst köstlich."

Sie hätte das Kompliment erwidert, wenn sie in der Lage gewesen wäre, Worte zu bilden. Aber alles, was sie tun konnte, war, ihr Kinn zu heben und ihren Hals erneut anzubieten. Es schien, als hätte sie ihre Botschaft ausreichend vermittelt, denn seine Lippen senkten sich erneut. Diesmal spürte sie das glatte Gleiten seiner Zunge, als er, anstatt zu ihrem anderen Ohr zu gehen, zu ihren Brüsten wanderte, die sich mit einem scharfen Einatmen hoben, um seinen Lippen zu begegnen. Sie schloss die Augen, als sie die Empfindung seiner Lippen und Zunge auf ihrer zarten Haut aufnahm. Die Gefühle waren unerwartet und allumfassend. Sie umfasste seinen Kopf und küsste sein dunkles Haar, während seine geschickte Zunge weiter ihre Magie wirkte.

Sie spürte, wie sein Finger entlang des Randes ihres BHs glitt und darunter schlüpfte. Er blickte auf. „Darf ich?", fragte er, als ob er ihr Glas nachfüllen wollte. Sie nickte. „Ja", hauchte sie.

Er brauchte keine weitere Ermutigung, um seinen

Finger unter ihren BH zu schieben, wobei seine Finger-
spitze ihre aufgerichtete Brustwarze streifte und sie
aufkeuchen ließ. Seine Augen waren auf sie gerichtet, um
ihre Reaktion zu beobachten. Selbst er hatte nicht damit
gerechnet, dass sie so extrem reagieren würde.

Das Keuchen wurde lauter, als er ihre Brustwarze
unter dem BH liebkoste. Während die erlesenen Empfindungen sich auf ihre Brüste konzentrierten, wurden tief
in ihrem Inneren die gleichen Gefühle geweckt – sie
wurde feucht und Wellen der Lust durchströmten sie, als
ob er sie irgendwie von innen streicheln würde. Sie gab
sich dem Vergnügen nur für wenige Momente hin, denn
je mehr sie empfand, desto mehr wollte sie.

Sie tastete hinter sich, um ihren BH zu öffnen. Sie
wollte nichts zwischen seinen Fingern und ihrer Haut.
Frustriert stöhnte sie.

„Lass mich das machen", sagte Xander grinsend. Mit
einer geschickten Bewegung, die weit geübter war, als
Elaheh sich vorstellen wollte, war sie den BH los. Aber
anstatt sich sofort ihren befreiten Brüsten zu widmen,
trat er einen Schritt zurück. Für einen schrecklichen
Moment dachte sie, er würde nicht weitermachen, als ob
sie von ihrem BH zu befreien alles wäre, was er tun
würde. Doch dann, mit einer schnellen Bewegung, fand
sie sich in seinen Armen wieder und wurde zum Bett
getragen. Er setzte sich mit ihr auf seinem Schoß und
küsste sie auf eine Weise, die ihr zeigte, dass er nicht die
Absicht hatte aufzuhören.

Sie stöhnte auf, als ihre Zungen sich in einem Tanz
trafen, dessen Rhythmus mit jedem Pulsschlag ihres
Herzens schneller wurde. Sie wollte ihm näher sein und
rutschte auf seinem Schoß, aber sie wollte ihre Haut noch

enger an seine pressen. Sie löste den Kuss und öffnete ihre Beine, kniete sich zu beiden Seiten seiner Hüften, sodass sie ihre nackten Brüste an seiner Brust reiben konnte, während sie ihre Lippen wieder auf seine drückte.

Sie keuchte jetzt, während sie sich küssten, ihre Brustwarzen wurden durch seine Brusthaare stimuliert. Und während sie sich an seiner Brust bewegte, kreisten ihre Hüften ebenfalls und liebkosten seine Erektion, die, obwohl bedeckt, deutlich zu spüren war. Alle Ängste waren vergessen.

Sie löste sich keuchend von dem Kuss und bog ihren Hals zurück, während sie sich auf die intensiven Empfindungen konzentrierte, die wuchsen, als sie sich an ihm rieb und ihre Position anpasste, um herauszufinden, welcher Teil von ihr ihr Lust bereitete.

Er küsste und kostete ihren Hals, während sie die Augen schloss und sich den Empfindungen hingab, die in Wellen durch sie hindurchströmten und sich beschleunigten. Dann hob er ihre Brüste in seine Hände und rieb ihre Brustwarzen. Ein Keuchen entfuhr ihrer Lunge, als sich die Empfindungen in ihrem Inneren verstärkten. Sie wusste nicht, was mit ihr geschah, sie hatte keine Ahnung, was sie tun sollte, außer dem, was ihr Körper ihr diktierte. Sie fühlte sich gedrängt, weiterzumachen, wusste aber nicht, wohin die Reise ging.

Erst als sie die warme, feuchte Hitze seines Mundes um ihre Brust und Brustwarze spürte, verstärkten sich die Spannungen und sie wusste, dass sie eine Erlösung von dem Bann brauchte, der sie gefangen hielt. Sie rieb sich härter an ihm und drückte ihre Brust in seinen Mund. Sie konnte die Nässe in ihrem Höschen spüren, die seine

Shorts durchnässte, aber es war ihr egal. Sie brauchte mehr, sie musste weitermachen, um das zu bekommen, was am Ende dieser Empfindung lag.

Er wechselte von einer Brust zur anderen. Immer noch keuchte und bewegte sie sich gegen ihn, gefangen in einem fieberhaften Verlangen, aber ohne zu wissen, wohin es sie führen würde.

Dann leckte er seinen Finger und berührte sie, und sie hielt mitten in der Bewegung inne. Er berührte sie dort, an dieser Stelle, die sich wie der Kern ihres Verlangens anfühlte. Er schob seinen Finger unter ihr durchnässtes Höschen und rieb und liebkoste sie. Es war alles, was sie brauchte, um an diesen Ort zu gelangen, den sie erreichen musste.

Sie schrie auf, als weißglühende Schauer, Pulse und Flattern sie erfüllten. Dann rief sie seinen Namen, als die flimmernde Bewegung in ihr langsamer wurde und sie erschöpfte. Sie sank gegen ihn, plötzlich erschöpft, aber auf süße Weise.

„Oh, Xander", hauchte sie. „Ich hatte keine Ahnung."

Er nahm ihr Gesicht in seine Hände und küsste sie. „Keine Ahnung?"

„Dass es solche Lust gibt. Ich dachte..." Sie brach ab und schluckte, als ihr die Realität dessen, was sie so lange gedacht hatte, bewusst wurde. Tränen stiegen ihr in die Augen. „Ich dachte, Sex hätte mit Schmerz zu tun, nicht mit Lust."

Seine Lippen verzogen sich und er schüttelte den Kopf, als wolle er leugnen, was sie gerade gesagt hatte. „Nein", sagte er.

Sie nickte. „Doch." Und dann lehnte sie sich an ihn, in seinen Armen geborgen, und die Tränen, die sie so lange zurückgehalten hatte, flossen an seiner Brust herab, während er ihren Kopf wiegte, ihr Haar küsste und beruhigende Worte murmelte.

Es hatte lange gedauert, bis Ela sich ausgeweint hatte. Und Xander hatte sich nicht bewegt, bis sie fertig war. Er wollte den Zauber nicht brechen, denn es fühlte sich wie ein heilender Zauber an, und er wusste instinktiv, dass es das war, was sie brauchte.

Aber jetzt, als Xander dalag und der alten Standuhr in der Bibliothek beim Schlagen der ersten Stunde zuhörte, mit Ela wie ein zarter, verletzter Vogel schlafend in seinen Armen, wusste er drei Dinge.

Erstens konnte er wenig gegen seine Erektion tun, ohne sie zu wecken, und das würde er nicht tun.

Zweitens war heute Nacht etwas in Ela geheilt.

Drittens hatte das Beobachten von Elas Heilung das Siegel gesprengt, das er über seine Gefühle gelegt hatte. Es hatte etwas tief in ihm erweckt, das ihm Todesangst einjagte.

AM NÄCHSTEN MORGEN wachte Xander mit einem leeren Bett und schlechter Laune auf. Mit seiner körperlichen Erregung konnte er auf die altbewährte Weise umgehen, aber er wusste, dass es ihn nicht befriedigen würde.

Ela. Für Ela mochte die letzte Nacht etwas geheilt haben, aber für ihn hatte sie eine Büchse der Pandora geöffnet.

Er schwang seine Beine aus dem Bett, fuhr sich mit den Fingern durch die Haare, die er sich nicht aus dem Gesicht streichen musste, stand mit entschlossenen

Schritten auf, zog seine Shorts an und machte sich auf den Weg zum Fitnessstudio. Wenn er schon keine Frau haben konnte, dann musste er es eben auf andere Weise schaffen.

Aber selbst nach einem Workout, einer kalten Dusche und einem Treffen mit seinen Beratern war seine Stimmung immer noch finster. Er fand sich in einem Videoanruf mit der einzigen anderen Person auf der Welt wieder, die ihn verstehen würde.

„Xander", sagte Roshan, beugte sich vor, um seine Einstellungen anzupassen, bevor er sich setzte, die Unterarme auf den Oberschenkeln, während er aufmerksam dasaß und Xander direkt ansah, als wolle er seine Stimmung einschätzen. „Was ist los?"

„Ela ist los."

Roshan seufzte, schüttelte den Kopf und lehnte sich in seinem Stuhl zurück. „Was ist denn jetzt passiert?"

Xander öffnete den Mund, um zu sprechen, konnte aber nicht fortfahren. Was sollte er sagen? Dass er Mitleid mit ihr hatte? Dass sie mehr war, als er sich vorgestellt hatte? „Sie ist einfach... sie verlangt zu viel von mir."

„Natürlich tut sie das. So ist sie eben. Ignorier es einfach."

„Das ist schwer, wenn es..." Er brach ab. Wie konnte er beschreiben, was letzte Nacht passiert war?

„Wenn es was ist?"

„Wenn es irgendwie persönlich ist... denke ich", fügte er lahm hinzu.

Roshan lehnte sich vor, und Xander gefiel der Funke des Interesses in seinen Augen nicht. „Persönlich, ja? Sag bloß nicht, du bist Elahehs Charme erlegen."

Xander brummte, konnte Roshans Aussage aber nicht

abstreiten. Er log seinen Bruder nie an – seit den frühen Tagen, nachdem sie ihre Eltern verloren hatten, hatten sie einen Pakt geschlossen, immer ehrlich zueinander zu sein. „Sie ist wunderschön, das muss ich zugeben, und ab und zu erhasche ich einen Blick auf die Frau, die hinter dieser störrischen Maske existiert. Aber unterm Strich treibt sie mich in den Wahnsinn." Xander hoffte, dass er durch die Ablenkung von Roshans Aussage ihr ausweichen könnte. Aber der Blick auf Roshans Gesicht deutete auf das Gegenteil hin.

Roshan nickte. „Ich verstehe."

Xander runzelte die Stirn.

Roshan presste die Lippen zusammen und schüttelte den Kopf. „Es ist fünfzehn Jahre her, Xander. Du musst weitermachen."

Xander spürte, wie sein Ärger zerbröckelte und Tränen in seine Augen stiegen, als Roshan direkt zum Kern des Problems vorstieß. Er leckte sich über die Lippen und versuchte zu sprechen, aber keine Worte kamen heraus. Stattdessen blinzelte er.

„Selya war meine Freundin, Roshan. Mehr als meine Freundin. Wir waren füreinander bestimmt. Sie war das einzige Mädchen, das ich je geliebt habe, das einzige Mädchen für mich. Ich immer noch..." Er verstummte, unfähig auszudrücken, wie er täglich mit dem Gefühl lebte, dass da ein Loch war, wo sein Herz sein sollte. Sein Herz, das aus seinem Körper gerissen und weggeworfen worden war, damit die Wüstensonne und die Krähen es fraßen an dem Tag, an dem seine Liebe vor seinen Augen getötet wurde, zusammen mit seinen Eltern. Selbst jetzt rieb er unbewusst seine Hand, wo ihr Blut verspritzt war.

„Ich weiß, Xander, aber du kannst nicht in der Vergangenheit leben.“

„Für mich ist es keine Vergangenheit.“

„Es muss Vergangenheit sein. Wenn du sie nicht hinter dir lässt, wirst du keine Zukunft haben. Xander, hör mir zu, du kannst es schaffen.“

„Es ist schwer, Roshan. So schwer.“

„Ich weiß. Du warst immer der Weiche, immer der Zärtliche, der Sensible, der Verletzliche. Und es scheint, deine Liebe zu Selya wurde schon früh tief verwurzelt. Ich verstehe das. Aber du hast immer noch ein liebevolles Herz.“

Xander machte ein spöttisches Geräusch.

„Wisch das nicht beiseite, Xander. Ich weiß, dass du es hast. Wenn nicht, hättest du mich nicht angerufen. Ich verstehe es, wahrscheinlich mehr als du denkst. Und“ – er blickte dorthin, wo Xander vermutete, dass Shakira stand – „jetzt, da ich mein Leben mit meiner Liebe teile, verstehe ich es wirklich. Es wird dir wieder passieren. Lass nicht zu, dass die Vergangenheit zu einer Barriere für dein Glück wird.“ Er schenkte jemandem ein herzbrechendes Grinsen und Xander spürte eine Veränderung in seinem eigenen Herzen. Dann wandte Roshan sich wieder ihm zu. „Und, weißt du, ich denke, Elaheh könnte genau die richtige Person sein, um dich zu zwingen, dein Herz wiederzufinden.“

„Ich lasse Elaheh nicht mit meinem Herzen los. Wer weiß, wo es landen wird.“

„Vielleicht, vielleicht auch nicht, aber sie hat auf jeden Fall die Kraft, deine Verteidigung niederzureißen, und das ist es, was jetzt nötig ist. Und ich vermute, es ist ein

Prozess, den sie bereits begonnen hat. Wie auch immer, ich muss los. Pass auf dich auf und ruf mich bald an."

Xander loggte sich aus und lehnte sich in seinem Stuhl zurück, blickte zur Decke und blinzelte. Es tat gut, mit Roshan zu reden. Es linderte den Schmerz seines Verlustes ein wenig. Aber was den Rest anging? Es war Unsinn, außer dass Elaheh kraftvoll genug war, um seine Verteidigung einzureißen. Darauf würde er achten müssen.

KAPITEL 9

„Nein", sagte Xander am nächsten Morgen. „Das kommt überhaupt nicht in Frage."

„Aber", schmollte Elaheh, stellte ihre Teetasse ab und streckte ihre Hand über den Frühstückstisch aus, um seine zu ergreifen. „Du hast mich gefragt, was ich machen möchte, und in die Wüste zu fahren ist das, was ich will." Er nahm ihre Hand in seine, aber sein Stirnrunzeln verschwand nicht, wie sie gehofft hatte. Sie warf ihre Serviette auf den Tisch und stand auf, während sie beobachtete, wie seine Augen wie magnetisch angezogen zu ihr wanderten. Daran könnte sie sich gewöhnen. Sie ging um den Tisch herum, lehnte sich über seine Schulter, drückte ihre Brüste gegen seinen Rücken und küsste seine Wange. „Hast du es nicht ernst gemeint, als du sagtest, wir könnten alles machen, was ich mir wünsche?"

Er stieß einen frustrierten Seufzer aus. „Natürlich habe ich das." Er drehte sich um und fing ihre Lippen in einem kurzen, aber umwerfenden Kuss ein. Es war fast genug, um sie vergessen zu lassen, was sie wollte. Fast, aber nicht ganz. „Ich dachte, du würdest etwas Vernünftiges wollen, etwas im Schloss machen, wo es sicher ist."

„Meine Bitte ist vernünftig. Du liebst das Meer und wir haben einen Morgen am Strand verbracht. Und ich liebe die Wüste und würde gerne etwas Zeit dort verbringen. Das ist vernünftig und fair."

„Wir sind in der Wüste."

„Wir sind in einem Schloss-", unterbrach Elaheh.

„Einem mittelalterlichen Schloss-", korrigierte Xander.

„Einem mittelalterlichen Schloss mit allem Drum und Dran eines luxuriösen Palastes."

Xander zuckte mit den Schultern. „Was hast du gegen Luxus? Ich für meinen Teil genieße ihn."

Sie wünschte sich verzweifelt, dass er das Gleiche wollte wie sie. Aber es schien, als wären sie Gegensätze. Er liebte das Wasser und das Meer, sie hasste es. Sie liebte die trockene Wüstenhitze, und es schien, als würde er das hassen. In der Nacht hatten sie gegenseitiges Vergnügen gefunden, aber im kalten Tageslicht waren ihre Unterschiede offensichtlich.

„Ich bin eine einfache Beduinenfrau, die sich in der Wüste am wohlsten fühlt. Das ist alles."

Xander brummte. „An dir ist nichts einfach, Königin Elaheh."

Sie schmollte wieder. Sie mochte, wie sein Blick zu ihren Lippen wanderte, als wolle er sie küssen. „Du nennst mich bei meinem vollen Namen und Titel, wenn du sauer auf mich bist."

„Ich bin nicht sauer auf dich. Es ist nur..."

„Es ist gar nichts. Du hast offensichtlich keinen wirklichen Einwand, also warum hören wir nicht auf zu streiten und brechen auf?" Sie grinste. „Ich habe Anweisungen gegeben, die Pferde bereitzumachen und das Lager vor uns vorzubereiten. Und keine Sorge, auch wenn wir uns allein fühlen werden, habe ich dafür gesorgt, dass wir sicher sind. Deine Männer werden nicht weit weg sein."

„Du hast was?" Xander explodierte. „Ela!"

Sie presste ihren Finger gegen seine Lippen. „Es ist okay. Wir werden sicher sein." Sie bewegte ihren Finger über seine Lippen und sie wusste, dass sie ihn hatte, als er ihren Finger leckte. Man musste kein Gedankenleser sein, um zu erraten, wohin seine Gedanken abschweiften. Sie nahm einen beruhigenden Atemzug. So sehr sie auch versucht war, sie würde sich nicht von ihren Plänen abbringen lassen. Außerdem würde es in der Wüste genug Zeit geben, um alles zu erleben, was Xander zu bieten hatte. „Die Wüste wird genau das sein - verlassen, oder zumindest größtenteils. Wir können tun, was immer wir wollen." Sie hob vielsagend eine Augenbraue.

Seine Augen verdunkelten sich in einer gefährlichen und verführerischen Warnung. „Und wo genau ist unser Ziel?"

„Die Shuruq Alshams Wahah."

„Sonnenaufgangs-Oase", sagte Xander und gab ihr ihren westlichen Namen. „Und nicht weiter?"

„Vielleicht. Vielleicht auch nicht." Die Sonnenaufgangs-Oase war nicht ihr eigentliches Ziel, aber sie beschloss, ihm nicht zu sagen, wo sie die Nacht verbringen würden. Es war weiter entfernt und würde zweifellos eine noch negativere Reaktion hervorrufen. Sie hätten keine andere Wahl, als weiterzureiten, wenn sie in einem Zelt schlafen wollten.

„Okay, aber nicht weiter."

„Toll! Du wirst es genießen, du wirst schon sehen", fügte sie hinzu. Und sie hoffte wirklich, dass er es sehen würde, denn sie sehnte sich nach der Intimität der letzten Nacht. Das Vergnügen, das er ihr bereitet hatte, erwies sich als Droge - einmal gekostet, nahm das Verlangen nur zu und verlangte nach Befriedigung. Nun, sie hatte die Aussicht auf einen ganzen Tag und eine Nacht allein mit ihm, und sie wusste, dass Xander diesen besonderen Forderungen nicht würde widerstehen können.

Xander hätte die Expedition zur Wüstenoase stoppen können. Natürlich hätte er das gekonnt. Aber es schien, als könne er Ela nichts abschlagen. Ihre natürlichen Leidenschaften in der vergangenen Nacht zu beobachten, hatte eine Wirkung auf ihn gehabt, die er nicht näher betrachten wollte. Als sie durch das Schloss gingen, um sich auf den bevorstehenden Ritt vorzubereiten - er versuchte, nicht bei dem Gedanken an den Ritt zu erschaudern -, war ihr belebtes Gesicht Belohnung genug für sein Opfer. Immerhin würden sie nicht weiter als zur Shuruq Alshams Oase reiten.

Ela mochte glauben, er hätte keinen triftigen Grund, nicht in die Wüste zu reiten, aber er hatte einen. Nur einen. Aber einen großen genug, mit dem Potenzial, ihn völlig aus der Bahn zu werfen, wenn er an den Ort zurückkehrte, an dem sein Albtraum begonnen hatte.

ELAHEH SPÜRTE den Nervenkitzel des Ritts in jeder Zelle ihres neu erwachten Körpers. Der Wüstenwind hatte ihr Hijab aus dem Gesicht geweht und ihr Haar flog hinter ihr her. Und zum ersten Mal war es ihr egal, wie es aussah. Die frühe Morgensonne wärmte ihr Gesicht, und ihr Hengst war in seiner besten, reaktionsfreudigen Form. Sie galoppierten als Einheit, das Donnern seiner Hufe im Einklang mit ihrem beschleunigten Herzschlag. Sie war entspannt und doch vollkommen wach, lebte im Moment auf eine Weise, wie sie es nicht konnte, wenn sie in der Öffentlichkeit stand. Und sie stand immer in der Öffentlichkeit.

Sie warf einen Blick zu Xander hinüber, der trotz seiner Proteste hervorragend im Sattel saß. Er mochte es vielleicht nicht genießen, aber er war sicherlich gut darin. Der Gedanke kam ihr plötzlich, dass sie nichts kannte, worin er nicht gut war. Wenn man sie gebeten hätte, eine Schwäche bei ihm zu nennen, hätte sie es nicht gekonnt. Aber sicher war niemand so stark? Es gab Zeiten, in denen sie ein Unbehagen in ihm spürte, aber sie hatte keine Ahnung, woher es kam. Aber vielleicht, nur vielleicht, wenn sie ihn aus seiner Komfortzone brachte, würde sie ihn ein wenig besser kennenlernen können. Besonders wenn sie an der Shuruq Alshams Oase vorbeiritt und direkt zu dem Ort, an den sie wirklich wollte. Sie vermutete, dass er die Änderung der Reiseroute nicht bemerken würde.

Und sie hatte Recht. Obwohl die Wüste scheinbar konturlos war, kannte sie instinktiv ihren Weg, angezogen von dem Fleck am Horizont, der ihr Ziel anzeigte. Und Xander sagte nichts, ritt einfach schweigend neben ihr her.

Langsam nahm der Fleck Gestalt an. Zuerst die spitzen Blätter der Palmen – ihre Spitzen dunkel gegen den tiefblauen Himmel am Horizont. Dann die verschiedenen Braun- und Grüntöne, dann die Vögel, die dort lebten. Erst als sie sich näherten, verwandelte sich die Fata Morgana des schimmernden Wassers in das tatsächliche Wasser der Oase.

Das Land war jetzt eine Art Niemandsland und so würden es nur die traditionellsten Beduinen nutzen. Aber nicht zu dieser Jahreszeit. Sie wusste, dass es leer sein würde, und hatte Vorkehrungen getroffen, um sicherzustellen, dass es so war, bevor sie aufgebrochen waren. Der Ort war gesichert und für ihre Ankunft vorbereitet worden. Obwohl sie gegen den Luxus des Schlosses protestiert hatte, war sie darauf bedacht, dass Xander sich wohlfühlte. Sowohl um seinetwillen als auch um ihretwillen. Je wohler er sich fühlte, desto mehr Befriedigung konnte er ihr geben, dachte sie mit einem Lächeln.

Sobald sie die ersten Bäume erreichten, sprang sie ab und tätschelte ihr Pferd, um es nach dem flotten Galopp zu beruhigen.

Xander sprang von seinem Pferd und sah sich um. „Seltsam, ich erinnere mich, dass die Shuruq Alshams Oase kleiner war."

Elaheh lächelte, plötzlich unbehaglich. Sie hätte ihn nicht täuschen sollen, aber diese Oase war so schön, dass er ihr sicher verzeihen würde, sobald er verstanden hatte, wo sie wirklich waren.

Er runzelte die Stirn, als er sich umsah. Er begann, auf die römischen Ruinen zuzugehen, die von den üppigen Bäumen verborgen waren und die Identität der Oase verraten würden. Elahehs Herz schlug schnell vor Panik, als ihr klar wurde, dass ihr Aufenthalt verkürzt werden würde, wenn sie nicht schnell etwas unternahm. Sie streckte ihre Hand aus und ergriff seine. Es schien, als müsste sie dort beginnen, wo sie enden wollte.

„Lass mich dir zeigen, wo wir übernachten werden."

Einen Moment lang wusste sie nicht, ob er zustimmen würde, aber dann blickte er sie an und sein Ausdruck wurde weicher – veränderte sich von Argwohn zu Wärme.

„Es scheint, ich kann dir nichts abschlagen", sagte er mit einem Lächeln.

„Und das", – sie grinste zurück – „ist auch richtig so."

Elaheh führte ihn durch die hochragenden Palmen, die das Wasser der Oase verbargen, und stieg einen schmalen Pfad hinauf zu einem Zelt, das an bester Lage errichtet worden war, mit Blick auf die grüne Oase, komplett mit römischen Ruinen des antiken Bades, die nun vom Zelt verborgen waren.

Sie lief voraus und öffnete den hinteren Vorhang des Zeltes. Sie verbeugte sich übertrieben. „Mein Scheich", sagte sie mit gesenktem Kopf.

Xander ging durch das Zelt und sie folgte ihm, beobachtend, wie er all die Einrichtungen aufnahm, die sie angeordnet hatte – hauptsächlich das Bett. Alles andere war minimal, aber das Bett war mit üppiger Seide in all den satten Farben ausgestattet, die Elaheh insgeheim liebte – Aubergine, Kupfer, Lila, Rot – es sah aus wie ein Juwel, eingebettet in die ausgebleichten Töne der Wüste. Sie folgte ihm hinein und ließ den Vorhang fallen. Sie war erleichtert zu sehen, dass der vordere Eingang noch bedeckt war. Ihr Standort blieb ein Geheimnis. Sie würde sich später darum kümmern. Nachdem sie bekommen hatte, was sie wollte.

Er drehte sich zu ihr um. „Sieht aus wie eine Szene für eine Verführung", sagte er, eine leichte Falte auf seiner Stirn. Für einen Moment zweifelte sie an ihren Fähigkeiten zu verführen. „Aber wer verführt hier wen?", murmelte er. Er näherte sich ihr und fuhr mit seinen Fingern durch ihr Haar, sein Daumen streichelte ihre Wange. Ihre Zweifel zerstreuten sich sofort. „Sieht aus, als hätte meine Schülerin ihre Ängste überwunden."

Sie nickte und genoss, wie seine Finger sich gegen ihre Kopfhaut bewegten. „Das habe ich, dank dir." Sie küsste seine Handfläche. „Du hast mir gezeigt, wie wahre Lust sich anfühlt." Sie hielt seinem dunklen Blick stand. „Und ich will mehr."

Er lächelte, dieses seltene Lächeln. „Dann, Ela, werde ich dir mehr geben."

„Gut, denn ich will… viel mehr."

Er hob eine Augenbraue. „Etwas Bestimmtes?"

Sie leckte sich die Lippen, plötzlich nervös wegen dem, was sie im Begriff war zu fragen.

„Sprich weiter", sagte er sanft. „Alles, was du willst, ist okay für mich."

„Ich will Sex. Richtigen Sex." Sie pausierte, aber er antwortete nicht. „Ich will dich in mir", sagte sie zur Klarstellung, falls er es nicht verstanden hatte. Aber die Verdunkelung in seinen Augen hellte sich nicht auf.

„Nein."

„Nein?" Sie war sich nicht sicher, ob sie richtig gehört hatte.

„Das stimmt, die Antwort ist nein. Du musst das für deinen Ehemann aufsparen."

Sie knirschte frustriert mit den Zähnen. „Ich wusste nicht, dass du so altmodisch bist."

„Ich bin es, wenn es um dich geht." Er seufzte und streichelte ihre Schulter. „Schau, ich möchte dir helfen.

Du hast eine Erfahrung gemacht, die keine Frau – schon gar kein Mädchen – ertragen sollte."

Seine Worte schmerzten. „Du machst das nur, um mir zu helfen? Nicht weil du es willst?"

Er lachte leise. „Ich hätte dich nicht für unsicher gehalten."

„Bin ich nicht, aber trotzdem..." Sie sah weg und war erfreut, als er ihr Kinn fasste und sie zwang, ihn wieder anzusehen.

„Trotzdem bist du eine Frau, die begehrt werden möchte. Und glaub mir, das wirst du. Ich wollte dir helfen. Ich wollte dir zeigen, dass nicht alle Männer gleich sind, nicht alle Männer verletzen wollen, einige wollen geben, einige wollen Lust bereiten. Aber irgendwo in der Mitte davon haben sich meine Gefühle geändert." Er hielt inne, als ob er nach den richtigen Worten suchte. Sie beschloss, Mitleid mit ihm zu haben.

„Und wenn ich eine Frau wäre, die keine Hilfe mehr braucht?"

Er lächelte. „Ich würde dich trotzdem begehren." Das Lächeln verschwand. „Ich würde dir immer noch Lust bereiten wollen, deine Augen sehen wollen, wie sie sich schließen, wenn du dich deiner Leidenschaft hingibst."

„Hmm, das gefällt mir." Sie stellte sich auf die Zehenspitzen und küsste ihn. Als sie sich wieder senkte, hatte sich sein Blick erhitzt, und sie beschloss, es noch einmal zu versuchen. Diesmal entschied sie sich für einen physischeren Ansatz.

Sie strich mit ihrer Hand über seine Brust und tiefer, bis sie die Vorderseite seiner Hose streifte. Seine Augen verengten sich. „Ela", sagte er in warnendem Ton.

Sie riss die Augen weit auf. „Was?"

„Wir werden keinen vollständigen Sex haben, egal was du denkst."

Sie verschränkte die Arme. „Tatsächlich! Alles, was ich will, ist Sex mit dir. Ich hätte nicht gedacht, dass es so schwer sein würde, das zu bekommen. Ich dachte, Männer wären glücklich, ihn" – sie starrte auf seine offensichtliche Erektion – „überall reinzustecken."

„Ich weiß nicht, mit wem du geredet hast, aber ich kann dir versichern, dass ich wählerisch bin, wo ich – um deinen charmanten Ausdruck zu benutzen – ihn reinstecke."

Sie fühlte sich verletzt und blinzelte, als das seltsame Gefühl sie erfüllte. „Ich bin wirklich nicht attraktiv genug für dich, oder?" Ihre Stimme klang seltsam schwach und heiser. Sie versuchte, sich zu räuspern, aber da war ein großer Kloß, der nicht weichen wollte. Sie versuchte, das Kopftuch hochzuziehen, das ihr während des Ritts verrutscht war, aber er hielt sie auf und zog es noch weiter von ihrem Haar und Gesicht weg. Er umfasste ihre Wangen mit beiden Händen und sah ihr in die Augen.

„Du irrst dich, Ela. Ich finde dich sehr attraktiv."

Sie schluckte. „Auch wenn ich dich anschreie?"

Er zuckte leicht mit den Schultern. „Du machst mich dann wütend, aber ich kann trotzdem nicht verhindern, dass mein Körper reagiert, so wie jetzt. Nein, ich finde dich sehr attraktiv. Komm näher und ich zeige dir, wie sehr."

Sie hätte ihn nicht abweisen können, oder sich selbst, wenn sie gewollt hätte, und sie wollte es ganz sicher nicht. Also trat sie vor in seine Arme und er streichelte ihren Rücken und dann tiefer, bevor er vorsichtig ihre Abaya auszog. Dann trug er sie zum Bett und legte sie hin. Er hob das leichte Kleid, das sie unter ihrer Abaya trug, und strich ihr Bein hinauf, liebkoste ihren Oberschenkel. Sie zitterte und schloss die Augen. Die Wirkung seiner Liebkosung war überraschend, mehr als überraschend. Es war, als hätte er einen Schalter umgelegt, der andere Schalter entzündet hatte, die sich über und in ihrem Körper ausbreiteten und sie nacheinander einschalteten. Sie öffnete ihre Augen immer noch nicht, weil sie Angst hatte zu sehen, was dieses Einschalten mit ihrem Körper gemacht hatte. Jeder Teil von ihr fühlte sich hypersensibel an, als wäre er auf eine höhere Frequenz eingestellt.

Dann wanderte seine andere Hand ihr anderes Bein hinauf. Seine Daumen umschlossen ihre Schenkel und berührten ihre intimste Stelle. Diesmal öffnete sie die Augen und wurde von Xanders dunklen, erregten Augen empfangen. Je mehr er sie berührte, desto mehr wollte sie ihn ganz - in sich. Schamlos öffnete sie ihre Beine weit und schob ihr Kleid hoch. Er brauchte keine weitere Aufforderung und zog ihr den Slip herunter. Als er sie berührte, keuchte sie auf, als er mit ihrer feuchten Haut spielte.

„Siehst du", keuchte sie erneut, „ich bin bereit für dich, in mich einzudringen."

„Du magst bereit sein, aber ich werde nicht in dich eindringen."

„Bitte", bat sie, unfähig, das Pochen tief in ihr zu leugnen.

„Hmm, ich mag, wie du ‚bitte' sagst. Vielleicht..."

„Ja?", fragte sie hoffnungsvoll.

„Vielleicht gibt es einen Weg."

„Wie?"

„Ich werde dir geben, was du begehrst, nur wenn du

deinen Willen mir übergibst. Nur dann werde ich dir willfahren."

Er war zu weit gegangen! „Ich werde meinen Willen niemandem übergeben!"

Er zog seine Daumen zurück, die sie auf eine äußerst aufregende Art liebkost hatten. Sie klammerte ihre Hände auf seine, um ihn daran zu hindern, sich zu bewegen.

„Dann wirst du nicht bekommen, was du willst", antwortete er, seine Lippen zu einem sexy Lächeln verzogen, als ob er wüsste, dass sie ablehnen würde, als ob er gewollt hätte, dass sie ablehnt. „Und du wirst dich mit einem kleinen Appetithäppchen begnügen müssen."

„Was hast du vor?"

„Du wirst schon sehen."

„Aber-"

„Ela, sei still."

Sie sagte kein weiteres Wort, weil es nichts mehr gab, was sie sagen wollte, als seine Hände ihre Erkundung fortsetzten. Er verweilte nicht länger um ihr Geschlecht, sondern seine Hände strichen über ihre Hüften und auf ihren flachen Bauch. Dann senkte er den Kopf und küsste ihren Bauchnabel. Sie wand sich vor Vergnügen.

„Warum hat sich das so gut angefühlt?", fragte sie, plötzlich bewusst, dass ihr Atem sich beschleunigt hatte.

„Sei still, Ela", befahl er in einer gelassenen Art, sein Atem heiß auf ihrer nackten Haut. Und abgesehen von dem Keuchen, als seine Zunge sich nach unten bewegte, war sie es.

Sie fragte sich, was er vorhatte, und die Vorfreude ließ sie angespannt sein. Sie keuchte auf, als seine Zunge die Quelle ihres Verlangens fand und sie leckte, als wäre sie das erlesenste Getränk und er würde vor Durst in der Wüste sterben.

Sie umklammerte die Bettwäsche mit beiden Fäusten und bog sich zurück, ihre Hüften kamen in engeren Kontakt mit seinem Gesicht. Als Reaktion auf ihre intensive Reaktion saugte er an ihr und sofort wurde sie innerlich von einer intensiven Kombination aus Hitze und Wärme und intensiver Lust überflutet, wie sie es noch nie erlebt hatte.

„Oh, Xander!", keuchte sie. „Das ist wunderbar."

Er hob den Kopf, um sie anzusehen. „Ela", knurrte er. „Hörst du auf zu reden!"

Sie presste ihren Mund zu, da sie nicht streiten wollte, falls er aufhören würde, diese Dinge mit ihr zu tun. Er nahm seine Liebkosungen wieder auf und sie vergaß bald das Reden, als die sich aufbauenden Empfindungen wieder intensiver wurden und all ihre Gedanken und Gefühle sich auf den Rausch der Lust konzentrierten, der durch ihren Körper strömte. Und dann umkreiste sein Finger die Stelle, wo sie ihn wollte, neckte sie, und sie öffnete ihre Beine noch weiter. Er glitt mit seinem Finger in sie hinein und sie schrie auf, als sie von mächtigen Empfindungen überwältigt wurde, die wiederholt in Wellen durch sie hindurchströmten und sie keuchen und sich auf die Lust konzentrieren ließen, die seine Zunge und Finger ihr brachten.

Ihre Finger kribbelten und in ihrem Inneren... nun, in ihrem Inneren raubte es ihr nicht nur den Atem, sondern auch den Verstand, und in diesem Moment erfuhr sie eine Freiheit, die sie noch nie zuvor gekannt hatte. Und sie wusste, dass sie immer danach streben würde, diese Freiheit wieder zu besitzen.

Als die Echos ihres Orgasmus abklangen, lag sie blinzelnd auf dem Bett, als wäre sie in eine völlig neue Welt eingetaucht. Und ihr erster Blick in diese völlig neue Welt war erfüllt von Xanders Gesicht.

„Du solltest jetzt Sex mit mir haben", sagte sie, unfähig, sich zurückzuhalten.

Sein Ausdruck männlicher Befriedigung verblasste. „Normalerweise nennt man es Liebe machen. Zumindest, wenn zwei Menschen in dieser Situation sind." Er strich mit seinen Händen über ihre Beine und lehnte sich zurück.

„Du solltest jetzt mit mir Liebe machen." Sie war schließlich bereit, bis zu einem gewissen Punkt Kompromisse einzugehen. Sie senkte ihren Blick auf seine Hose. „Es ist offensichtlich, dass du es willst."

„Das stimmt", sagte er und stand auf. „Und es sollte dir inzwischen auch klar sein, dass ich es nicht vorhabe."

Sie konnte sich nicht erinnern, wann ihr zuletzt nicht gehorcht worden war. Sie erhob sich und ging zu ihm hinüber, legte ihre Hände auf seine pochende Erektion. Er schloss die Augen und sog scharf die Luft zwischen geschlossenen Lippen ein. Dann öffnete er die Augen und funkelte sie an. „Ela! Du wirst in dieser Sache nicht deinen Willen bekommen." Er entfernte ihre Hände. „Es sei denn, du möchtest mir hier und jetzt deinen Willen unterwerfen und alles genau so tun, wie ich es sage? Hm?"

Für einen Moment verspürte sie den Impuls, zu ihm zu gehen und diese unterwürfige Frau zu sein, die er wollte, ihre Hände auf seine Schultern zu legen und sie seine Arme hinuntergleiten zu lassen und ihre Wange an seine breite Brust zu schmiegen. In diesem Gedanken der Hingabe an jemanden, der stark genug war, um ihre

Sorgen wegzunehmen, lag etwas Erleichterndes. Dann blitzte das Bild ihrer Mutter in ihrem Geist auf – jemand Fügsames, die von anderen Frauen überboten worden war. Wenn man schwach war, verlor man, erinnerte sie sich. Sie schüttelte den Kopf.

Er lächelte wieder. Er hatte gewonnen und er wusste es. Es war jetzt klar, dass er nicht wollte, dass sie ihm ihren Willen unterwarf. „Dann schlage ich vor, wir essen das Festmahl, das, wie ich riechen kann, für uns bereitgestellt wurde."

„Und dann ins Bett?"

„Ja, natürlich."

Während sie durch das Zelt ging und ihre Kleidung aufsammelte, die heruntergefallen war, und sie wieder anzog, wurde ihr bewusst, dass sie sich anders fühlte. Sie nahm ihren Körper bewusster wahr, dachte sie abstrakt. Vorher war er etwas gewesen, das ihren Willen und ihr Gehirn beherbergte. Jetzt ... sie konnte es nicht genau beschreiben, was sie ärgerte. Sie mochte es, Dinge und Menschen analysieren zu können. Erst später, als sie im Bett lag, nachdem sie gründlich befriedigt worden war, wurde ihr klar, dass ihr Körper einen Willen erweckt hatte, der genauso fordernd war wie ihr Verstand. Der Kampf hatte begonnen – nicht nur zwischen ihr und Xander –, sondern auch zwischen ihrem Verstand und ihrem Körper.

Am Ende hatte Xander entschieden, dass Essen überbewertet war. Es schien, als wäre Ela entschlossen, ihn abzulenken. Es gab keine Möglichkeit, dass er sein Wort brach, aber als sie ihn verwöhnen wollte, so wie er sie verwöhnt hatte, beschloss er, dass ein kleiner Kompromiss angebracht war.

Manchmal, überlegte er – während Ela ihn mit ihren Fingerspitzen, ihrer ganzen Hand und dann überraschenderweise mit ihrem Mund streichelte und liebkoste –, konnte eine proaktive, dominante Frau genau das sein, was ein Mann brauchte.

Erst später, nachdem Ela ihn so gründlich befriedigt und verwöhnt hatte, wie er es bei ihr getan hatte, und sie zusammengerollt in seinen Armen lag, tief schlafend, als wäre sie vom Geben und Empfangen der Lust betäubt, wurde ihm klar, dass sich etwas in ihm verändert hatte.

Er fühlte sich anders. Er schloss die Augen, während er darüber nachdachte, was sich verändert hatte. Er konnte ihren süßen Duft riechen, konnte ihre zarte Haut und ihre Knochen unter seinen Fingerspitzen spüren und konnte das Schlagen sowohl ihres als auch seines Herzens fühlen, als wären sie verschmolzen, als wären sie eins.

Er erstarrte. Eins. Sie hatte ihn gebrochen, das hatte sie getan. Aber er wollte doch gar nichts fühlen, oder? Weil dieser Weg ihn für das Gegenteil von Vergnügen öffnete – ihn dem Schmerz aussetzte. Etwas, das er nur zu gut kannte.

Vorsichtig löste er sich von Elas Körper, setzte sich auf die Bettkante – die bunten Seiden und Satinstoffe waren nun zerwühlt und halb auf die gewebten Teppiche geworfen, die den Boden des Zeltes bedeckten. Er stützte den Kopf in die Hände und schloss die Augen. Was hatte er getan? Sein Herz pochte, als er die Hände gegen seine Schläfen presste. Das Blut pumpte durch seinen Körper und verspottete seinen Glauben, dass es ihm gelungen war, das Leben in seinem innersten Kern auszulöschen. Er hatte gedacht, seine Gefühle wären so unterdrückt, dass er sie ausgerottet hätte. Es schien, er hatte sich geirrt.

Er stand auf und schritt zum Eingang des Zeltes und griff nach den Vorhängen, die sich in der Stille des Morgens kaum bewegten. Er musste dieses Gefühl brechen, es abstellen, bevor es ihn zerstörte. Er brauchte Luft und Licht.

Mit einer schnellen Bewegung schob er die Vorhänge beiseite und trat hinaus, in der Erwartung, nichts als die Leere der Wüste zu sehen, um seine Seele zu beruhigen. Stattdessen wurde er mit den Ruinen des römischen Bades und der Schönheit der Oase konfrontiert, die sich in sein Gedächtnis eingegraben hatte. Es war einst ein beliebter Zufluchtsort für die königliche Familie und ihre engsten Freunde gewesen. Und so war es auch in jener Nacht gewesen, als seine Eltern und sein geliebter Freund vor seinen und Roshans Augen getötet wurden. Die Nacht, in der sein Leben geendet hatte. Die Nacht, in der sein neues Leben, ohne Gefühle, begonnen hatte.

Plötzlich spürte er eine Hand auf seiner Schulter.

„Was ist los?", fragte Ela. „Was stimmt nicht?"

Er drehte sich nicht zu ihr um, sondern starrte weiterhin blind auf die Schönheit und den Schmerz, die vor ihm lagen. Es war, als hätte sich der Schleier, der seine Angst und Traurigkeit umhüllt hatte, plötzlich aufgelöst und nichts als den pulsierenden Schlag eines blutenden Herzens zurückgelassen – ein blutendes Herz, durch das er zwei Dinge fühlte.

Zum einen hatte die Traurigkeit mit der Zeit nicht nachgelassen, sondern war, wenn überhaupt, schmerzhafter geworden. Und zum anderen war sein Bedürfnis nach dieser Frau – dieser ärgerlichen, eigensinnigen, arroganten Frau – akuter geworden. Und beides war nun untrennbar miteinander verbunden. Es schien, als könne er das eine nicht haben, ohne das andere anzuerkennen. Und er wusste den Grund dafür. Weil beide dieses arme Ding sondierten und anstachelten, das er einst sein Herz genannt hatte.

Er hatte eine Wahl. Er konnte beides ignorieren oder beides annehmen. Und in diesem Moment hatte er keine Ahnung, was er tun sollte.

Dann spürte er ihre Hand, die seine berührte. Er schloss als Reaktion darauf die Augen, als versuche er zu verhindern, dass jemand in seine Augen sehen konnte, wo die Gefühle sichtbar sein könnten. Er biss sich auf die Lippe und hielt die Augen geschlossen und reagierte nicht auf ihre Hand. Aber sie schlang sich trotzdem um seine. Hätte sie irgendetwas anderes getan – erneut gesprochen, ihn in die Arme genommen, einen hungrigen Kuss gefordert – dachte er, hätte er ablehnen können. Er wäre in der Lage gewesen, ihrer Energie mit einer gehörigen Portion seiner eigenen zu begegnen. Aber das tat sie nicht.

„Xander." Sie flüsterte seinen Namen wie der Wind durch die Bäume. Er kniff seine Augen noch fester zu, als er spürte, wie ihre Stimme durch seinen Körper zog. Er durfte nicht zulassen, dass sie ihn beeinflusste. Er konnte es nicht. Das würde in den Wahnsinn führen. „Xander." Das Wort kam erneut, diesmal etwas stärker, aber mit Zweifel. Es war der Zweifel, der es ausmachte. Er öffnete flatternd seine Augen und drehte sich zu ihr um.

Sie sah anders aus – buchstäblich entblößt, aber nicht nur ihr Körper, dessen zierliche Kurven durch die zwischen den Palmen schimmernden Schatten betont wurden. Sondern auch in ihren Augen. Als hätte ihr Liebesspiel sie ihrer Hüllen beraubt und die wahre Ela nackt und bloß vor ihm zurückgelassen. Er runzelte die Stirn und strich ihr die Haare aus dem Gesicht.

„Du bist so wunderschön.“

Sie lächelte leicht. Sie sah so jung aus. Er lächelte zurück und küsste sie sanft auf die Lippen. Nicht auf die heiße, sinnliche Art, wie sie sich zuvor geküsst hatten, sondern mit Zärtlichkeit. Plötzlich wurde ihm klar, dass sich mit dieser einen Handlung alles verändert hatte. Er runzelte die Stirn.

Sie runzelte auch die Stirn. „Stimmt etwas nicht?“

Er musste reden. Er musste ehrlich zu ihr sein, das wusste er. „Es wäre in Ordnung gewesen, wenn wir nicht hierher gekommen wären.“ Er deutete nach draußen auf die wunderschöne, erinnerungsgeladene Oase.

„Es tut mir leid, ich war egoistisch, ich wollte so gerne herkommen. Es ist so schön. Ich... dachte nicht, dass es dir etwas ausmachen würde, wenn du es erst einmal gesehen hättest.“

Er verzog das Gesicht, aber seine Hand verließ ihr Gesicht nicht, seine Finger fuhren durch ihr Haar und hielten sie fest, während sein Daumen über ihre Wange strich. „Darum geht es nicht.“ Er blickte nach draußen und sah die Schönheit, ohne sie zu schätzen. Wie konnte er auch, wenn alles, was er sah, die dunklen, sich ausbreitenden Blutflecken seiner Eltern und seiner Geliebten auf dem weißen Sand waren?

„Was ist es dann, Xander?“, fragte sie. „Was ist los...?“

Er schüttelte den Kopf und versuchte, die in seinem Verstand und Herzen eingeprägten Bilder loszuwerden, Bilder, von denen er dachte, er hätte sie vergessen. „Es birgt Erinnerungen – schlechte.“

„Erzähl es mir."

Er schluckte, als er versuchte, den Schmerz in Worte zu fassen, die nicht verletzen würden.

„Hier sind meine Eltern gestorben. Hier wurden sie getötet. Und an ihrer Seite das Mädchen, das ich seit meiner Kindheit geliebt hatte, das Mädchen, das ich heiraten sollte." Er wandte sich ihr zu. „Sie starben sofort. Sie haben nicht gelitten."

Sie streckte die Hand aus, um ihn zu berühren, um ihn mit instinktivem Mitgefühl zu beruhigen.

„Im Gegensatz zu dir und Roshan", sagte Ela sanft.

„Roshan war härter im Nehmen als ich. Er hat es weggesteckt. Er hat es verinnerlicht und es hat ihn stärker gemacht. Aber ich" – er lächelte reumütig – „ich bin nicht aus so hartem Holz geschnitzt und bin weggelaufen, sobald ich konnte. Ich konnte es kaum erwarten, Sharq Havilah zu verlassen, aber es scheint, dass meine Liebe zu meinem Land nicht zu vermeiden ist. Ich dachte, ich hätte es für eine Weile geschafft, seinen Fängen zu entkommen, aber es war stärker, als ich mir vorgestellt hatte."

„Du warst jünger, er hat weniger Zeit mit deiner Familie verbracht. Du warst verlorener als Roshan."

Xander zuckte mit den Schultern. „Wie auch immer, das ist Vergangenheit. Ich würde lieber über die Gegenwart reden."

„Es ist nicht die Vergangenheit", sagte Ela und schüttelte den Kopf. „Es ist immer noch sehr präsent in deiner Gegenwart und beeinflusst anscheinend auch deine Zukunft."

Xander wedelte mit der Hand und schaute unbehaglich weg. „Versuch nicht, mich zu psychoanalysieren.

Erstens brauche ich das nicht, und zweitens weißt du nichts über meine Vergangenheit."

„Ich weiß genug, um zu verstehen, dass du immer noch Schmerzen hast."

„Natürlich habe ich das. Und ich werde sie immer haben. Das einzige Mädchen, das ich je geliebt habe oder lieben werde, starb an diesem Tag, und mit ihr mein Herz." Er holte tief Luft. „Ich denke, es ist Zeit zu gehen, Elaheh."

Stille erfüllte das Zelt. Zum ersten Mal schien Ela nichts zu sagen zu haben. Was gut war. Denn er hatte auch nichts zu sagen. Was er gesagt hatte, hatte er immer geglaubt. Und er glaubte es immer noch, oder? Aber als die Sekunden vergingen, als Ela ihre Hand von ihm zurückzog und die Einsamkeit seines Schmerzes noch leerer wurde, schlich sich der Zweifel ein, schnell unterdrückt von der kühlen Strenge seines Willens, so wie er es seit jener verhängnisvollen Nacht immer getan hatte. Nein, so war es am besten. Er blieb, wo er war, auch als er hörte, wie Ela sich hinter ihm im Zelt bewegte, sich anzog und die Leidenschaft ihrer gemeinsamen Nacht verbarg.

Nicht ein einziges Mal während der zehn Minuten, in denen Elaheh sich anzog und ihre Sachen zusammenpackte, drehte sich Xander zu ihr um oder sah ihr in die Augen. Er hatte seine Meinung gesagt und sie wusste, dass er es ernst meinte. Er hatte ihre Beziehung beendet, bevor sie begonnen hatte, wegen der Vergangenheit. Aber für sie war es zu spät. Xander hatte sie verändert und es gab jetzt kein Zurück mehr. Sie wollte ihn, ob er sie liebte oder nicht.

Und jetzt blickte er wieder über die Oase vor ihnen

zum fernen Horizont. Sie verstand, dass es leichter war als sich seinem Schmerz zu stellen. Ihre Augen wurden von den Konturen seines Gesichts angezogen, die von der tief stehenden Sonne, die durch die Bäume filterte, schattiert wurden. Vor ein paar Wochen hätte der Anblick dieses arroganten, gutaussehenden Gesichts sie noch in Rage versetzt. Davon war immer noch etwas zu spüren, aber nun, mit ihrer zunehmenden Vertrautheit, hatte sich tief in ihr etwas verändert. Und jetzt, wenn sie ihn ansah, fühlte sie etwas ganz anderes. Sie rang nach dem Wort, das es beschreiben würde. Das eine Wort, auf das sie immer wieder zurückkam, war „lieb". Sein Gesicht war ihr jetzt lieb geworden. Sie wandte sich plötzlich ab, als ihr die Erkenntnis wie ein Schlag traf, dass sie sich in ihn verliebt hatte. Sie schluckte.

„Xander", sagte sie schließlich. „Bevor wir gehen, muss ich dich noch etwas fragen."

„Ja?", fragte er kurz angebunden.

„Du sagst, du wirst nie wieder lieben, aber du wirst trotzdem heiraten, oder? Vielleicht jemanden, den du nicht liebst. Aber du wirst trotzdem heiraten?"

„Natürlich", sagte er.

„Dann könnten wir vielleicht", sagte sie mit ihrer üblichen nachdrücklichen Art, „wir könnten-" Er hob die Hand, um sie am Weitersprechen zu hindern. Aber das war nicht nötig, ihr Selbstvertrauen war angesichts seines Gesichtsausdrucks sofort geschwunden.

„Ich denke, wir sollten diesen Ort jetzt verlassen", sagte er mit kalter, autoritärer Stimme. „Es bringt nichts, hier zu bleiben. Wir haben getan, was wir tun wollten."

Sie griff sich an den Bauch, wo der Schmerz seiner

Worte sie getroffen hatte, aber er bemerkte es nicht; er drehte sich nicht um. Sie glaubte nicht, dass es mehr wehgetan hätte, wenn er ihr ins Gesicht geschlagen hätte. Und was tat sie, wenn sie verletzt war? Sie zog sich in Kälte zurück, genau wie er es getan hatte, genau wie sie es schon früher hätte tun sollen.

„Natürlich."

„Wir kehren nach Sharq Havilah zurück, wo du bleiben kannst, bis wir den Mann identifiziert haben, der dich bedroht hat. Es sollte nur ein paar Tage dauern. Der letzte Bericht war vielversprechend. Wir sind ihm auf der Spur."

„Ich werde nicht nach Sharq Havilah zurückkehren. Wie du sagst, die Bedrohung ist fast vorbei. Ich bin lange genug weggelaufen und habe mich versteckt. Ich bin Königin und werde von hier aus in mein Land zurückkehren."

„Bist du sicher?"

Sie nickte und fühlte sich plötzlich sehr sicher. „Ja. Ich habe keine Angst mehr."

„Weil wir den Täter fast gefasst haben?"

Nein, dachte sie, sagte es aber nicht. Weil du mir die Angst vor Männern genommen hast. Weil ich wieder ganz bin. „Ja, genau deshalb", log sie.

„Gut. Ich werde einige meiner Männer hier lassen, um dich zurück zum Palast zu begleiten."

Sie nickte, obwohl sie nicht die Absicht hatte, dies zuzulassen. Sie hatte ihre eigenen Pläne.

Es dauerte nicht lange, bis Xander aufbrach. Sie hatten nicht mehr miteinander gesprochen, und sie sah ihm nicht nach, als er ging. Es wäre zu schmerzhaft gewesen.

Stattdessen wartete sie einfach. Und als sie glaubte, dass er längst weg war, nahm sie ihr Handy.

Nachricht um Nachricht von ihrem Wesir füllte den Bildschirm. Er zumindest war treu. Er war ihr Weg nach vorn. Diesmal zögerte sie nicht, sondern drückte die Taste und sprach ihre Anweisungen klar zu ihm.

KAPITEL 10

Elaheh hatte die verbliebenen Wachen entlassen, sobald sie wusste, dass ihr Wesir unterwegs war, um sie abzuholen. Mit jeder Minute, die Xander weg war, wuchs ihr Zorn – Zorn darüber, dass sie ihre Deckung fallen gelassen und Xander in ihr Herz gelassen hatte. Zorn darüber, dass er es zurückgewiesen hatte.

Sie hatte nicht einmal gewusst, dass sie ein Herz hatte, bis Xander es sich zur Aufgabe gemacht hatte, ihr zu helfen. Ihr zu helfen! Als ob sie Hilfe bräuchte. Sie hielt den Atem an, als sie beobachtete, wie der Staub, der Xanders und seiner Männer Abfahrt signalisierte, verblasste.

Sie wandte sich ab. Aber natürlich hatte sie Hilfe gebraucht. Und er hatte genau das getan – ihr geholfen, mit dem klarzukommen, was ihr widerfahren war, was den Lauf ihres Lebens vor so vielen Jahren verändert hatte. Er hatte sie zu einer neuen Frau gemacht, die einer Zukunft entgegenblicken konnte, wie jede andere Frau sie haben könnte.

Aber im Prozess hatte er ihr Herz gestohlen und es ihr ungewollt, offen und verletzt zurückgeworfen.

Ihrer Zukunft würde sie nun ohne Xander an ihrer Seite oder in ihrem Bett entgegentreten müssen. Es fühlte sich an wie eine lange, leere, graue Straße, die es zu ertragen galt, anstatt sie richtig zu leben. Zumindest war ihr Leben, bevor Xander ihr Herz erweckt hatte, durch Pflichterfüllung ausgefüllt und sinnvoll gewesen. Doch jetzt verblasste die Pflicht zur Bedeutungslosigkeit neben der Liebe, die Xander in ihr geweckt hatte.

Ihre Gefühle völliger Verzweiflung wurden plötzlich durch das Geräusch eines Motors aus der anderen Richtung unterbrochen. Es würde ihr Wesir sein, der gekommen war, um sie abzuholen. Sie mochte allein sein, aber sie konnte Königin des Landes sein, das zu regieren sie geboren war, und sie konnte heiraten und Kinder gebären, um die lange, stolze Herrschaft ihrer Familie fortzusetzen. Es fühlte sich immer noch nicht genug an, aber es würde reichen. Sie würde es funktionieren lassen. Sie war die Königin von Tawazun, und sie würde es funktionieren lassen. Und, dachte sie, wenn ich es mir oft genug selbst sage, fange ich vielleicht sogar an, es zu glauben.

Als sich der Range Rover näherte, konzentrierte sich Elaheh auf den bärenhaften Mann, der ihr Wesir war. Er war der Sohn des Wesirs ihres Vaters, aber ganz anders als sein Vater, der unterwürfig gewesen war. Abzari war ein stolzer Mann und war ein guter Berater für sie gewesen. Er war unter ihren Beratern der Einzige gewesen, der ihrer Meinung zugestimmt hatte, dass sie nicht zu früh heiraten sollte. Er hatte sie immer unterstützt und würde sie in diesen letzten Stunden beschützen, bis der Mann gefunden war, der die Drohbriefe geschrieben hatte. Xander selbst hatte gesagt, dass sie es bis zum Ende des Tages wissen würden. Bis sie ihr Land und ihren Palast erreicht hätte, würde alles offen liegen und sie wäre in Sicherheit. Vielleicht allein, aber sicher.

„Eure Hoheit", begrüßte sie der Wesir.

„Abzari", sagte sie, erfreut, sein vertrautes Gesicht nach einer Woche Abwesenheit zu sehen. „Es ist schön, dich zu sehen."

Bildete sie es sich ein, oder war sein Ausdruck anders? Er erinnerte an den ihres Vaters – distanziert, missbilligend und... was war das? Etwas brodelte hinter seinen Augen. Konnte es Wut sein? Dann schien er sich zu sammeln, und der übliche ausdruckslose, manierierte Gesichtsausdruck kehrte auf sein Gesicht zurück.

„Ich bin froh, Euch wohlauf zu sehen, Eure Hoheit. Ich... wir waren alle so besorgt."

„Das war nicht nötig", sagte sie und wandte sich ab, um ihre persönlichen Sachen einzusammeln. „Ich habe dir beim Videoanruf gesagt, dass ich in Sicherheit bin."

„Aber Ihr habt nicht gesagt, worum es ging."

Sie warf ihm einen scharfen Blick zu. „Nein, das habe ich nicht." Und sie hatte nicht die Absicht, ihm irgendetwas darüber zu sagen. Sie sah weg. „Nun, vielleicht können wir uns auf den Weg machen." Sie sah sich im Zelt um und versuchte, nicht an das zu denken, was sie hier gefunden hatte. Flüchtiges Glück in den Armen eines Mannes, der ihr gleichgültig gegenüber war.

„Natürlich, meine Königin. Ich habe mir die Freiheit genommen, Euch einige Erfrischungen für die Reise bereitzustellen."

„Du denkst, es mangelte mir hier an Erfrischungen?"

Sie seufzte schwer. „Na schön, wenn es dich glücklich macht und wir uns auf den Weg machen können." Wirklich, sie wusste nicht, warum Abzari so ein Aufheben machte, aber immerhin kümmerte sich jemand. Sie leerte das Glas in einem Zug und reichte es ihm zurück. „Nun, vielleicht können wir fortfahren."

Sie kletterte auf den Rücksitz des Range Rovers und ordnete ihre Gewänder um sich, wobei sie bemerkte, dass Kissen hinzugefügt worden waren. Wieder schien Abzari entschlossen zu sein, sie auf der kurzen Reise zurück in ihr Land komfortabel zu machen.

„Lehnt Euch zurück, meine Königin", sagte er, ihre Blicke trafen sich im Rückspiegel. „Und ich werde Euch dorthin zurückbringen, wo Ihr hingehört."

Sie seufzte, als eine eigenartige Mattigkeit sie überkam. Plötzlich erschienen die Kissen einladender.

„Vielleicht", murmelte sie. Sie lehnte ihren Kopf gegen das Kissen und spürte, wie sie zur Seite rutschte. Sie fühlte sich zu müde, um überrascht zu sein, als das Licht schnell verblasste und sie in einen traumlosen Schlaf fiel, wo nicht einmal Xander sie erreichen konnte.

„Was zum Teufel macht ihr da?" Xander schob seine Sonnenbrille hoch und musterte die Männer, denen er befohlen hatte, bei Elaheh zu bleiben. „Ich habe euch gesagt, ihr sollt bei ihr bleiben, bis ich Bescheid gebe!"

Die Männer murmelten und sahen verlegen drein, nicht willens zu sagen, dass sie das Wort einer Frau über das von Xander gestellt hatten.

Er stand mit den Händen in den Hüften da und betrachtete seine Männer. „Sagt nichts. Ich weiß es schon. Ich nehme an, sie hat euch entlassen und ihr hattet keine Wahl."

Die Männer nickten und murmelten erneut. Xander wandte sich ab, verärgert. Diese Frau! Warum konnte sie nicht einmal tun, was er wollte? Er kaute auf seiner Lippe, immer noch mit dem Rücken zu seinen Männern. Er wollte nicht, dass sie sahen, wie besorgt er genau bei dem Gedanken war, dass sie allein in der Wüste war, mit nur wenigen Hausangestellten zur Gesellschaft, bis ihr eigenes Personal eintraf.

Er hatte angenommen, sie würde tun, was er vorgeschlagen hatte, und warten, bis sie mit Sicherheit die Identität des Briefschreibers erfahren hatte, und erst dann nach Hause zurückkehren. Aber jetzt, wo er darüber nachdachte, wurde ihm klar, dass sie nie gesagt hatte, dass sie einverstanden war. Er hatte diese Annahme getroffen.

Und wie sich nach einem schnellen Anruf bei dem verbliebenen Hauspersonal, das sich um sie kümmern sollte, herausstellte, war nur eine Person aufgetaucht, um sie abzuholen – nicht ihr übliches Sicherheitsteam. Und sie waren nicht in Richtung Tawazun aufgebrochen, sondern hatten sich tiefer in die Wüste gewandt, in Richtung des Leeren Viertels.

Was hatte sie vor? Vielleicht hatte sie ihren Wesir gebeten, sie an einen sichereren Ort zu bringen, weg von allen anderen? Wer wusste das schon bei Ela?

Er spielte nervös mit den Autoschlüsseln in seiner Tasche, während seine Intuition ihn verzweifelt zu Ela zurückkehren lassen wollte. Das war lächerlich. Sie war eine erwachsene Frau, die auf sich selbst aufpassen konnte. Aber trotzdem schoss ihm der Gedanke an sie – Augen weit geöffnet, ihr Mund, der seinen Namen atmete, als sie auf seine intime Berührung reagierte, ihre Seele und ihr Herz verletzt von der Vergangenheit – in sein geistiges Auge. Er musste wissen, ob es ihr gut ging. Es gab keine Möglichkeit, dass er nach Hause zurückkehren konnte, bis er wusste, dass sie in Sicherheit war.

„Eure Hoheit!" Einer seiner Männer hielt ihm sein Handy entgegen. „Neuigkeiten aus dem Palast!"

Xander hatte keine Ahnung, was für Neuigkeiten es sein könnten, aber er hatte das Gefühl, dass sie nicht gut sein würden.

Er nahm das Handy. „Ja?"

„Es geht um den Großwesir von Tawazun, Eure Hoheit", sagte einer seiner Sicherheitsleute, den er mit der Identifizierung des Briefschreibers beauftragt hatte. „Wir haben einen Durchbruch erzielt. Es scheint, als sei er nachlässig geworden, je verzweifelter er sie zu finden versuchte."

„Wovon redest du? Was hat der Großwesir mit dem Stalker zu tun?"

„Alles, Sir. Er ist der Stalker. Abzari hat diese Drohbriefe geschrieben."

Xander spürte, wie ihm das Blut aus dem Gesicht wich, während er leise fluchte. „Weiß sie es schon?"

„Nein, Sir. Sie haben mich angewiesen, mit allen Neuigkeiten direkt zu Ihnen zu kommen."

„Gut", sagte Xander, während sein Gehirn die verschiedenen Szenarien durchging. Wenn Elaheh es nicht wusste, würde ihr Großwesir nicht ahnen, dass man ihm auf der Spur war. Das verschaffte ihm einen kleinen Vorteil. Er beendete das Gespräch und erteilte neue Befehle. Es kam nicht in Frage, Elahehs Leben zu riskieren, indem er das tat, was er am liebsten getan hätte – allein nach ihr zu suchen und sie ihrem Wesir zu entreißen. Er brauchte Verstärkung; er brauchte alles, was nötig war, um sicherzustellen, dass Ela in Sicherheit war.

Er wendete sein Fahrzeug und folgte, mit einem Konvoi von Sicherheitsfahrzeugen im Schlepptau, seinen Spuren zurück, aber nicht in Richtung Schloss, sondern in Richtung des Leeren Viertels, dorthin, wo Elaheh zuletzt gesehen worden war.

Als sie das erste Mal erwachte, offenbarte sich Ela die Welt in unscharfen Standbildern, eines nach dem anderen – zusammenhanglos und verwirrend. Sie hatte keine Ahnung, wo sie war oder ob sie träumte. Schließlich schloss sie die Augen und glitt wieder in die Bewusstlosigkeit.

Beim zweiten Erwachen fokussierte sich ihr Blick schneller auf einen Mann, der auf der anderen Seite eines Feuers saß, sein Gesicht vertraut durch das Lecken der festen orangefarbenen Flammen. Seine Augen waren auf sie gerichtet.

„Abzari! Was passiert hier? Wo sind wir?"

„An dem Ort, wo du dich am meisten zu Hause fühlst, Elaheh. In der Wüste, wo wir beide hingehören."

Das Erste, was ihr sofort auffiel, war die Verwendung ihres Vornamens. Er hatte sie noch nie bei ihrem Namen genannt. Und dass er es jetzt tat, jagte ihr einen tiefen Stich der Angst in den Magen.

Sie erhob sich unsicher auf die Füße und fasste sich an den Kopf, der mit Kopfschmerzen pochte, wie sie sie noch nie zuvor erlebt hatte.

„Warum..." Dann sah sie ihn wieder an und begriff, was er getan hatte. „Was war in dem Getränk, das du mir gegeben hast?"

Er stand auf und kam zu ihr herüber. Das Feuer knisterte und knackte neben ihnen. „Etwas, um es dir leichter zu machen, das zu bekommen, was du willst."

Sie schüttelte ihren schmerzenden Kopf. „Wovon redest du? Was zum Teufel geht hier vor, Abzari? Warum hast du mich betäubt? Warum hast du mich hierher gebracht?" Sie blickte in die Dunkelheit, die sich ausgebreitet hatte, während sie in ihrer eigenen persönlichen Dunkelheit gewesen war. „Und wo sind wir überhaupt?"

„Das spielt keine Rolle. Was zählt, Elaheh, ist, dass wir endlich zusammen sind, ohne Menschen, die uns stören könnten."

Bevor sie antworten konnte, nahm er ihre Hände in seine – seine Hände, die es nie gewagt hatten, sie zuvor zu berühren – und zog sie ruckartig, nicht weiter weg, sondern näher zu sich heran. Sie prallte gegen seine Brust und konnte den aufdringlichen Duft riechen, den er benutzte, und für einen Moment dachte sie daran, wie anders Xanders Geruch war. Xander wollte sie vollständig einatmen, aber der Geruch von Abzari ließ sie würgen.

„Was glaubst du, was du da tust? Ich wiederhole, nimm sofort deine Hände von mir."

Seine Lippe kräuselte sich, und er schüttelte den Kopf. „Nein. Du wirst mir nicht noch einmal entkommen."

„Du warst es, nicht wahr? Du bist die Person, die die Notizen hinterlassen hat."

„Natürlich. Wer sonst liebt dich so wie ich? Du hast nicht einmal in Betracht gezogen, dass ich es sein könnte, oder? Du und deine Familie wart immer so überheblich. Aber ich war immer für dich da. Deine Zukunft liegt bei mir, an meiner Seite."

Elaheh musste gegen die Angst ankämpfen, die drohte,

ihre Beine in Wackelpudding zu verwandeln. Denk nach, sagte sie zu sich selbst, denk nach. „Natürlich, du hast recht. Du warst immer für mich da. Aber was ich nicht verstehe, ist, warum du mir schreiben musstest. Warum die Notizen? Warum hast du mir nicht einfach gesagt, wie du fühlst?"

„Es war nicht so einfach. Du hast mich nur als deinen Wesir gesehen. Ich wollte, dass du mich als Mann siehst, der dich wegen deiner Reinheit wollte, jemand, der alles für dich tun würde."

„Ich will nicht, dass du irgendetwas für mich tust. Alles, was ich will, ist, dass du für mich arbeitest, so wie du es bisher getan hast. Nichts weiter."

„Arbeit?" Sein Griff um ihre Handgelenke verstärkte sich. „Ist das alles, wofür du mich willst? Ich werde dir zeigen, dass ich mehr zu bieten habe als das."

Er zog sie zu sich und sie spürte seinen Atem in ihrem Gesicht. Ihr Atem ging schnell. Sie fühlte sich wie ein gefangener Vogel. Es würde nur eine kleine Bewegung seiner Hand brauchen und sie hatte das Gefühl, sie würde zerbrechen.

Dann runzelte er die Stirn und schüttelte den Kopf. „Hab keine Angst, Elaheh." Sie wurde blass. „Es wird wunderschön sein, und danach wirst du mir gehören, und du wirst lernen, mich zu lieben, so wie ich dich liebe."

Sie trat einen Schritt zurück und nutzte die Gelegenheit, als er sie losließ. „Du vergisst dich, Abzari."

Seine Stirnrunzeln verschwand. „Nein, du irrst dich. Zum ersten Mal seit langer Zeit erinnere ich mich an mich selbst. Ich war jahrelang der größte Unterstützer deiner Familie und jetzt ist es Zeit für eine Gegenleistung."

„Ich dachte nicht, dass du arbeitest, um eine Gegenleistung zu erhalten. Du denkst, ich schulde dir etwas?"

„Ich weiß es."

Mit jeder Aussage machte sie einen Schritt zurück, ihr Verstand raste auf der Suche nach einem Weg, von ihrem Wesir wegzukommen und in Sicherheit zu gelangen. Aber dann stießen ihre Fersen gegen die Wand einer bröckelnden Hütte und sie erkannte, dass sie nirgendwo anders hin konnte. Xander... Der Name hallte in ihrem Kopf wider und verspottete sie. Er hatte ihr gesagt, sie solle bleiben, wo sie war, bis er sie kontaktierte. Er hatte sie sicher gehalten, bis sie ihn weggetrieben hatte. Aber Xander konnte sie jetzt nicht retten. Er hatte keine Ahnung, wo sie war, und zweifellos war er sicher zurück in seinem eigenen Palast. Aber sein Name könnte sie retten.

Sie hob ihren Kopf. „Und was, Abzari, meinst du, schulde ich dir?"

Er trat wieder näher, seine Handflächen gegen die bröckelnden Lehmwände gepresst, zu beiden Seiten ihrer Schultern. Sie war gefangen. Seine wütenden, intelligenten Augen waren von Lust verändert. Sie konnte jetzt zumindest erkennen, wenn ein Mann erregt war.

„Du", sagte er, seine vollen Lippen formten die Form eines Kusses.

Sie schlug ihre Hand gegen seine Brust, als er versuchte, ihr diesen Kuss zu rauben. „Halt sofort! Was kannst du möglicherweise davon haben, mich, deine Königin, anzugreifen?"

Er runzelte die Stirn, als wäre er verletzt. „Angreifen? Ich greife dich nicht an." Dann verschwand das Stirnrunzeln und machte einem lüsternen Grinsen Platz. „Ich werde mit dir schlafen.“

Auch wenn sie innerlich vor Angst bebte, arbeitete ihr Verstand auf Hochtouren. Denk nach. Denk nach. „Und dann? Hast du darüber nachgedacht, was ich tun werde, wenn wir zurückkehren? Glaubst du wirklich, dass du damit durchkommst?“ Sie hielt plötzlich inne, als ihr klar wurde, dass er unmöglich damit durchkommen konnte, was bedeutete, dass er glauben musste, sie würde nie in ihr Land zurückkehren, nie jemanden wiedersehen - nie Xander wiedersehen. Sie biss sich auf die Lippe, um zu verhindern, dass sie zitterte, während Angst sie erfüllte.

„Natürlich. Denn du wirst mein Kind tragen - den Erben von Tawazun. Meinen Erben. Du würdest zu beschämt sein, um zuzugeben, was dir passiert ist. Nein, wir werden heiraten und ich werde meinen rechtmäßigen Platz an deiner Seite einnehmen.“ Er packte ihre Schulter. „Ich weiß, du hast Angst, weil du rein bist, aber du wirst dich bald daran gewöhnen.“

„Ich habe keine Angst, weil das nicht passieren wird!“ Tränen strömten über ihr Gesicht und verrieten ihre Furcht.

„Doch, es wird.“ Ohne auf ihre Antwort zu warten, presste er seine Lippen auf ihre und hob ihre Gewänder.

Sie schrie und zog sich zurück. „Hör sofort auf mit diesem Wahnsinn, Abzari!“

„Es ist kein Wahnsinn! Du wirst mir gehören! Ich werde der Erste und Einzige sein, der dich hat.“

„Nein! Das wirst du nicht!“

Er packte ihr Kinn, zog sich aber wenigstens von dem Kuss zurück. „Was meinst du damit?“

„Ich meine, dass der König von Sharq Havilah und ich beschlossen haben zu heiraten."

„Nein."

Das eine einzelne Wort hing zwischen ihnen.

„Du bist rein", fuhr er fort. „Niemand kann dich so schätzen wie ich."

„Ich bin nicht länger rein."

„Was meinst du damit?"

Sie holte tief Luft, um die Lüge zu erzählen. „Ich meine, dass Xander und ich miteinander geschlafen haben."

„Nein. Das ist falsch. Ich glaube nicht, dass du mich so entehren würdest."

Ihr wurde plötzlich klar, dass er völlig verrückt war. Irgendwo in den Tiefen seines verdrehten Verstandes hatte er immer geglaubt, sie würden zusammen sein.

Sie schüttelte ungläubig den Kopf.

„Nein", wiederholte er. „Du bist immer noch rein. Du sagst das nur, um mich abzuschrecken." Er fuhr mit seinen Fingern durch ihr Haar und seine Finger packten sie, bis ihre Augen tränten. „Du wirst mich nicht abschrecken, Elaheh. Egal, was du sagst."

„Er wird kommen, um mich zu holen. Du kannst das nicht tun, Abzari."

Er grunzte. „Du bluffst. Niemand weiß, dass wir hier sind. Und niemand wird es erfahren. Ich habe vor, hier zu bleiben, bis du unser Baby trägst. Erst dann werden wir zurückkehren, um zu heiraten."

Die Farbe wich aus ihrem Gesicht und ihr wurde übel und schwach, als ihr klar wurde, dass er seinen Plan durchführen könnte. Er trat die Tür zur Hütte auf und zog sie hinein. Ein Blick genügte, um zu erkennen, dass der heruntergekommene Ort möbliert und gut mit Vorräten für mindestens einen Monat ausgestattet war - lang genug, um seine Pläne umzusetzen.

„Jetzt leg dich aufs Bett!"

Und in diesem Moment wurde ihr klar, dass es nichts gab, was sie tun konnte. Nichts, außer zu kämpfen - mit ihrem Körper und ihrem Verstand. Und sie würde weiterkämpfen, solange sie noch einen Atemzug in ihrem Körper hatte.

Xander fuhr mit dem Fuß flach auf dem Boden, drängte das Fahrzeug, immer schneller zu fahren, und hoffte, dass der zunehmende Wind die Reifenspuren des vorausfahrenden Autos nicht verwehen würde. Er hatte seine Ländereien und die von Tawazun hinter sich gelassen und war nun in die weiten Ränder der roten Wüsten des Rub' Al Khali eingedrungen, oder des Leeren Viertels, wie es die Europäer so prosaisch genannt hatten. Vor Tausenden von Jahren konnten die Karawanen des Weihrauchhandels diese Länder durchqueren. Aber jetzt waren sie trockener und weitaus unwirtlicher als zuvor, und nur wenige Stämme bewohnten das Gebiet. Wenn der Sand die Spuren verwehen würde, wusste Xander, dass er nicht die geringste Hoffnung hätte, Ela zu finden.

Er fuhr weiter, als der Himmel dunkler wurde, aber keine Sterne zeigte - ein Zeichen dafür, dass schlechtes Wetter bevorstand. Dann blinzelte er und erkannte, dass die Spuren verschwunden waren. Er hielt das Auto an und für einen Moment erfüllte ihn Verzweiflung. Er stieg aus, schob seine Sonnenbrille hoch und starrte in alle Richtungen auf das Licht, das sich wie ein Bluterguss vertiefte, von den Elementen zerquetscht, verfärbt vom aufziehenden Sturm.

„Ela!" Er rief in die stumme Wildnis aus orangefarbenem Sand und schwarzen Wolken. „Ela!" rief er erneut, bevor er seine Hände in nahezu völliger Verzweiflung an die Schläfen presste. Er drehte sich erst in die eine, dann in die andere Richtung und suchte in der sich verdichtenden Dunkelheit nach Lebenszeichen. Hinter ihm wusste er, würden seine Leute folgen. Aber vor ihm strengte er seine Augen an, suchte nach allem Ungewöhnlichen, allem, was ihren Aufenthaltsort verraten würde.

Erst als er zum Auto zurückkehrte, weg von der sandgepeitschten Luft, und eine Karte herauszog, wusste er es. Niemand würde sich bei diesem Wetter weit hinauswagen. Es wäre Selbstmord. Und er wusste definitiv, dass Selbstmord nicht die Absicht des Wesirs war. Sein Finger bewegte sich um den Punkt, an dem er sich befand, bis er auf einem kleinen schwarzen Punkt stehen blieb. Und dort verweilte. Es zeigte, dass dort einmal eine kleine Siedlung existiert hatte - vielleicht sogar noch existierte, soweit er wusste. Er griff zum altmodischen Kommunikationsgerät, das sie in der Wüste benutzten, und teilte seinem Team kurz mit, wohin er unterwegs war und dass sie folgen sollten. Aber er konnte nicht auf sie warten. Jede Sekunde zählte.

Er trat aufs Gas und steuerte, den Kompass in der Hand, auf den kleinen Punkt auf der Karte zu, der seine einzige Hoffnung war.

„Wie wagst du es, so mit mir zu sprechen?" Elaheh beschloss, dass der Kampf mit ihrem Verstand am effektivsten sein würde. „Ich bin deine Königin."

Er schüttelte den Kopf. „Einmal vielleicht. Aber jetzt bist du die Frau, die ich liebe und zu meiner Frau machen will."

„Liebe? Liebe?" wiederholte sie ungläubig. „Ist es das, wie du jemanden behandelst, den du liebst?"

Er machte einen Schritt auf sie zu und sie musste sich zwingen, nicht zurückzuweichen. Das wäre ein Zeichen von Schwäche gewesen, und sie wusste, dass das nie funktionierte. „So behandle ich jemanden, den ich für mich beanspruchen muss." Er grinste sie anzüglich an. „Und ich werde dich zu der Meinen machen. Ich werde dich hier behalten, so lange es dauert, bis du schwanger bist. Und dann wärst du zu gedemütigt, um etwas anderes zu tun, als mich zu deinem Ehemann zu machen."

„Du irrst dich."

„Nein, ich irre mich nicht. Du bist zu stolz, als dass sich irgendjemand vorstellen könnte, dass du so gedemütigt wurdest, wie ich dich zu demütigen beabsichtige."

Denk nach, Elaheh, denk nach. Sie hatte jetzt nur noch ihren Verstand, um sich zu schützen. Er war zu groß und zu stark, und sie war nicht in Selbstverteidigung ausgebildet, um mit ihm fertig zu werden. Der einzige Ausweg war das Auto, und er hatte die Schlüssel in seiner Tasche.

„Du hast natürlich Recht, Abzari", sagte sie und zwang ihre Stimme, leise und unterwürfig zu klingen.

Seine Stirnfalten glätteten sich und ein widerliches Lächeln breitete sich auf seinem Gesicht aus. „Ich wusste, du würdest vernünftig sein." Er packte ihre Schulter und zog sie an sich. Es war das, was sie wollte, aber sie musste sich trotzdem zwingen, nicht von allem an ihm abgestoßen zu sein – seinem schwitzenden Körper, seinem Geruch und seinem gewaltsamen Griff. „Jetzt küss mich."

Das ging zu weit. Sie wusste, dass sie es nicht tun konnte, ohne sich zu übergeben. Sie versuchte zu lächeln, aber sein Mund war auf ihrem, offen und feucht, seine

Zunge drängte sich in ihren Mund. Sie schrie auf, während ihre Hand gleichzeitig nach ihm tastete und versuchte, die Schlüssel zu finden. Er schien dies als Ermutigung zu verstehen und presste seine harte Erektion gegen sie, seine Hände rafften ihre Röcke zusammen und versuchten, sie ihre Beine hochzuziehen.

Gerade als seine bärenartigen Hände ihren nackten Oberschenkel umklammerten, fand sie die Schlüssel, riss sich von ihm los und rammte ihm mit aller Kraft, die sie aufbringen konnte, ihr Knie in den Schritt. Er krümmte sich mit einem Ächzen und einem qualvollen Schrei.

Sie rannte zur Tür, riss sie auf und machte dann einen Fehler. Sie drehte sich zu ihm um, der immer noch zusammengekrümmt dastand.

„Ich bin nicht zu stolz, um mich selbst zu schützen ... auf jede mögliche Art", sagte sie zwischen zusammengebissenen Zähnen. Aber zu ihrem Entsetzen brüllte er und warf sich auf sie, schleuderte sie gegen die Lehmwand, wobei ihr Kopf dagegen schlug und die Welt sich zu drehen begann. Er schlug ihr mit der offenen Hand ins Gesicht und sie schmeckte den metallischen Geschmack von Blut, während sich der Raum auf den Kopf stellte und sie zu Boden fiel.

Elaheh lag auf dem gestampften Erdboden und spuckte Blut aus ihrem Mund. Ihre Wange pochte, wo er sie geschlagen hatte. Ein Brüllen erfüllte ihre Ohren. Zuerst hatte sie gedacht, es sei das Blut, das in ihrem verwirrten Kopf pochte, kombiniert mit dem rasenden Gebrüll von Abzari. Erst als der Tisch in Splitter zerbarst, als Abzaris Körper darauf fiel, wurde ihr in ihrer Verwirrung klar, dass noch jemand anders im Raum war, jemand anders, der brüllte.

Elaheh versuchte sich umzudrehen, um zu sehen, was passierte, aber der Schmerz in ihrem Arm war zu stark. Plötzlich explodierten Lichter um sie herum, strahlten durch die zuvor schwarzen Fenster in den Raum. Sie fragte sich, ob sie gestorben und in die Hölle gekommen war – der Schmerz, die Schreie und die feurigen Lichter. Der Gedanke verblasste, als ihre Welt plötzlich schwarz wurde.

KAPITEL 11

„Ela, Ela", wiederholte die sanfte Stimme immer wieder. Sie erinnerte sie an ihre Mutter, nicht zuletzt, weil es sich anfühlte, als würde sie in den Schlaf gewiegt werden, mit der sanften Berührung einer Hand auf ihrer Wange. Vielleicht war sie nicht in der Hölle gelandet, sondern im Himmel. Ein gelobtes Land, in dem sie ihren Schmerz und ihre Sorgen vergessen und mit ihrer Mutter wiedervereint sein konnte.

Sie seufzte und versuchte sich umzudrehen, aber ein stechender Schmerz durchfuhr sie. Nein, dann doch kein Himmel. Dies war der Schmerz der Lebenden. Sie öffnete die Augen und sah Xanders zärtlichen Blick auf sich gerichtet.

„Gott sei Dank, du bist aufgewacht."

Sie versuchte sich aufzusetzen, zuckte aber zusammen, als sie herumgeworfen wurden.

„Wir verlassen gerade die Wüste, ein Krankenwagen wartet. Lehn dich zurück. Dein Arm ist gebrochen."

Sie tat, wie er sagte, und merkte, dass sein eigener Arm

sie stützte. Er hielt sie an sich gedrückt, um das Rütteln des Fahrzeugs abzumildern, und sie wandte ihr Gesicht seinem Körper zu, brauchte seinen Trost, während seine Hand über ihren Rücken strich.

„Ich hab dich jetzt, Ela. Ich hab dich. Du bist in Sicherheit."

Sie wollte sich nicht bewegen, aber sie musste es wissen. Mit aller Kraft, die sie aufbringen konnte, blickte sie zu ihm auf. „Was ist mit Abzari? Was ist mit ihm passiert?"

„Er ist tot. Er hat sich selbst getötet, anstatt sich den Konsequenzen seiner Taten zu stellen. Er hatte ein Messer bei sich, aber er richtete es gegen sich selbst, statt gegen mich oder dich."

Sie schloss kurz die Augen, als das Bild der selbst zugefügten Gewalt in ihren Kopf schoss. „Ich weiß nicht, was mit ihm passiert ist. Jahrelang hat er auf mich aufgepasst, mich beschützt. Und die ganze Zeit..." Sie konnte nicht ausdrücken, was er, wie sie jetzt wusste, die ganze Zeit gedacht hatte.

„Die ganze Zeit hat er seine wahren Gedanken und Gefühle versteckt. Er wollte dich und er wollte dein Königreich. Und er war entschlossen, beides zu bekommen, koste es, was es wolle."

„Weißt du, er hätte vielleicht Erfolg gehabt, wenn du nicht gewesen wärst, Xander."

„Ich kam gerade noch rechtzeitig."

„Nein." Sie hielt ihren Finger an seine Wange. „Das meine ich nicht. Ich meine, dass du mir beigebracht hast, stark zu sein."

„Du warst schon immer stark."

Sie schüttelte den Kopf. „Nicht innerlich. Innerlich

hatte ich Angst, und du hast diese Angst genommen. Deshalb konnte ich ihm die Stirn bieten. Das hat ihn davon abgehalten, mich zu vergewaltigen."

„Genug Zeit für mich, um zu dir zu kommen."

Sie nickte. „Ohne diese Stärke, die ich in mir gefunden habe, hätten die Dinge ganz anders ausgehen können."

Das Fahrzeug hielt plötzlich an und die Blinklichter des Krankenwagens erfüllten das Auto. Ela schaute aus dem Fenster und erkannte die Straße. Es war die Kreuzung zwischen ihrem Land und Xanders.

Xander sprang heraus, öffnete ihre Tür und trug sie zum Krankenwagen. Aber sie bestand darauf, zu stehen, trotz der Schmerzen aus eigener Kraft in den Krankenwagen zu steigen.

Xander rief dem Krankenwagen-Fahrer Befehle zu. „Sharq Havilah Krankenhaus! So schnell wie möglich."

„Nein!" Elahehs Stimme war leise, aber bestimmend. Alle drehten sich zu ihr um. „Nein. Ich möchte in mein Land zurückkehren", sagte sie und blickte zu Xander. Dann wandte sie sich an den Krankenwagen-Fahrer. „Tawazun, bitte. Zum Palast. Lasst das medizinische Team mich dort treffen."

Als sie im Krankenwagen untergebracht war, griff Xander die Tür und schaute zu. Erst als sie und die Krankenschwestern sich eingerichtet hatten, sprach er.

„Tawazun?", fragte er ungläubig.

Sie nickte. „Ich bin die Königin von Tawazun und ich werde dorthin zurückkehren. Ich werde mich nie wieder vor jemandem ducken oder verstecken. Von nun an werde ich auf eigenen Füßen stehen."

„Aber warum?"

„Weil du mir gezeigt hast, dass ich es kann."

Xander trat zurück, die Lichter des Krankenwagens schnitten abwechselnd sein Gesicht mit blutrotem und einem gelblich-grauen Licht - beide verzerrten, beide offenbarten einen Schmerz, der Elaheh dazu brachte, sich aufzusetzen und nach ihm greifen zu wollen, es sich dann aber anders zu überlegen. Doch bevor sie es konnte, wurden die Türen zugeschlagen und Xander verschwand aus ihrem Blickfeld.

Während sie wegfuhren, schloss sie die Augen und stellte sich vor, wie Xander ihr nachsah. Er hatte sie gerettet, er hatte Gefühle für sie, das wusste sie. Aber letztendlich hatten sie keine Zukunft. Sie waren beide Anführer ihrer jeweiligen Länder und die Pflicht musste an erster Stelle stehen. Wenn er sie geliebt hätte, wäre es vielleicht anders gewesen, aber er hatte deutlich gemacht, dass sein Herz in der Wüste begraben lag, zusammen mit der Frau, die er vor so vielen Jahren geliebt hatte. Und Xander hatte in ihr ein Herz erweckt, das geliebt werden musste und sich mit nichts Geringerem zufriedengeben würde.

Es hatte nur Monate gedauert, bis Elahehs körperliche Wunden geheilt waren, aber sie wartete immer noch darauf, dass der emotionale Schmerz ihrer Trennung von Xander heilte. An manchen Tagen wurde er durch die ständige Arbeit und den Druck, dem sie sich als Führerin ihres Landes aussetzte, betäubt. An anderen Tagen - besonders nachts - war der Schmerz scharf wie eine frisch geschlagene Messerwunde, und in diesen Momenten verzweifelte sie.

Letzte Nacht war eine dieser Nächte gewesen. Sie hatte davon geträumt, wie er sie liebkoste und küsste, sie mit seinen Lippen und Fingern neckte, und als sie atemlos vor Lust in einem leeren Bett aufgewacht war, traf sie der Schmerz ihres Verlustes schärfer als je zuvor.

Sie erhob sich von ihrem Schreibtisch, unfähig sich zu konzentrieren.

Sie wusste, dass sie ihn liebte und dass er immer noch in ein Mädchen verliebt war, das vor Jahren gestorben war. Aber sie wusste auch, dass sie jetzt stärker war als je zuvor; sie war eine Frau, die in der Lage war, nach dem zu fragen, was sie wollte.

Sie hatte hart daran gearbeitet, ihr Land für eine Zukunft wirtschaftlicher und kultureller Stärke zu stärken. Sie hatte neue Berater ernannt, die Tawazun zu der mächtigen Nation machen wollten, die es potenziell sein konnte, aber sie hatte auch mit etablierten Persönlichkeiten zusammengearbeitet, die sicherstellen würden, dass die Vergangenheit ihres Landes nicht in Vergessenheit geriet. Wenn ihr das gelang, konnte sie alles erreichen. Alles. Das Wort hallte in ihrem Kopf nach. Vielleicht sogar einen Mann heiraten, den sie von ganzem Herzen liebte, der sie aber nicht liebte.

Als sie in jener Nacht im Krankenwagen von ihm weggefahren wurde, hatte sie Xander und sich selbst belogen. Sie hatte ihm gesagt, dass die Pflicht an erster Stelle stehen müsse – ihre Pflicht gegenüber ihrem Land. Aber das war nur eine Ausrede gewesen. Was an erster Stelle stand, war ihr Stolz. Sie wollte nicht zugeben, dass sie jemanden liebte, der sie nicht liebte.

Doch die vergangenen Monate hatten ihr die Wahrheit des alten Sprichworts gezeigt: Hochmut kommt vor dem

Fall. Denn während ihr Status als Königin und ihr Land von Erfolg zu Erfolg eilten, befanden sich ihr Herz und ihre Gefühle im freien Fall, und erst als sie am Boden angekommen waren, wusste sie, dass sie ohne ihn nicht weitermachen konnte. Oder zumindest konnte sie nicht weitermachen, ohne ihn um das zu bitten, was sie wollte. Es war ihre letzte Chance auf Glück.

Sie sprang auf und rief ihre Assistentin. Sie weigerte sich, eine weitere Nacht davon zu träumen, was sie wollte, ohne danach zu fragen. Wenn er nein sagte, würde sie weitermachen. Das Leben würde nie ganz so sein, wie sie es sich wünschte, aber sie würde etwas daraus machen. Und... es gab die Chance, dass er ja sagen könnte. Und was für ein Leben sie dann erwartete! Ihr Herz schlug schneller bei dem Gedanken. Sie war entschlossen, jede Waffe, die sie hatte, voll auszunutzen. Wenn sie ihn zuerst verführen musste, dann würde sie das tun. Verführen und dann einen Antrag machen. Es war ein gewagter Plan, aber sie war keine Frau mehr, die sich von irgendetwas abschrecken ließ.

DAS LEBEN FÜHLTE sich wie fade Nahrung an, seit Xander Ela verlassen hatte. Er hatte kleine Happen davon zur Erhaltung genommen, war aber bald von seiner Trockenheit und Geschmacklosigkeit abgestoßen worden. Er wollte Feuer, aber nirgendwo sonst war welches zu finden.

Er hatte die vergangenen Monate damit verbracht, aus der Ferne zu beobachten, wie Ela in ihrer Rolle als Königin wuchs und ihr Land zu großen Dingen führte.

Die Videotreffen zwischen den Führern ihrer Länder waren unpersönliche Angelegenheiten, geschäftsmäßig und kurz. Er hatte kaum ein halbes Dutzend Worte mit Ela gewechselt, und die waren streng geschäftlich gewesen. Die Arbeit, die sie früher am Infrastrukturprojekt geleistet hatten, war abgeschlossen und an ihre Verwalter übergeben worden. Es gab keinen Grund mehr für sie, allein zusammen zu sein, obwohl Xander sich den Kopf zermarterte und versuchte, einen Grund herbeizuzaubern.

Nein, Ela brauchte ihn nicht mehr. Sie war weitergezogen. Aber war er das auch?

Widerstrebend erhob er sich aus dem Sessel und ging zum Fenster, um den immer dunkler werdenden Himmel zu betrachten, der von der hinter dem indigofarbenen Horizont versinkenden Sonne mit aprikosenfarbenen Streifen übersät war. Die Stadt, die vor ihm lag, und das Land, das sich bis zu den blau verhüllten Bergen erstreckte, waren nicht länger etwas, das es zu meiden galt, etwas, das Roshan ihm aufgezwungen hatte. Seit dem Massaker an seinen Eltern und seiner geliebten Selya hatte er diesen Ort gehasst. Aber Hass war die Kehrseite der Liebe, und es schien, als hätte sich sein Leben irgendwann in den letzten Monaten um 180 Grad gedreht und wäre wieder fest auf der Seite der Liebe gelandet. Und wer hatte diese Wende herbeigeführt? Jemand, der in sein Herz gegriffen, es gequetscht, ein wenig geschüttelt und so wieder zum Leben erweckt hatte.

Gedankenverloren rieb er sich die Brust, wo sein Herz mit einem Leben schlug, das mehr war als das physische Pumpen von Blut durch seinen Körper. Dieses neue Herz beeinflusste alles, was er tat – von seinen Interaktionen mit seinem Volk über seine Entscheidungen zu deren Wohl bis hin zu seiner Liebe zu seinem Bruder und dessen wachsender Familie. Aber dieses neue Herz spürte jetzt auch Schmerz. Besonders nachts, wenn er nichts hatte, um seinen Geist zu füllen, keine Geschäftigkeit, um seine Gedanken zu beschäftigen. Dann, wie jetzt, schlich sich die Abwesenheit der Frau, die er liebte und die ihn nicht mehr brauchte, in jede Ecke seines Wesens, stocherte in seiner neu gefundenen Sensibilität und fand sie roh und bedürftig.

Er schloss die Augen gegen die Meeresbrise, die mit dem Sonnenuntergang aufgefrischt hatte, und stellte sich ihre Stimme vor. Schon von Anfang an hatte er es genossen, ihr zuzuhören. Er lächelte in sich hinein, als er sich daran erinnerte, wie sehr sie ihn gereizt hatte. Aber jetzt wusste er, dass die Reizung daher rührte, dass sie schon damals den Ort getroffen hatte, den er so sorgsam geschützt hatte.

Er schloss die Augen noch fester, als er sich vorstellte, wie sie seinen Namen sagte, während sie in seinen Armen zum Höhepunkt kam. Es erregte ihn wie nichts anderes. Er wusste nicht, warum er sich selbst quälte. Aber er konnte nicht anders.

Dann hörte er wieder seinen Namen. Ihre leisen, atemlosen, verführerischen Töne klangen irgendwie realer. Er schüttelte den Kopf und klammerte sich an den Fensterrand, zwang sich, die Realität zu akzeptieren, die Stimme aus seinem Kopf zu verbannen. Aber sie kam wieder. Diesmal näher. Er riss die Augen auf und drehte sich um.

Ela stand in all ihrer herrischen Schönheit vor ihm, ihre Lippen noch geöffnet, nachdem sie seinen Namen ausgesprochen hatte. Er bewegte sich nicht. War er wirklich verrückt geworden? Hatte sein verzweifeltes Verlangen nach ihr auch ihr Bild heraufbeschworen?

„Xander." Sie lächelte. „Willst du nichts sagen? Nicht einmal fragen, wie ich deine Wachen dazu gebracht habe, mich einzulassen?"

Hätte sie nur seinen Namen gesagt, hätte er immer noch an seinem Verstand und ihrer Realität gezweifelt. Aber die Tatsache, dass sie sprach und näher auf ihn zukam, vertrieb die letzten Gedanken, dass er einen Traum lebte. Doch es gab nur einen Weg, sicher zu sein.

Er trat vor und ergriff ihre ausgestreckten Hände in seine eigenen und drückte sie fest. „Ela! Bist du es wirklich?"

„Natürlich bin ich es. Es sei denn, es gibt irgendwo eine Elaheh-Imitatorin mit ebenso großer Überzeugungskraft bei deinen Wachen."

Er führte ihre Hände an seine Lippen und küsste sie. Dann seufzte er und ließ seinen Blick über ihre lieblichen Züge wandern. „Ich habe gerade an dich gedacht."

Ihr Gesicht, das einen fast zögerlichen Ausdruck getragen hatte, hellte sich zu einem breiten Lächeln auf. „Wirklich? Hoffentlich nichts Schlechtes."

Er schüttelte den Kopf. „Nein, nichts Schlechtes. Ich stellte mir nur vor..." Er stockte, unwillig, ihr die genaue Richtung seiner Gedanken mitzuteilen.

„Du stelltest dir nur vor... was?"

Wenn er es ihr sagte und sie nur hier war, um irgendeine Staatsangelegenheit zu klären, die er vergessen hatte, würde er wie ein Narr dastehen. Er musste es wissen.

„Ela, warum bist du hier?"

Ihr Blick schwankte und sie leckte sich über die

Lippen, öffnete den Mund, schloss ihn wieder und sah dann mit einem festen Lächeln zu ihm auf, als ob sie sich selbst vorwärts zwingen würde. „Ich bin hier, weil du mir nie etwas gegeben hast, das ich wollte."

Er runzelte die Stirn. „Habe ich nicht?" Sein Verstand raste, überlegte, was er ihr möglicherweise vorenthalten hatte. Es gab nichts, woran er denken konnte. Er hatte ihr sogar sein Herz gegeben, auch wenn sie es nicht wusste.

„Nein."

„Und was war das?"

Ihm war nicht bewusst gewesen, dass es so verlockend sein konnte, eine Frau nervös schlucken zu sehen.

„Du hast nicht mit mir geschlafen."

Mit diesen Worten geriet seine Welt aus den Fugen und fand einen festeren Stand.

„Ah. Du nennst es also nicht mehr Sex."

„Nein. Vielleicht mit anderen Leuten-"

Eine Welle eifersüchtiger Wut durchfuhr seinen Körper. Es muss sich in seinem Gesichtsausdruck gezeigt haben, denn sie kam näher zu ihm, strich mit ihrer Hand über seine Brust, bevor sie wieder zu ihm aufblickte, ihre Lippen nahe an seinem Körper.

„Nicht, dass ich es mit anderen versucht hätte, denn ich bin nicht an Sex interessiert. Nur an Liebe machen. Nur mit dir", fügte sie leise hinzu.

Xander war nicht bewusst gewesen, dass er einen so festen Knoten in sich trug. Er musste sich daran gewöhnt haben und erkannte es erst jetzt, als er sich löste, als hätte Ela den Knoten einer kunstvollen seidenen Schleife gelöst, die zu Boden geglitten war und ihn zum ersten Mal seit einer Ewigkeit befreit hatte.

„Ist das so?", sagte er und legte seine Hände um ihre

Taille. „Und warum, Ela, hast du so lange gewartet, bevor du mich wieder fragst?"

Sie schmollte, und er konnte kaum widerstehen, seine Lippen sofort auf ihre vollen, sinnlichen Lippen zu pressen. Aber er wollte ihre Antwort hören.

„Ich habe dich einmal zuvor gefragt, und du hast abgelehnt."

„Und doch bist du wieder gekommen. Ich frage mich, warum. Ich frage mich, was sich geändert hat."

„Ich. Ich habe mich verändert."

Ihre Worte waren einfach, aber ihre Bedeutung war alles andere als das. Er musste es wissen. „Inwiefern?"

Sie war jetzt weniger sicher. Ihre Augenlider flackerten, als ihr Verstand raste und versuchte, ihre Gedanken in Worte zu fassen. „Du hast mich einmal gebeten, mich dir hinzugeben."

„Ja, aber-" Doch bevor er erklären konnte, hatte sie einen Finger auf seine Lippen gelegt.

„Ich weiß, du hast es nicht abwertend gemeint. Aber du hast recht. Mein Stolz stand mir im Weg, und plötzlich verstand ich, was du meintest. Ich musste all die dummen Dinge loslassen, die mich davon abhielten, mit offenem Herzen zu dir zu kommen." Sie sah ihm mit einem stetigen Blick in die Augen. „Ich musste meinen Stolz aufgeben, weil er letztendlich das Einzige war, was zwischen mir und dir stand." Sie hob ihre andere Hand und drückte sie gegen seine Brust, spreizte ihre Finger. Er konnte ihre Wärme spüren. „Und ich will dich, Xander."

Es kostete ihn seine ganze Selbstbeherrschung, sie nicht in seine Arme zu nehmen, zum Bett zu tragen und sehr, sehr gründlich mit ihr zu schlafen. Stattdessen zog er sich ein wenig zurück und blickte auf sie herab. „Dann beweise es", sagte er mit einem kaum unterdrückten Knurren.

Nun war es an ihr, die Stirn zu runzeln. „Wie? Sag mir wie, und ich werde es tun."

„Ich habe deinen Worten zugehört, jetzt muss ich fühlen, was dein Körper mir sagt. Erst dann werde ich dir wirklich glauben."

Das Stirnrunzeln verwandelte sich kurz in ein Lächeln, bevor sie sich auf die Zehenspitzen stellte und diese wunderschönen Lippen auf seine presste. Sie entfernte sich viel zu schnell wieder.

Er ballte seine Hände zu Fäusten, um sich davon abzuhalten zu reagieren. Er wollte sie packen, aufs Bett werfen, ihre Unterwäsche herunterreißen und tief in sie eindringen. Aber ein so aggressiver Ansatz wäre bei Elaheh völlig falsch. Er musste sich Zeit lassen. Vielleicht würde sich ihr Liebesspiel später entwickeln, aber jetzt musste sie die Führung übernehmen.

„Du bist dran, Ela", sagte er mit einem sanften Flüstern.

Elaheh spürte, wie Xanders Worte ihr Kraft gaben, die durch ihren Körper floss und jeden Teil mit Verlangen und Selbstvertrauen erleuchtete. Sie trat zurück, amüsiert über die leichten Spuren der Unsicherheit in Xanders Augen. Er wusste nicht, was sie vorhatte. Gut. Es machte sie noch sicherer, dass sie ihren Instinkten vertrauen konnte, genauso wie sie ihrem Verstand vertrauen konnte.

Sie streifte ihre Abaya ab und warf sie auf den Boden. Sie hatte nur ein vages Gefühl des Unbehagens. Normalerweise achtete sie darauf, dass sie gefaltet und einer Bediensteten zum Wegräumen oder Waschen übergeben wurde. Nie blieb etwas als zerknitterter Haufen auf dem Boden liegen. Sie empfand es als befreiend, diese Schwelle zu überschreiten.

Mit neuer Entschlossenheit entledigte sie sich auf die gleiche Weise des kurzen Seidenkleides, das sie unter ihren Gewändern trug.

Xander ging und schaltete das Licht aus. Alles, was blieb, waren die Streifen des Mondlichts auf dem Boden, die zum Bett führten. Nicht genug für sie. Sie wollte sehen, sie wollte alles erleben.

„Nein, lass das Licht an. Ich will dich sehen. Und ich will, dass du mich siehst."

Er grinste. „Sicher." Er schaltete das Licht wieder ein. „Nun", er deutete auf sie. „Bitte, mach weiter."

Sie war froh, dass sie in weiser Voraussicht einen BH getragen hatte, der sich vorne öffnen ließ. Mit einer Drehung ihrer Finger war sie ihn los und warf ihn über ihre übrige Kleidung. Es war nicht nötig, ihre Kleider allzu weit zu verteilen. Dann stieg sie aus ihrem Slip und warf ihn zur Seite. Sie hatte keine Ahnung, ob sie in seinen Augen gut aussah. Sie hatte von anderen Frauen gehört, die sich für ihre Männer im Intimbereich rasierten, ihre Brustwarzen röteten oder ihren Intimbereich mit Schmuck schmückten. Sie hatte nichts davon getan. Es gab nur sie, und sie hoffte, dass das ausreichen würde.

Es schien, seiner Reaktion nach zu urteilen, dass es das war. „Ähm, Perfektion", sagte er, als er auf sie zukam, ihre Wangen umfasste und sie gründlich küsste.

Sie hatte nicht erwartet, wie erotisch es sein würde, nackt und verletzlich vor dem Mann zu stehen, den sie mehr als jeden anderen auf der Welt liebte und begehrte, und sich gleichzeitig so mächtig zu fühlen.

Sie sank wieder auf ihre Fersen zurück. Es gab nur noch eine Sache, die ihrer Meinung nach erotischer sein könnte, und das war, Xander ohne Kleidung zu sehen und ihren nackten Körper an seinen zu pressen, jeden Zentimeter seines Körpers nicht durch ihren Blick, sondern durch das Gefühl auf ihrer Haut zu spüren und zu kennen.

Ihre Finger fummelten, als sie versuchte, erst einen Knopf seines Hemdes zu öffnen und dann einen weiteren. Währenddessen lagen seine Hände fest auf ihrem Hintern und zogen ihre Hüften an sich, sodass ihr Bauch seine Erektion liebkoste und ihre Bewegungen noch unbeholfener machten. Schließlich riss sie an seinen Kleidern, und die Knöpfe seines Hemdes hüpften über den gefliesten Boden. Dann konnte sie nicht länger warten und presste ihre Lippen auf seine Brust und dann seinen Bauch, während ihre Finger sich damit beschäftigten, seine Hose zu öffnen und seine Erektion in ihre wartenden Hände zu befreien.

Sie wusste genau, was sie zuerst tun wollte. Mit seinem harten Fleisch zwischen ihren Händen blickte sie in seine Augen, damit er ihre Reaktion sehen konnte, stellte sich auf die Zehenspitzen und streckte sich so weit wie möglich, um sich selbst das Vergnügen zu bereiten, nach dem sie sich sehnte. Dann rieb sie sich an ihm. Sie keuchte bei der ersten Berührung, legte den Kopf mit einem Seufzer zurück, als sie seine feuchte Spitze um ihre empfindlichste Stelle bewegte, und spürte dann, wie das Verlangen ihre Kraft entzog, als sie sich in seine Hände entspannte.

Mit einer schnellen Bewegung hob er sie in seine Arme und sie schlang ihre Beine um seine Taille, küsste ihn mit einer Leidenschaft, von der sie nicht wusste, dass sie in ihr existierte. Sie wollte jetzt alles, was er ihr geben konnte.

Er setzte sich aufs Bett, während sie sich auf die Knie erhob, um ihm besseren Zugang zu ihren Brüsten zu gewähren, die er – erst die eine, dann die andere – in seinen Mund nahm und an ihnen saugte. Er schickte ihre harte und bedürftige Brustwarze tiefer in seinen Mund und zog an einer unsichtbaren Schnur tief in ihrem Inneren.

Gleichzeitig erkundete er ihr Geschlecht mit seinen Fingern. Sie war feuchter als je zuvor und wollte ihn jetzt. Sie wollte nicht einen Moment länger warten, bis er in ihr war.

Sie versuchte, ihn aufs Bett zu drücken, aber er rührte sich nicht. Es schien, als hätte ihr Wille seinen Meister gefunden.

Er blickte von ihren Brüsten auf, grinste und drehte sie schnell herum, bis sie flach auf dem Rücken auf dem Bett lag. Er versuchte, nach einem Kondom zu greifen, aber sie hielt ihn auf. „Nicht nötig", keuchte sie und packte ihn erneut, um sicherzugehen, dass er nirgendwo hinging. Wenn er irgendwelche Gedanken ans Aufhören gehabt hatte, waren sie verschwunden, als sie ihn berührte.

Sich auf seine Augen konzentrierend, seinen Blick haltend, öffnete sie ihre Beine weit. Für einen Moment fühlte sie sich exponiert, unwohl, zu weit von ihrer Komfortzone absoluter Schicklichkeit entfernt. Aber sie vergaß alle ihre Sorgen, als sie sah, wie erregt er war.

Er hob ihre Beine und küsste ihr Geschlecht. Die Berührung ließ sie vor Erwartung zittern. Sie fuhr mit ihren Fingern durch sein Haar und griff danach, als er sie kostete. Es dauerte nur Sekunden, bis die Empfindungen zu einem mächtigen Orgasmus eskalierten, der sie erschütterte und ihren Körper taumeln ließ.

Aber sie hatte keine Zeit, in den Gefühlen zu schwelgen, als Xander sich positionierte und mit einer schnellen, glatten Bewegung in sie eindrang. Für einen Moment war sie schockiert, wie tief er in sie eingedrungen war. Und sie verkrampfte sich.

Er bewegte sich nicht, hielt sich einfach dort, während er ihre Ängste umging, indem er mit ihrer Brustwarze mit seiner Zunge spielte, bevor er sie so tief und intensiv küsste, wie er in ihr war.

Sie entspannte sich unter seinen Liebkosungen, und er spürte es und glitt erst dann aus ihr heraus, wobei die Empfindungen, als sich seine Haut an ihrer bewegte, Wellen der Lust durch ihren Körper bis in die Zehenspitzen sandten.

„Oh", hauchte sie überrascht. Sie umklammerte seinen Hintern, besorgt, er würde herauskommen, aber dann stieß er zurück, immer noch sanft, und jeder andere Gedanke oder jede Sorge wurde von der Explosion der Empfindungen weggefegt, die sie erfüllte.

Hin und her ging er, zog sich zurück und stieß dann wieder hinein. Jedes Mal steigerten sich ihre Sinne um eine Stufe. Sie fühlte sich, als würde sie an den Rand eines tiefen, süßen Wasserbeckens gedrängt, nach Jahren der Dürre. Alles, was sie wollte, war, hineinzufallen und in Lust zu ertrinken. Aber Xander hatte es nicht eilig und war entschlossen, sicherzustellen, dass der Weg zur Hingabe ebenso lustvoll war. Ela mochte den Liebesakt initiiert haben, aber Xander stellte sicher, dass er sich jeder Nuance oder Andeutung von Elas Gefühlen bewusst blieb, sodass Lust ihre einzige Antwort war.

Erst dann, als er keine Zweifel mehr hatte, ließ er seine Selbstkontrolle genug los, um die Sanftheit durch eine selbstbewusstere Leidenschaft zu ersetzen, die Ela voll und ganz zu schätzen wusste.

Sie kamen beide zur gleichen Zeit, Ela klammerte sich an seine Schultern, während er mit seinen Hüften pumpte – kurze, scharfe Bewegungen –, alles, was er hatte, in sie hinein. In diesem Moment wusste sie, dass sie ohne dies nicht leben konnte. Und dass sie alles – wirklich alles – tun würde, um ihn zu ihrem zu machen.

Er rollte sich auf die Seite und zog sie fest an sich, umarmte sie und küsste sie. Dann fielen sie beide in einen Halbschlaf oder eine Benommenheit – sie hätte es nicht beschreiben können. Sie wusste nicht, wie lange es dauerte. Aber als sie zu sich kam, hielt er sie immer noch, und ihre Beine waren klebrig von seinem Samen. Zaghaft berührte sie ihn, und er stöhnte und ersetzte ihren Finger durch seinen eigenen. Sie rollte sich auf den Rücken, hilflos unter dem Ansturm seiner geschickten Berührung.

Der Abend wurde zur Nacht – eine Nacht des Liebemachens und kurzen Schlafs – und die Nacht wurde wieder zum Tag. Es war dasselbe, sinnierte Elaheh, als sie lag, ihre Beine verflochten, ihr Geist und Körper völlig entspannt – als eins und doch völlig anders.

Sie schwang ihre Beine auf den Boden und ging ins Bad. Als sie aus der Dusche kam, war sie angezogen.

Xander drehte sich schläfrig zu ihr um. Es sah nicht so aus, als hätte er sich bewegt.

„Du bist früh auf", sagte er und setzte sich auf.

„Und ich habe Kaffee bestellt." Sie stellte eine Tasse neben das Bett.

„Hm", sagte er und nahm einen Schluck der heißen, starken Flüssigkeit. „Ich nehme an, du ziehst weiter", sagte er mit einem schiefen Grinsen.

Sie schoss ihm ein antwortendes Grinsen zu. „Du kennst mich so gut."

„Sicherlich besser als gestern um diese Zeit."

Das wusste sie nur zu gut. Der köstliche Schmerz zwischen ihren Beinen sagte es ihr. Sie nickte. „Und", sagte sie langsam, „magst du das, was du kennst?"

Er streckte die Hand aus und nahm ihre Hand, küsste sie. „Ich denke, du weißt, dass ich es tue."

Sie nickte wieder. „Ich wollte nur sicher sein, bevor ich zum nächsten Schritt übergehe."

Sein Grinsen verschwand und wurde durch ein Stirnrunzeln ersetzt. Er stellte den Kaffee ab, stand auf und zog seinen Morgenmantel an. Mit verschränkten Armen sah er sie an. „Der nächste Schritt, Ela?"

„Ja, der nächste Schritt, Xander. Es wird Zeit, dass wir zur Sache kommen."

KAPITEL 12

„Was?", fragte Xander ungläubig. „Ela! Wovon redest du?"

„Geschäfte, Xander. Es ist Zeit, zu den Geschäften überzugehen."

Hatte er wirklich jemals geglaubt, Ela könnte sich ändern? Xander schüttelte ungläubig den Kopf. Er hatte gerade den besten Sex seines Lebens gehabt, und alles, was Ela tun konnte, war zu sagen, es sei Zeit, zur Sache zu kommen.

„Du bist wirklich unglaublich!"

Sie runzelte die Stirn. „Es klingt nicht so, als ob du das positiv meinst."

„In diesem Fall hast du Recht, ich meine es nicht so. Sag mir, warum zum Teufel bist du überhaupt hergekommen? Denn es klingt nicht so, als ob du gekommen wärst, um zu lieben."

„Ich bin hergekommen", sagte sie, als ob sie eine Lehrerin wäre, die ihren Schulkindern eine offensichtliche Tatsache erklärt, „um dir zu zeigen, dass wir nicht inkompatibel sind. Im Bett oder außerhalb", fügte sie nachträglich hinzu.

Xander konnte seinen Ohren kaum trauen. „Nicht inkompatibel?", wiederholte er.

„Genau. Und ich denke, du musst zu dem Schluss kommen, dass wir es nicht sind."

Er schüttelte den Kopf. Hörte er diese Dinge wirklich? Aber dann, natürlich, das war Ela. „Nicht was? Ich glaube, ich habe den Faden verloren."

Sie räusperte sich und wirkte mit jedem Moment unbehaglicher.

„Nicht inkompatibel", kam das Flüstern. „Vielleicht erkläre ich mich nicht sehr gut."

Er schnaubte. „Meinst du? Warum sagst du nicht einfach gerade heraus, was du denkst?"

Sie hob ihre Hand. „Okay. Was ich sagen möchte, ist, dass ich denke, wir sollten heiraten."

Er riss die Augen weit auf, und er vermutete, sein Mund hatte es ihm gleichgetan.

„Ela! Du hörst nie auf, mich zu überraschen. In einem Moment sprichst du – auf eine sehr lauwarme Art und Weise, muss ich sagen – darüber, wie kompatibel wir sind, und im nächsten sagst du, wir sollten heiraten. Wie bist du von einem zum anderen gekommen?"

„Logik."

„Logik?"

Sie sah jetzt regelrecht nervös aus, als ob sie wollte, dass er sie aus dem Schlamassel rettete, den sie aus dem Gespräch gemacht hatte. Nun, er war zu aufgebracht, um ihr eine helfende Hand zurück in die Vernunft seiner Welt zu reichen.

„Ja, Logik. Xander. Wir sind keine Feinde mehr. Würdest du dem zustimmen?"

Er nickte. „Ja", sagte er langsam.

„Gut. Darin sind wir uns zumindest einig. Du gehst mir nicht einmal mehr auf die Nerven", sagte sie mit einem entwaffnenden Grinsen.

„Und du gehst mir auch nicht mehr auf die Nerven."

Ihr Grinsen verschwand und ihr Gesicht wurde kurzzeitig frostig. Er lächelte und sie wurde noch frostiger.

„Ich sehe nicht, wie ich dir auf die Nerven gehen könnte", sagte sie.

„Du hast das Thema angesprochen."

Die Frostigkeit schmolz und sie nickte. „Ich schätze, das habe ich. Ja, wir können jetzt miteinander reden, ohne uns umbringen zu wollen. Ich denke, das ist eine so gute Grundlage für eine Ehe wie alles andere."

Wenn es nicht für ihr naives Lächeln gewesen wäre, hätte er einen Krug Wasser über sie geschüttet.

„Und du denkst, dass nicht den Wunsch zu haben, einander umzubringen, ein guter Grund zum Heiraten ist?"

Sie zuckte mit den Schultern. „Natürlich, warum nicht?" Sie öffnete ihre Hände in einer ausladenden Geste. „Schließlich werden unsere Länder zusammen stärker sein als getrennt. Das Infrastrukturprojekt wird keine der Fallstricke und Probleme haben, wenn wir vereint sind."

Er verengte seine Augen. „Wir werden immer noch zwei separate Länder sein."

„Ja, aber wir sind im Wesentlichen das gleiche Volk. Nur in meinem Land sind wir noch mit unserer Kultur verbunden."

Sein Gesicht verdunkelte sich ein wenig. „Soll das heißen, wir sind es nicht?"

Sie zuckte mit den Schultern. „Nicht genau." Sie seufzte. „Ich meine einfach, dass euer…" Sie zögerte, während sie sorgfältig das richtige Wort auswählte. Xander konnte nicht umhin, sich zu fragen, welche Worte sie verwarf. „Euer Fokus auf der Wirtschaft lag. Durch eine Heirat würden wir unsere Länder vereinen – nicht formell – aber praktisch zum Besten beider Welten. Beide Länder hätten alle Vorteile, die ein verstärkter Handel bringen würde. Aber das traditionelle Leben eures Volkes und meines würde weitergehen. Wenn wir als Einheit auftreten, können wir sicherstellen, dass dies geschieht."

Seine Arme waren immer noch verschränkt. Er spürte, dass sein Stirnrunzeln nicht aufhören wollte, sich zu verfestigen. „Das war ganz schön eine Rede."

„Xander, siehst du es nicht? Du bist Single, ich bin Single, wir… mögen einander, und ich habe es genossen, mit dir zu schlafen. Also…"

„Also denkst du, wir sollten auf der Grundlage dieser Dinge heiraten."

„Ja, genau. Du würdest natürlich König von Sharq Havilah bleiben, und ich würde-"

„Natürlich-", warf er ein.

Sie nickte zustimmend. „Natürlich Königin von Tawazun bleiben. Wir würden die Hälfte der Zeit in jedem Land verbringen, aber in dieser Zeit gibt es nichts, was uns daran hindert, weiterhin außerhalb unserer Länder zu arbeiten."

Er stemmte die Hände in die Hüften. „Du scheinst alles durchdacht zu haben."

Die Nervosität verschwand und sie lächelte. „Ja, ich habe darüber nachgedacht."

„Ausgezeichnet", sagte er zwischen zusammengebissenen Zähnen. „Klingt, als wärst du mit einer Agenda hier angekommen. Du hast zumindest einen Punkt davon abgehakt. Sex. Entschuldigung, Liebe machen. Gibt es noch Aktionspunkte, die ich wissen muss?"

Sie leckte sich über die Lippen. „Nur..."

„Nur?"

„Nur wann unser nächstes Treffen sein wird."

„Unser nächstes Treffen. Unsere Hochzeit vielleicht?"

Ihr Gesicht hellte sich auf. „Ja, das könnte sein."

Sein Gesicht verfinsterte sich. „Nein, das kann nicht sein", knurrte er.

„Aber Xander! Denk doch mal darüber nach. Es ergibt alles einen Sinn."

„Für mich nicht. Du denkst über die Ehe so, wie du früher über Sex gedacht hast. Einfach, unkomplizierter Geschlechtsverkehr. Das glaubst du doch nicht mehr, oder?"

„Nein, natürlich nicht. Du hast mir gezeigt, dass es viel mehr ist."

Er machte einen Schritt auf sie zu. „Dann nutze deinen scharfen, logischen Verstand, Ela, und erkläre mir, was es so viel mehr macht."

Sie öffnete ihren Mund und schloss ihn dann wieder. Dann holte sie tief Luft und hob trotzig ihr Kinn. „Es sind natürlich unsere Gefühle. Wenn du es wissen musst, Xander, dann sage ich es dir. Ich liebe dich. So, jetzt habe ich es gesagt. Ich habe es vorher nicht erwähnt, weil ich dachte, es könnte für dich inakzeptabel sein."

Jetzt war er es, der schwieg. Dieses eine Wort konnte

ihn immer zum Schweigen bringen. Liebe. Er hatte nicht eine Sekunde lang gedacht, dass sie sagen würde, sie liebe ihn, weil er nicht glaubte, dass sie es tat. Aber er zweifelte nicht an ihr, denn eines war sicher bei Ela: Sie log selten und sagte immer, was sie wirklich glaubte, auch wenn es manchmal kalt und bizarr klang.

„Du liebst mich", brachte er flüsternd hervor, als hätte ihre Erklärung ihm den Atem geraubt.

„Ja", sagte sie, ihre Stirn gerunzelt, als würde sie gleich weinen.

Bilder von all den Menschen, die er geliebt und verloren hatte, blitzten durch seinen Kopf. Besonders seine Eltern und Selya. Sie zu verlieren hatte sein Leben verändert. Es hatte sein Herz herausgerissen, und Ela hatte es ersetzt. Er war plötzlich so voller Emotionen, dass er nichts anderes tun konnte, als den Kopf zu schütteln.

Sie trat einen Schritt zurück. „Es tut mir leid, ich hätte nichts sagen sollen. Es ist nur so, dass du mich langsam, Stück für Stück, geheilt hast, mich erkennen lassen hast, dass ich einem Mann vertrauen kann und dass ich nicht wie meine Mutter bin und es auch nie sein werde. Genauso wie du anders bist als jeder Mann, den ich je zuvor gekannt habe. Ich vertraue dir, Xander."

„Wie sehr?"

Sie runzelte die Stirn. „Wie sehr ich dir vertraue?"

Er nickte.

„Vollkommen."

„Gut." Er ging auf sie zu, legte seine Hände fest um ihre Taille, hob sie hoch und warf sie sich über die Schulter. Sie kreischte und machte ein ‚Uff'-Geräusch, als hätte es ihr den Atem verschlagen. Zumindest würde das Reden aufhören.

Er trug sie zum Bett und ließ sie auf die seidenen Laken fallen, die bereits in Unordnung waren.

Sie kämpfte darum, sich aufzusetzen. Er schüttelte den Kopf und hob ihre Roben. „Du hattest also keine Zeit, dich vollständig anzuziehen."

„Nein, ich-" Sie kreischte wieder, als seine Finger ihre Scham berührten, und sie fiel aus eigenem Antrieb zurück aufs Bett. „Ich... hatte es eilig."

Er ließ nicht von seiner Erkundung ab und verweilte dort, wo er wusste, dass es Wirkung zeigen würde. „Eile ist nie eine gute Sache, Ela."

„Nein." Sie sog die Luft zwischen den Zähnen ein, kniff die Augen zusammen und umklammerte die Bettwäsche. „Nein, du hast Recht. Das ist es nicht."

Sie zitterte jetzt und war feuchter, als er sie je gemacht hatte. „Du sagtest, du vertraust mir?"

Sie schluckte und nickte.

„Gut." Er beugte sich hinunter und küsste sie, bevor er sie auf den Bauch rollte. Sie ließ es willig geschehen. Er hatte das Gefühl, er könnte in diesem Moment alles mit ihr machen, und sie würde es genießen.

Er spielte einen Moment lang mit ihren Brüsten, bevor er ihre Hüften in Position brachte und dann von hinten in sie eindrang. Sie rief seinen Namen in einem atemlosen Schwall, genau wie er es so oft geträumt hatte. Es schien, als könne ein Traum der Realität nicht das Wasser reichen.

Sie war alles, was er brauchte, alles, was die Vergangenheit auslöschte und ihn nur von der Gegenwart aus weitergehen lassen wollte, weil er wusste, dass die Zukunft doppelt so gut sein würde.

Sie schrie nicht einmal, sondern zweimal im Orgasmus auf, während er wiederholt in sie stieß, bevor er seinen Samen tief in sie pulsierte und sie zu seiner Eigenen machte. Sie mochte an seiner Reaktion zweifeln, aber er hätte niemals ungeschützten Sex mit jemandem gehabt, den er nicht heiraten würde. Er würde es ihr zu gegebener Zeit sagen. Keine Eile, sagte er sich.

Elaheh lag auf dem Rücken und wartete darauf, dass sich ihr Herz beruhigte und ihr Atem sich genug gelegt hatte, um zu sprechen. Sie drückte ihre Handfläche gegen ihre pochende Brust und fragte sich erneut, wie es möglich war, dass Xander solch exquisite Lust in ihrem Körper erzeugen konnte. Sie hatte keine Ahnung, sie wollte nur sicherstellen, dass er niemals damit aufhörte.

Sie drehte ihren Kopf, um ihn anzusehen. Sie öffnete den Mund, um zu sprechen, aber sein Gesicht raubte ihr den Atem. Er war so gutaussehend, so stark. Sie fuhr seine Wangenknochen nach, die im Licht, das durch das offene Fenster strömte, hervorgehoben wurden, und dann fuhr sie langsam mit ihren Fingern durch sein Haar, rollte sich auf ihn und küsste ihn. Schließlich löste sie sich von dem Kuss, auch wenn ihre Hüften sich leicht gegen seine bewegten.

„Wir müssen reden, Xander", sagte sie.

Er brummte, ein sehr erotisches Brummen, das sie sich fragen ließ, ob Reden nicht überbewertet war. „Wir werden nicht viel reden, wenn du weiterhin so auf mir liegst."

So sehr sie ihn auch begehrte, sie wünschte sich noch mehr, ihre Zukunft mit ihm zu sichern. Also rollte sie von ihm herunter und erhob sich vom Bett. Sie richtete ihr Kleid und stellte sich ans Fußende des Bettes, um auf ihn hinabzusehen. Er war wirklich in jeder Hinsicht großartig. Jetzt musste sie nur noch sicherstellen, dass er ihr gehörte.

„Ich würde gerne-"

„Nein, Ela. Diesmal bekommst du nicht deinen Willen."

Plötzlich sprang er aus dem Bett und ging in den angrenzenden Ankleideraum.

Sie stand sprachlos und entsetzt da. „Xander!" Sie stolperte ihm nach, erfüllt von einer verzweifelten Angst, dass sie zu weit gegangen war und ihn verschreckt hatte. Sie stand an der Tür und klammerte sich mit aller Kraft daran fest, um sich davon abzuhalten, sich auf ihn zu stürzen und ihn anzuflehen zu bleiben. Er hatte ihr den Rücken zugewandt und wühlte in seinem Schreibtisch, wobei er Dinge beiseite warf.

„Xander!", wiederholte sie. „Es tut mir leid!"

Er runzelte kurz die Stirn, bevor er weitersuchte.

„Xander!" Sie hatte keine Ahnung, wonach er suchte, aber was auch immer es war, es war offensichtlich wichtiger als sie. Panik erfüllte sie. Was, wenn sie zu weit gegangen war? Was, wenn er nicht mochte, was er sah, wenn sie ihr wahres Ich zeigte? Was, wenn... Sie konnte es sich nicht vorstellen. Denn wenn er sie jetzt verließe, wüsste sie nicht, was sie ohne ihn tun sollte. Tränen stiegen in ihre Augen, schwankten an der Oberfläche und rollten dann in dicken Tropfen ihre Wange hinunter. „Xander", krächzte sie, ihre Stimme voller Emotionen, und lehnte sich schwer gegen die Wand.

Er drehte sich um. „Ela! Was zum Teufel?" Er kam zu

ihr und hob ihr Kinn zu seinem. Er war durch ihre Tränen verzerrt, alles war es, ihre ganze Welt würde ohne ihn zerbrechen.

„Bitte, Xander, ich brauche dich, ich will dich, bitte sag mir nicht, dass ich gehen soll."

Er zog sie fest an seinen Körper, umschlang sie mit seinen Armen und küsste ihr Gesicht. „Ela, was zum Teufel hat dich auf die Idee gebracht, ich wollte, dass du gehst?"

Sie zog sich zurück, ihre Haare zerzaust, die Tränen verzerrten immer noch ihre Sicht. „Weil du gesagt hast, ich würde meinen Willen nicht bekommen. Und was ich wollte, war, dass du mich heiratest. Wenn du das nicht willst, dann haben wir keine Zukunft. Und" - ein weiterer Tränenschwall ließ sie schluchzen - „und ich glaube nicht, dass ich das ertragen könnte."

„Zum Glück", sagte er.

Sie schüttelte verwirrt den Kopf, als er sich von ihr löste und plötzlich vor ihr auf die Knie fiel.

„Was machst du da?"

„Elaheh, was ich tue, ist, auf die Knie zu gehen, um dich zu bitten, mich zu heiraten."

Sie lachte erstickt durch ihre Tränen, als sie plötzlich sah, was ihr verschleierter Blick zuvor nicht erkannt hatte. Er hielt in seinen Händen eine kleine Samtschachtel, die er aufklappte und den größten Diamantring offenbarte, den sie je in ihrem Leben gesehen hatte – und sie hatte viele gesehen.

Immer noch lachend, berührte sie den Diamanten und schaute in seine Augen, die plötzlich unsicher wirkten.

„Warum lachst du?", fragte er. „Glaubst du nicht, dass ich es ernst meine?"

„Ich lache", sagte Ela, „weil ich so erleichtert bin. Ich dachte, du würdest mir sagen, ich solle gehen."

„Nach allem, was wir heute hier getan haben? Nach allem, was wir in den letzten Monaten durchgemacht haben?"

Sie nickte, jetzt war alles Lachen verschwunden. „Was wir durchgemacht haben, hat mich verändert. Aber nicht alles an mir. Du hast mir geholfen, meine Ängste vor Männern loszuwerden, und du hast geholfen, die Barriere des Stolzes abzubauen, die ich vor mich und alle anderen gestellt habe. Diese Dinge habe ich aufgegeben, aber einige Dinge kann ich nicht ändern und werde sie niemandem aufgeben, nicht einmal dir."

„Und diese Dinge sind?"

„Ich. All die Aspekte von mir, die mich ausmachen. Ich kann mich nicht ändern, Xander. Und ich werde mich nicht ändern. Ich bin, wer ich bin. Die Lektionen, die ich aus dem Leben und Tod meiner Mutter gelernt habe, bleiben bei mir. Ich muss ich selbst sein und für mich selbst einstehen – immer. Diese Dinge werde ich nie aufgeben."

„Und das, meine Liebe, würde ich auch gar nicht wollen."

„Ich werde immer rechthaberisch, streitsüchtig, vielleicht sogar manchmal nervig sein..." Sie verstummte. „Du hast ‚Liebe' gesagt."

„Das habe ich. Ich habe dich ‚meine Liebe' genannt, weil du genau das bist." Sein Blick wanderte über ihr Gesicht. „Meine einzige Liebe, die eine Person auf dieser Welt, mit der ich mein Leben verbringen möchte, Seite an Seite, Land neben Land." Er fuhr mit seinen Fingern durch ihr Haar und umfasste ihr Gesicht. „Ich habe nicht

den Wunsch, dass sich jemand mir unterordnet, am aller-
wenigsten jemand so Besonderes, so Schönes, so Wunder-
bares wie du."

„Wunderbar? Wirklich? Aber ich kann manchmal
stachelig sein, und manchmal rede ich zu viel."

„Ich würde dich nicht anders haben wollen. Und ich
habe zweifellos auch Eigenschaften, die dich nerven
könnten."

„Ein paar." Sie grinste. „Das klingt nicht nach einem
Rezept für eine ruhige Ehe."

„Gut", sagte er und küsste sie wieder. „Denn eine
ruhige Ehe ist das Letzte, was ich will. Du wirst mich
interessiert halten wie niemand zuvor. Und unser Zusam-
menkommen wird dadurch immer explosiver und leiden-
schaftlicher sein. Ohne dich mag ich Stille haben, aber ich
werde keinen Frieden finden, weil ich mich nach dir
sehnen, dich wollen, von dir träumen werde. Ela, ich kann
ohne dich nicht leben und ohne dich nicht lieben. Es ist so
einfach und so kompliziert. Bitte, willst du mich
heiraten?"

Alles, was sie tun konnte, war zu nicken, weil die
Tränen wieder hochkamen. Aber das Nicken schien
ausreichend zu sein, denn er schob den Ring auf ihren
Finger und nahm ihr dann die Worte aus dem Mund mit
einem weiteren Kuss.

EPILOG

ie Luft war warm und schwül, und das einzige Geräusch war das Rascheln der Blätter, die über der Mauer wuchsen und die Meeresbrise einfingen, und das Surren eines Deckenventilators, der sie auf der Terrasse darunter kühlte. Normalerweise spürte sie die Hitze nicht, aber normalerweise war sie auch nicht schwanger.

Elaheh atmete tief die nach Jasmin duftende Luft ein. In der ersten Nacht musste sie schwanger geworden sein. Es konnte das erste, zweite oder dritte Mal gewesen sein - alles geschah in dieser ersten Nacht. Sie war überhaupt nicht überrascht. Sie und Xander passten einfach zusammen - sie dominierten oder verschlangen sich nicht, sondern fügten sich wie Puzzleteile zu einem Ganzen, das viel besser, viel stärker war als das einzelne Teil, das sie ohne ihn war. Vollkommen.

Sie seufzte, konzentrierte sich wieder auf das Schachspiel vor ihr und schob ihre Dame über das Brett. Dann zögerte sie und lehnte sich zurück, um erneut nachzudenken, den Finger noch immer auf der Dame.

„Du kannst immer noch aufgeben", sagte Xander.

Sie warf ihm einen finsteren Blick zu. „Ich gebe niemals auf."

Xander grinste, ein sehr anzügliches Grinsen. „Manchmal schon."

Sie hob ihr Kinn in einer hochmütigen Bewegung. „Nur wenn ich davon profitiere."

„Du wirst jetzt davon profitieren." Er blickte auf seine Uhr. „Du wirst Zeit haben, dich auf Ashleys Besuch vorzubereiten."

Elaheh schaute nicht vom Brett auf. Obwohl sie jetzt mit Sicherheit wusste, dass Xander und Ashley nur freundschaftliche Gefühle füreinander hegten, zog sie es vor, wenn die schöne englische Wissenschaftlerin nicht zu oft mit Xander zusammen war. Besonders jetzt, wo sie sich so groß und ungelenk fühlte. Elaheh räusperte sich und tat so, als würde sie mit erneuter Konzentration auf die Schachfiguren blicken.

„Nicht wahr, Ela?", sagte Xander langsam.

Er wusste es. Sie konnte es an seinem Tonfall erkennen. Sie schaute auf und er schüttelte den Kopf.

„Es gab keinen Grund, sie wegzuschicken, weißt du", fuhr er fort.

„Ich dachte nur, unser geheimnisvoller Nachbar könnte von ihrer Expertise profitieren."

„Da bin ich mir sicher. Ashley kennt sich aus."

„Und sie war begeistert."

„Das überrascht mich nicht. Nur wenigen Menschen wird die Einreise in sein Land gestattet, um dessen architektonische Schätze zu besichtigen, seit die Grenzen nach dem letzten Krieg geschlossen wurden. Und Scheich Zyir ist bekanntermaßen schwierig. Es ist ein Wunder, dass du ihn überreden konntest, ihr die Einreise zu erlauben."

Sie blinzelte leicht und versuchte, sehr ineffektiv, ihre Reaktion zu verbergen.

„Ela, was hast du getan?"

„Ach, nun ja, ich könnte vielleicht durchsickern lassen haben, was ihre andere Expertise ist."

Xander erstarrte. „Das hast du nicht getan!"

Ela sah ihn kurz hinter gesenkten Wimpern an. „Na ja, es ist schließlich ihr anderes Spezialgebiet."

„Sie ist feministische Historikerin mit Interesse an mittelöstlicher Architektur –"

„Besonders im Hinblick auf die Unterbringung von Frauen", beendete Elaheh den Satz.

„Mir gefällt, wie du das eine Wort weglässt, das zweifellos Scheich Zyirs Interesse geweckt hat."

„Harem?"

„Genau, Harem. Ashleys Interesse ist rein akademisch, rein feministisch. Und Zyirs Interesse ist rein praktisch. Es wird gemunkelt, dass er besonders die alten Bräuche schätzt, vor allem wenn es darum geht, einen Harem von Frauen zu halten."

Elaheh winkte ab. „Ich bezweifle, dass das stimmt." Sie hoffte wirklich, dass es nicht stimmte. Sie begann sich jetzt schuldig zu fühlen. Aber sie hatte Ashley ein paar Mal getroffen und sie war eine sehr unabhängige, starke Frau, die, da war sich Elaheh sicher, problemlos mit einem machohaften Scheich umgehen konnte, egal wie wild sein Ruf war. „Jedenfalls hab ich ihr gesagt, sie soll sich bei mir melden, wenn sie etwas braucht."

„Bei dir melden, nicht bei mir."

„Ja."

„Warum?"

„Weil..." Sie zuckte mit den Schultern. „Ich befürchte, du könntest denken, du hättest die falsche Entscheidung getroffen, dass du Ashley hättest heiraten sollen."

„Stimmt. Vielleicht sollte ich das. Immerhin hätten wir viel weniger Streit gehabt."

Elaheh runzelte die Stirn und starrte auf das Brett, fest entschlossen, einen siegbringenden Zug zu finden, aber ihr Kopf war voller Vorstellungen von Ashley und Xander.

„Und sie hätte mich alles tun lassen, was ich will."

Elaheh schob ihre Dame über das Brett. „Schachmatt", sagte sie, lehnte sich lächelnd zurück und nahm einen Schluck von ihrem Rosenwasser-Sharbat. Die Eiswürfel klirrten, als sie ihn wieder zurück stellte und sich ihrem Gegner zuwandte.

Xanders Augen waren auf das Brett gerichtet. Dann warf er ihr einen Blick zu, der ihr Herz rasen ließ, bevor er eine Figur – sie hatte keine Ahnung welche, ihr Kopf war plötzlich nicht mehr beim Spiel – über das Brett schob. Er lehnte sich zurück. „Ich glaube nicht."

„Nicht?", fragte sie schwach.

Er schüttelte den Kopf, und sein Lächeln war eindeutig anzüglich. „Kein Schachmatt."

Sie runzelte die Stirn und schaute zurück auf das Brett, und erkannte, dass er Recht hatte. „Du hast mich mit dem ganzen Gerede über Ashley aufgewühlt. Sie ist so schön."

„Stimmt." Er lächelte, und sie konnte sehen, dass er beschlossen hatte, sie nicht weiter zu necken. „Aber nicht so schön wie du – niemand ist das. Und ich will niemand anderen in meinem Bett, an meiner Seite, als Mutter meiner Kinder... die Liste geht weiter... außer dir."

Sie gab einen zufriedenen Laut von sich und schaute zurück auf das Brett. „Ich dachte für einen Moment, ich hätte gewonnen."

„Nein. Aber ich habe gewonnen." Xander stand auf und streckte sich.

Elahehs Stirnrunzeln vertiefte sich. Sie konnte nicht begreifen, wie jemand so scheinbar Gelassenes wie Xander ein Gehirn haben konnte, das mit solch unfehlbarer Genauigkeit arbeitete. Sie seufzte und begann, die Figuren wieder aufzustellen. „Lass uns noch eine Partie spielen."

„Nein."

Sie sah zu ihm auf. „Doch, lass uns noch eine Partie spielen." Sie fuhr fort, die Figuren zurück aufs Brett zu stellen.

„Nein." Er beugte sich über das Brett, seine Hände griffen die Seite des Tisches, sein Blick bohrte sich in sie. „Ich habe eine bessere Idee."

„Aber ich würde wirklich gerne-"

Mit einer schnellen Handbewegung flogen die Schachfiguren durch die Luft.

„Xander!" Sie war schockiert von der abrupten Bewegung.

Seine Augen verengten sich und er streckte ihr eine Hand entgegen. Sie zögerte nicht. Manchmal, so hatte sie festgestellt, war es in ihrem Interesse, sich ihrem Scheich hinzugeben.

Sie gingen schnell ins Wohnzimmer, wo Xander dann damit fortfuhr, Elaheh auszuziehen, bis sie nackt vor ihm stand. Plötzlich fühlte sie sich selbstbewusst und umfasste schützend ihren schwangeren Bauch, während sie neben der Chaiselongue stand.

Er fiel auf die Knie und küsste ihren Bauch, verteilte weitere Küsse nach unten, bis er sein Ziel fand. Sie setzte sich auf die Chaiselongue und er schob ihre Beine auseinander, machte es sich zwischen ihnen bequem und verschaffte ihr den explosivsten Orgasmus, wobei er ihr absolut klar machte, dass es niemanden auf der Welt gab, den er mehr anbetete als Elaheh. Und, dachte Elaheh, während ihr Körper im Nachklang der Explosion zitterte, dieses Gefühl war völlig gegenseitig.

ENDE

Kaufen Sie jetzt das nächste Buch der Serie!

Entführt in den Harem des Scheichs - Ein mächtiger Scheich, eine feministische Akademikerin und ein Harem...

NACHWORT

Liebe Leserin, lieber Leser,

Meine Güte! Es gab Momente, in denen ich mich fragte, ob Xander und Elaheh ihre Differenzen überwinden würden. Aber oft ist es so, dass jemand, der übermäßig abweisend, defensiv oder aggressiv ist, einfach nur Angst hat. Und das traf auf Elaheh zu. Glücklicherweise wollte Xander sie verstehen. Und dabei lernte er, sie zu lieben und zu heilen. Er kam auch dazu, den traumatischen Vorfall zu verstehen und zu verarbeiten, der sein eigenes Leben gezeichnet hatte.

Ich hoffe, „Hingabe an den Scheich" hat euch gefallen. Falls ihr die anderen Bücher der Reihe „Die Scheichs von Havilah" noch nicht gelesen habt, hier sind sie:

Die Scheichs von Havilah
Das geheime Baby des Scheichs
Gekauft vom Scheich

Die verbotene Liebhaberin des Scheichs
Hingabe an den Scheich
Entführt in den Harem des Scheichs (Auszug folgt)

Das nächste und letzte Buch dieser Reihe war nicht geplant. Aber ich musste einfach wissen, was mit Ashley passiert! Und so entstand „Entführt in den Harem des Scheichs". Ein mächtiger Scheich, eine feministische Akademikerin und ein Harem... Ein Auszug folgt.

Viel Spaß beim Lesen!

Diana
dianafraser.com

ENTFÜHRT IN DEN HAREM DES SCHEICHS

BUCH 5 DIE SCHEICHS VON HAVILAH

Ein mächtiger Scheich, eine feministische Akademikerin und ein Harem...

Dr. Ashley Maitland ist eine Akademikerin, die entschlossen ist, ihre schmerzhafte Vergangenheit hinter sich zu lassen und eine Universitätskarriere anzustreben - auch wenn das bedeutet, ein sensationelles Buch über Harems zu schreiben.

Also reist sie in das mittelalterliche Land Irem, das ebenso geheimnisvoll ist wie sein König, Scheich Zyir. Doch dort muss sie feststellen, dass sie ihre Recherchen nur abschließen kann, wenn sie in den Harem des Scheichs eintritt!

Auszug

Anscheinend wurde sie erwartet, und die Tore öffneten sich, als sie sich näherte. Sie fuhr in den Innenhof, der im Zentrum des Palastes lag. Sie parkte, wo es ihr gezeigt wurde, und richtete ihren Schal und ihre Abaya.

„Hier entlang, Madam", sagte ein beduinischer Bediensteter und verbeugte sich.

„Danke."

Sie schwang ihren Rucksack über die Schulter und folgte ihm über den Hof.

Plötzlich spürte sie, wie sich die feinen Härchen in ihrem Nacken aufstellten, und blickte nach links oben. Jemand bewegte sich hinter den vergitterten Fenstern. Dann waren sie verschwunden. Sie zuckte mit den Schultern. Sie vermutete, dass sie sich daran gewöhnen musste, beobachtet zu werden - sie war hier eine absolute Fremde in einem sehr fremden Land.

Ashley folgte dem Bediensteten einen kreuzgangartigen Korridor entlang, der an eine mittelalterliche Kathedrale erinnerte, mit seinem steinernen Fliesenboden und Bögen, deren Stein zu Verzierungen geschnitzt war, die im Laufe der Jahre durch Wetter und Berührung verblasst waren. Der Boden, auf dem sie ging, war in der Mitte eingesunken, wo die Füße der Menschen den hellen Stein über Jahrtausende abgenutzt hatten.

Trotz seines antiken Ursprungs bot sein Design willkommene Erleichterung von der sengenden Wüste.

Tatsächlich schien die ganze Stadt halb unterirdisch und dadurch kühler zu sein. So muss es für viele der alten Zivilisationen gewesen sein, von denen dies einer der wenigen Überreste war. Das machte es einzigartig. Aber sie hatte jetzt keine Gelegenheit, es sich anzusehen. Sie hatte ein Treffen mit dem Beamten, mit dem sie ihre Buchungen abgeschlossen hatte – Scheich Riyz. Sobald sie sich mit ihm getroffen hatte, war ihr eine Audienz beim König versprochen worden.

Der Bedienstete öffnete die Tür, verbeugte sich und trat beiseite, damit sie eintreten konnte. Sie betrat den kargen Empfangsraum, kurzzeitig geblendet vom plötzlichen Glitzern des Lichts auf Gold, von Sonnenschein auf Topas. Dann drehte sie sich um und sah einen großen, Furcht einflößend aussehenden Mann, der sie anstarrte. Er schien um die dreißig Jahre alt zu sein und trug schlichte Gewänder ohne jeglichen Schmuck, nichts, was darauf hindeutete, dass er von Bedeutung war. Elaheh, die den jetzigen König nie getroffen hatte, nur seinen Vater, hatte ihr gesagt, sie solle nichts so Zwangloses wie in ihrem und Xanders eigenen Land erwarten. Und da Ashley nichts an ihnen als zwanglos empfand, hatte ihre Vorstellungskraft versagt, wie viel formeller Irem sein würde. Zumindest schien sein Verwaltungspersonal nicht auf Förmlichkeiten zu bestehen.

Ashley ging auf ihn zu und streckte ihre Hand aus. Seine Augen hatten sich nicht von ihr abgewandt.

„Sie müssen Scheich Ryiz sein", sagte sie und zwang sich zu einem Lächeln, um ihre Nervosität zu verbergen. Sein ausdrucksloses Gesicht bewegte sich kein bisschen. Es hätte aus Stein gehauen sein können. „Es freut mich, Sie kennenzulernen."

Der Mann nahm ihre Hand an, und sie verschwand in seiner. „*As-salamu Alaykum*, Dr. Maitland. Willkommen in meinem Land."

„*Wa Alaykum as-salam*." Ashley erwiderte die traditionellen Begrüßungsworte. „Danke, es ist schön, hier zu sein. Ich bin sehr *aufgeregt*, hier zu sein", fügte sie hinzu und dachte, dass etwas Schmeichelei ihr vielleicht helfen könnte. „Ich habe so verlockende Geschichten über Ihr Land gehört."

Er gab ein leises Grunzen von sich, während sich seine Augen verengten. „Ich hoffe, Sie hatten eine angenehme Reise."

„Es war erstaunlich. Ich hatte nicht erwartet, so weite Blumenfelder zu sehen."

„Ah, die Ergebnisse der starken Regenfälle, die wir hatten."

„Es hat die Wüste zum Leben erweckt."

„In der Tat. Aber es wird auch Heuschrecken mit sich bringen – die Geißel des Überflusses."

Scheich Ryiz mochte per E-Mail zugänglich gewesen sein, aber er war sicher ein Pessimist. Er sah auch ziemlich Furcht einflößend aus. Ganz anders, als sie sich vorgestellt hatte. Sie wollte sich umsehen, mehr Details dieses beeindruckenden, aber kargen Raumes in sich aufnehmen, aber sie konnte ihre Augen nicht von ihm abwenden.

Er deutete auf einen Torbogen, durch den sie einen Innenhof sehen konnte. Aber sobald sie ihm nach draußen folgte, dachte sie, dass man es kaum einen Innenhof nennen konnte, weil es zu luxuriös eingerichtet war. Ein niedriger, mit Kissen ausgestatteter Sitzbereich, geschmückt mit juwelenartigen Teppichen und Kissen, umgab einen kleinen Teich mit einem plätschernden Wasserlauf. Es war eine wunderschöne Oase.

„Bitte, nehmen Sie Platz. Ich bin sicher, Sie möchten nach Ihrer Reise etwas zur Erfrischung."

Sie war kurz davor anzunehmen, weil sie sowohl durstig als auch hungrig war, erinnerte sich aber an ihre Manieren. „Nein, danke, ich möchte Ihnen keine Umstände machen."

Er lächelte, als ob er verstanden hätte, was sie tat, nickte aber anerkennend. „Ich versichere Ihnen, es ist keine Umstände. Es wäre uns eine Ehre, Ihnen unsere Gastfreundschaft zu erweisen."

Das zweite höfliche Angebot konnte sie nicht ablehnen. „Vielen Dank, das wäre sehr nett. Es war eine lange Fahrt."

Als sie den angebotenen Platz einnahm, öffneten sich die Türen wie auf ein verborgenes Kommando, und zwei Männer betraten den Raum. Sie trugen eine charakteristische Dallah mit sichelförmigem Kopf, zwei kleine Tassen und einen Teller mit Datteln. Sie arrangierten die Datteln und den Kaffee mit frisch gemahlenem Kardamom auf dem Tisch.

Ashley machte es sich bequem, was nicht schwer war. Der Ort war auf Komfort ausgelegt, darauf, zu verführen. Das Wort schoss ihr ungebeten in den Kopf, und sie warf einen verstohlenen Blick auf den Scheich, dessen Blick sie nicht verlassen hatte. Sie zermarterte sich das Gehirn, um etwas zu sagen.

„Das Klima ist hier in der Stadt sehr angenehm. Ich dachte, es würde viel heißer sein." Sie blickte auf den kunstvollen Luftschacht, der jede Brise, die hoch über den Wüstenhimmel wehte, in den Innenhof leitete.

Zusammen mit den halbtransparenten Schatten, die über ihnen gespannt waren und das Sonnenlicht filterten, kühlten sie die Temperatur. „Ich habe über die Windtürme hier gelesen, aber ich habe noch nie einen erlebt."

„Natürlich. Mein Land war zu lange für Besucher geschlossen."

Sie hob interessiert die Augen. „Ihr König beabsichtigt, Änderungen vorzunehmen?"

„Ja."

Sie wartete darauf, dass er mehr sagte. Tat er aber nicht. Stattdessen nickte er einer Frau zu, die an der Tür wartete. Die Frau kniete sich vor ihnen nieder und goss eine kleine Menge Kaffee in jede Tasse. Sie zog sich wieder zurück, den Blick gesenkt, als wäre sie im Gebet. Eine solche Unterwürfigkeit machte Ashley unbehaglich.

Sie blickte zu Scheich Riyz auf und bemerkte, dass er sie unverwandt anstarrte. Das machte sie noch unbehaglicher. Sie hatte gedacht, er würde sie zum König bringen, aber es sah so aus, als hätte er die Aufgabe, sie zuerst zu überprüfen. Sie musste sicherstellen, dass sie den Test bestand, was auch immer er war. Sie brauchte die Zustimmung dieses Mannes, bevor sie zur nächsten Stufe übergehen konnte.

„Sie wirken unbehaglich, Dr. Maitland."

Sie schaute weg, verlegen und überrascht, dass er so leicht ihre Gedanken lesen konnte. Sie nahm einen Schluck des heißen Kaffees, der hier *gahwa* genannt wurde, und stellte ihn wieder ab. Sie zuckte mit den Schultern und blickte zu ihm auf. „Es ist ein neues Land, neue Sitten. Es wird eine Weile dauern, sich daran zu gewöhnen."

Er runzelte die Stirn. „Ich dachte, Sie wären eine Expertin für unsere Sitten. Ist dem nicht so?"

„Nun, in gewisser Weise bin ich das. Ich meine, ich *kenne* sie, ich habe sie studiert, aber hier zu sein und sie aus erster Hand zu erleben, ist etwas ganz anderes."

Er nickte. „Ja, man kann etwas nie wirklich kennen, wenn man es nicht selbst erlebt hat. Da stimme ich zu."

Er hatte eine tiefe Stimme, leise autoritär, und Ashley konnte verstehen, warum der König ihn als seinen Berater gewählt haben mochte. Seine Augen spiegelten diese Autorität wider – durchdringend und unlesbar. Er hielt ihren Blick für einige Momente, und sie dachte, dass es sich so anfühlen müsste, wenn ihr Gehirn von einem Computer gescannt würde. Nur dass dieser Mann kein Computer war. Er hielt den Schlüssel zu ihrer Zukunft in der Hand, und wenn sie sich vorher unwohl gefühlt hatte, spürte sie jetzt etwas anderes – sie fühlte sich ausgesprochen weiblich. Seine Augen schienen von der Untersuchung zu einer Wertschätzung überzugehen, die sich in seinem wärmenden Blick und einem Zucken seiner Lippen zeigte, als sich ein Anflug eines Lächelns auf ihnen niederließ. Sie schnurrte beinahe unter diesem liebkosenden Blick. Vielleicht wäre ein kurzer Flirt mit dem Berater des Königs nicht verkehrt.

„Sagen Sie mir", sagte er und lehnte sich vor, sein Körper nun sowohl den Blick seiner Augen als auch den samtenen Klang seiner Stimme widerspiegelnd, „was wollen Sie, Dr. Ashley Maitland?"

Seine Worte brachten sie unsanft auf den Boden der Tatsachen zurück. Eine Röte überzog ihre blassen Wangen, und sie sah sich um, auf der Suche nach einem Ausweg. Er mochte sie mit seinen Augen und seiner

Stimme verführen, aber er misstraute ihrer Absicht. Warum stellte er diese Frage erst jetzt? Atme, Ashley, sagte sie sich. Bleib ruhig. Er testet dich nur. Sie zwang sich zu einem Lächeln aus dem Nichts.

„Was ich will? Ich möchte den König sehen, Sir. Ich bitte um seine Erlaubnis, Forschungen in Irem durchzuführen."

Er lehnte sich zurück und betrachtete sie. „Und diese Forschung von Ihnen..."

Er zögerte, und die Nervosität ließ sie einspringen. „Sie handelt von-"

Er hob die Hand; das reichte aus, um sie mitten im Satz verstummen zu lassen.

„Ich weiß, worum es bei Ihrer Forschung geht, Dr. Maitland. Was ich nicht weiß, ist, was Sie damit vorhaben."

Sie verengte die Augen und versuchte herauszufinden, was er wissen wollte. Was auch immer es war, sie würde es ihm geben. Sie war verzweifelt. Sie war nicht den ganzen Weg hierher gekommen, um mit leeren Händen zurückzukehren. Ihre gesamte Karriere hing davon ab. „Vorhaben?"

„Ich möchte wissen, was für mein Land dabei herausspringt, Dr. Maitland. Es ist schön und gut, Ihnen Zugang zu privilegierten Informationen zu gewähren und Ihnen Ressourcen zur Verfügung zu stellen, aber wir müssen wissen, wie dies Irem zugutekommen wird."

„Oh!" Sie nickte und überlegte, wie sie ihre Forschung umgestalten könnte, um diese neue Anforderung zu erfüllen. Dieser Mann, und daher vermutlich auch der König, hatte kein Interesse an Forschung um der Forschung willen. Sie kannten ihre Gebäude und ihre Welt. Für sie war ihre Forschung aus einem ganz anderen Grund von Interesse. Aber welchem? „Ich habe nicht die Absicht, irgendetwas zu tun, was Irem schaden könnte." Sie zögerte. Sie hatte keine Ahnung, ob er wollte, dass sie die Forschung für sich behielten oder sie weit verbreiteten. Aber sie musste ehrlich sein, denn sobald sie dieses Land verließ, würde sie ihre Arbeit von den Dächern schreien. Sie holte tief Luft. Er war aufmerksam, geduldig und wartete darauf, dass sie sprach.

„Ich beabsichtige, sie zu veröffentlichen", sagte sie, und die Worte sprudelten heraus. „Ein internationaler Verlag hat Interesse gezeigt, das Buch zu veröffentlichen, da sie glauben, dass es eine breite Anziehungskraft haben wird. Und ich werde das Buch für diesen Markt schreiben – nicht als akademischen Text." Sie hielt den Atem an und hoffte, dass sie nicht umgedreht und aus dem Land geworfen würde. „Es wird eine breite Leserschaft ansprechen", fügte sie zur Klarstellung hinzu.

Er gab ein leises Grunzen von sich und hob zum ersten Mal seinen Blick von ihrem und nickte. „Das ist zufriedenstellend."

Erleichterung fiel von ihr ab wie eine Last. „Gut", lächelte sie. „Ah, das ist eine Erleichterung. Und glauben Sie mir, ich weiß, dass es ein breites internationales Interesse an dem Thema gibt."

Zum ersten Mal wirkte Scheich Ryiz überrascht. „Ist das korrekt?"

„Ja, in der Tat."

„Gut. Dann sollten wir vielleicht mit einer kurzen Besichtigung der Stadt beginnen, Dr. Maitland."

„Ja, das wäre wunderbar, danke."

Er erhob sich mit der Leichtigkeit von jemandem, der

es gewohnt war, im Schneidersitz zu sitzen, während Ashley ihr Bestes gab, um anmutig aufzustehen. Sie war froh über ihr frühes Balletttraining – das sie aufgegeben hatte, als die Lehrerin ihr mit dreizehn das Leben für immer ruiniert hatte, indem sie ihr unverblümt sagte, dass jemand mit ihrer Größe und ihren Kurven niemals eine Ballerina werden würde. Also wusste Ashley, obwohl sie keine schlanke Elfe war, immer noch, wie man sich anmutig bewegte.

Während Scheich Riyz ein paar Worte mit der Frau wechselte, die sich, wie Ashley fand, mit unnötiger Demut verbeugte, wandte sie sich ab, da sie nicht mit ansehen wollte, wie eine Frau sich so erniedrigte. Als sie das tat, erblickte sie ein paar Puppen, die an der Unterseite eines Schmetterlingsbaums hingen.

Sie strich über das Blatt, an dem eine hing. Sie drehte sich plötzlich um, als ein sechster Sinn sie auf seinen Blick aufmerksam machte.

„Die *khof al gamal* Blüten sind dieses Jahr außergewöhnlich."

„Genauso wie die Schmetterlinge", sagte sie. „Es gibt viele Puppen an dieser Pflanze. Ich weiß nichts über Heuschrecken, aber es sieht so aus, als würde der Regen auch die Schmetterlinge glücklich machen. Und das muss eine gute Sache sein."

„Glückliche Schmetterlinge", wiederholte er und blieb ein paar Schritte von ihr entfernt stehen. Er drehte sich zu ihr um. „Ich muss sagen, dass ich noch nie darüber nachgedacht habe, ob ein Schmetterling glücklich ist. Er geht einfach seinen Geschäften nach."

Sie zuckte mit den Schultern und strich über die Länge der Puppe, bevor sie die Blätter beiseite schob, um noch mehr Ansammlungen zu enthüllen. „Vielleicht, aber wer sind wir, zu sagen, ob Schmetterlinge Gefühle haben? Außerdem schließen sich die beiden Dinge nicht aus." Sie schaute ihn an. „Ich meine Geschäfte und Glück."

Er hob eine Augenbraue, und in seinen dunklen Augen lag ein Humor, den sie zuvor nicht gesehen hatte. Aber er sprach nicht.

Sie weigerte sich, sich von einem finster dreinblickenden, schweigenden Mann einschüchtern zu lassen – ganz gleich, wie fesselnd er war. „Sicher möchte Ihr König wissen, dass Sie mit Ihrer Arbeit zufrieden sind?"

Er zuckte mit den Schultern. „Vielleicht sollten Sie ihn das fragen."

„Das würde ich, wenn ich ihn treffen könnte. Ich meine, ich verstehe, dass Sie mich für ihn überprüfen, aber ich hoffe, ich kann den König bald sehen." Er sprach immer noch nicht. „Ich meine, es ist nett von ihm, sich die Zeit zu nehmen, mich zu treffen, obwohl es hier mitten in der Wüste wohl nicht viele Ablenkungen gibt." Sie lächelte erneut in der Hoffnung auf eine positive Reaktion.

Der Humor in den Augen des Mannes verschwand.

„Sie wären überrascht, Dr. Maitland, wie beschäftigt der Herrscher eines Königreichs sein kann, selbst mitten in der Wüste."

Sie erkannte ihren Fehler. „Ja, da bin ich mir sicher." Sie ging neben ihm her. „Treffen wir jetzt den König?"

Er ging unbeirrt weiter.

„Sie haben ihn bereits getroffen, Dr. Maitland."

Auch von Diana Fraser

Die bequemen Bräute des Scheichs
Gestrandet mit dem Scheich
Vom Scheich verführt

Diamant-Scheichs
Auf Befehl des Scheichs
Auf Geheiß des Scheichs
Zum Vergnügen des Scheichs

Die Geheimnisse der Scheichs
Die Rache des Scheichs durch Verführung
Das geheime Liebeskind des Scheichs
Die Heiratsfalle des Scheichs

Die Scheichs von Havilah
Das geheime Baby des Scheichs
Gekauft vom Scheich
Die verbotene Liebhaberin des Scheichs
Hingabe an den Scheich
Entführt in den Harem des Scheichs

Wüstenkönige
Gesucht: Eine Ehefrau für den Scheich
Die Schnäppchenbraut des Scheichs
Der verlorene Liebhaber des Scheichs
Vom Scheich geweckt
Beansprucht vom Scheich
Gesucht: Ein Baby vom Scheich

Britische Milliardäre
Die Vertragsehe des Milliardärs
Der unmögliche CEO des Milliardärs
Das geheime Baby des Milliardärs

Italienische Romanze
Der perfekte Liebhaber des Italieners
Vom Italiener verführt
Der leidenschaftliche Italiener
Unbeabsichtigte Weihnachten

Die Mackenzies
Ein Ort Namens Heimat
Die Geheimnisse der Parata Bay
Flucht nach Shelter Springs
Was Sie in den Sternen sehen
Zweite Chance in Whisper Creek
Sommer im Lakehouse Café

Laternenbucht
Deines zu Geben
Deines zu Schätzen
Deines zu Hegen
Deines zu Halten
Deines für Immer
Deines zu lieben

Norfolk-Ritter - Mittelalterliche Romantik
Anspruch auf seine Frau
Die Verführung seiner Frau
Die Erweckung seiner Frau

ÜBER DEN AUTOR

Diana schreibt Liebesromane mit Geschichten, die einen zum Umblättern der Seiten anregen, und mit Figuren, die sich real anfühlen – seien es Scheichs, britische Milliardäre, mittelalterliche Ritter oder ganz normale Menschen, deren Leben normalerweise alles andere als gewöhnlich ist (zumindest in ihren Büchern!).

Sie lebt im wunderschönen Neuseeland, nördlich von Wellington, in einem kleinen Dorf am Meer. Sie ist eine begeisterte Menschenbeobachterin, hoffnungslose Romantikerin und Träumerin, die viel zu viel Zeit damit verbringt, aus dem Fenster zu schauen und sich Szenen vorzustellen, in denen Menschen mit dem Leben und ihren Gefühlen zu kämpfen haben, die aber immer ein Happy End haben. Denn ja, sie ist auch eine ewige Optimistin!

Mehr über sie erfahren Sie auf ihrer Website — dianafraser.com.

9 7 9 8 2 3 0 7 6 7 4 9 7